KB163082

노게임
NO GAME NO LIFE
노라이프 11
카미야 유우 지음·일러스트

「아~지겨워…….
왜~ 내가 이딴 일을 해야 하냐고.
썩을.」

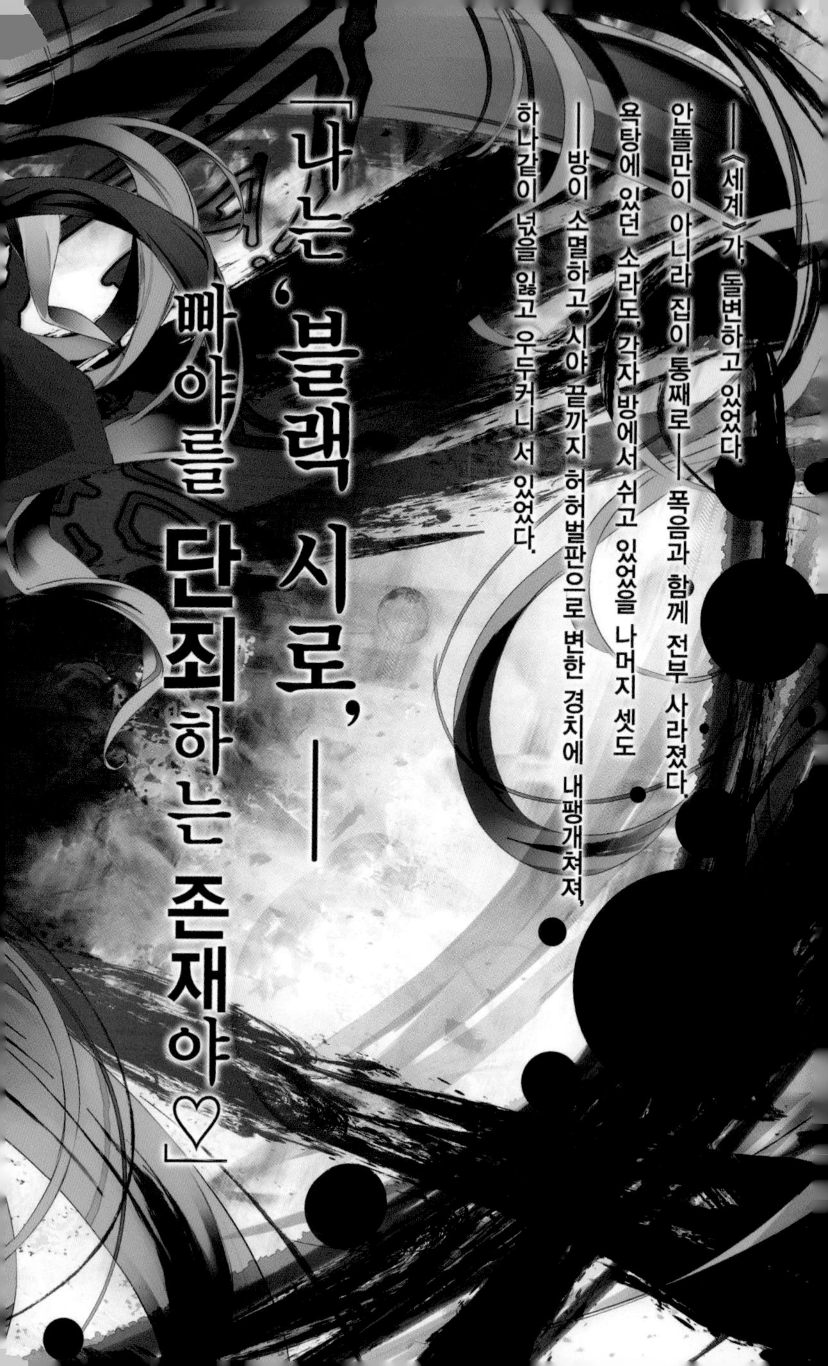
──《세계》가, 돌변하고 있었다.
안뜰만이 아니라 집이 통째로── 폭음과 함께 전부 사라졌다.
욕탕에 있던 소라도, 각자 방에서 쉬고 있었을 나머지 셋도
──방이 소멸하고, 시야 끝까지 허허벌판으로 변한 경치에 내팽개쳐져,
하나같이 넋을 잃고 우두커니 서 있었다.
「나는 ‘블랙 시로’──
빠야를 단죄하는 존재야♡」

주인님의 단말에서
재생 가능한 영상으로 전송.
완전 여유. 에헴」
각 종족을 대표하는, 말 그대로
인지를 초월한 미녀&미소녀가, 두루두루!!
이곳 에르키아 왕성 대욕탕에 집결했다!!

「좋아, 최종 확인이다.
이미르아인, 정말 할 수 있지?」
「【긍정】: 본 기체의 시각 및
자율부유형관측기를 통해
기록된 모든 영상 정보.
지정 수정을 거쳐

십조맹약

유일신의 자리를 손에 넣은 신 테토가 만든 이 세계의 절대법칙.
지성 있는 【십육종족(익시드)】에게 일체의 전쟁을 금지한 맹약—— 이는 곧.

【제1조】 이 세계의 모든 살상 전쟁 약탈을 금한다.

【제2조】 다툼은 모두 게임의 승패로 해결한다.

【제3조】 게임은 상호가 대등하다고 판단한 것을 걸고 치른다.

【제4조】 '제3조'에 반하지 않는 한 게임의 내용 및 판돈은 어떤 것이든 좋다

【제5조】 게임 내용은 도전을 받은 쪽에 결정권이 있다.

【제6조】 '맹약에 맹세코' 치러진 내기는 반드시 준수된다.

【제7조】 집단 간의 분쟁에서는 전권대리인을 세우기로 한다.

【제8조】 게임 중의 부정이 발각되면 패배로 간주한다.

【제9조】 이상을 신의 이름 아래 절대 변하지 않는 규칙으로 삼는다.

【제10조】 ——모두 사이좋게 플레이하세요.

CONTENTS 11

노 게임 노 라이프
NO GAME NO LIFE
11
카미야 유우 지음 · 일러스트 / 김완 옮김

표지 · 본문 일러스트

카미야 유우

Stream Start

첫사랑은 끝나야 비로소 알 수 있다고 한다.

그렇다면 자신은 영원히 첫사랑을 알 수 없으리라고, 소녀는 생각했다.

언제 시작되었는지도 알 수 없는 이 사랑—— 하지만, 그래도.

영원히 끝나지 않는다는 것만은 알고 있으니까.

————…………….

——그 사랑이 언제 시작되었는지, 소녀에게는 기억이 없었다.

그러나 그와 처음 만났던 순간——은 아닐 것이다. 아마도.

태어난 순간인지, 혹은 그 이전이었던 것 같기도 했다.

그를 사랑하지 않았을 무렵, 어떻게 숨을 쉬고 있었는지, 떠올릴 수 없다.

그 얼굴을 보기 위해서—— 그것 말고 아침에 눈을 뜰 동기를, 떠올릴 수 없다.

그가 웃어 주기를 바라는—— 그것 말고는, 웃을 이유도.

그 품에서 온기를 느끼는 것 말고, 자는 의미도…… 전혀——.

소녀에게는 그가 없던 무렵의 자신을 떠올리는 것은 고사하고, 상상도 할 수 없었다.
그러므로 소녀는 생각했다—— 자신은 그와 만나기 위해 태어났을 거라고.
그와 만날 때까지는 아직 태어나지도 않았을 거라고.
그렇기에 이 사랑이 끝난다고 한다면 죽을 때일 거라고—— 반쯤 그렇게 확신했다.

어쩌면…… 하고 어느 날 소녀는 생각했다.
설령 죽어도 자신은—— 다시 태어나더라도 그를 만나러 갈 것이다.
그러면—— 그렇게 생각하며, 이미 죽었던 것이라면?
그렇다. 전생에 그를 사랑했던 거니까, 기억이 없는 것도 당연하다.

그렇다면 자신은 역시 영원히 첫사랑을 알 수 없으리라.
이 사랑은 분명, 죽음조차도 끝낼 수 없을 테니까————

□ □ □

——과거, 그렇게 생각했던 날로부터 얼마나 시간이 흘렀을까.
소녀—— 시로는, 그날, 어떤 『문』 앞에 서 있었다.
그곳에는 시로 말고도, 당연히 오빠와—— 그리고 어째서인지

불필요한 세 사람이 있었으며.

다섯 사람이 나란히 주시하는 『문』에는 커다랗게, 이렇게…… 적혀 있었다…….

——『커플이 되기 전에는 나갈 수 없는 공간』이라고…….

그렇다—— 다시 말해.

——자신과 오빠를, 대뜸—— 커플이 아니라고 선언한 것도 모자라.

오빠를, 자신 이외의 누군가와 맺어주려 한다는 '그 누군가'의 존재를 나타내는 『문』을 보며.

다시 말해—— 죽음조차도 끝낼 수 없는 자신의 사랑을.

지금, 이 순간 끝내려 하는—— '적(누군가)'에게, 그날, 시로는.

훗, 하고…… 살짝 웃음을 흘리며…… 조용히 빡쳤다——.

■ ■ ■

에르키아 왕국—— 수도 에르키아.

멸망에 직면했던 양상은 어디로 갔는지, 사람들이 바삐 오가는 활기로 가득한 왕도.

그 중앙에 우뚝 솟은 왕성 담화실에서, 현재 세 명의 그림자가 원탁에 앉아 있었다.

한 사람은 『I♥인류』라고 적힌 셔츠를 입은, 검은 머리에 검은 눈 청년── 소라.

또 한 사람은 그 무릎 위에 앉은, 긴 백발과 루비색 눈동자의 소녀── 시로.

백성들에게 『방탕왕』, 『외유왕』, 『불로왕』 등 무수한 별명으로 불리며 사랑받는 에르키아 왕 두 사람.

그들은 지금── 일하고 있었다.

──그렇다. 일하고 있다……!!

정확하게는, 트럼프로 게임을 하는 것뿐이지만?

게임으로 모든 것이 결판나는 '게임판 위의 세계' ──『디스보드』에서── 한 나라의 왕이 하는 게임.

노는 것처럼 보여도, 숭고한 노동임은 누가 봐도 명백했다.

그런 근로왕들 맞은편에 앉은 것은, 오늘의 대전 상대── 모백작가의 영애.

급속도로 확대된 에르키아의 새로운 영지에서 올라오는, 자원이며 희귀한 산물. 그런 것들의 이권을 원하는 수전노──가 아니라 제후의 요구사항은 보통 재상이 대응하는 안건이지만.

그 요구가 '왕과 직접 관련된 내용' 이라면 왕이 상대하는 것은 당연하며──.

"얍, 내 승리. 안됐지만 내 상대는 평생 일렀네♪"

소라가 아무렇지도 않게 펼친 파이브카드── 노골적인 속임수를 완벽하게 감춘 채 승리하고 도발까지 하는 것도 물론, 어쩔 수 없이 자연스러운 노동행위일 뿐이다.

그러나——.

"과연 우리의 왕. 훌륭한 솜씨에 감복했습니다."

패배한 백작 영애는 자리에서 일어나 우아하게 드레스 자락을 잡고 깊이 고개를 숙였다.

"그러면 맹세에 따라—— '시녀' 로서 폐하를 섬기겠나이다."

——영애가 이기면 모 백작가를 승작시켜 새 영지에 변경백으로 봉한다.

진다면 앞으로는 재상의 정책에 따르고, 나아가 자신은 시녀로서 왕궁에서 일한다.

그것이 이 승부에서 오간 판돈의 내용……이었는데…….

"흠……. 아무래도 요즘, 분위기가 영 이상하단 말이지……?"

백작 영애, 아니—— 수습시녀 E가 된 아가씨가 돌아가는 모습을 지켜보고, 소라는 의아하다는 듯이 중얼거렸다.

제후 가문의 당주가 아니라 그들의 딸이 대리로 도전하는 이 전개—— 벌써 5번째다.

심지어 패배한 영애의 분위기도, 하나같이 이상했다.

분하게 여기는 기미도 없고, 오히려 하나같이 상기된 얼굴로 기분 좋게 돌아간다…….

새 영지의 이권이 얽힌 길이 끊어진 데다, 메이드 차림으로 차나 따르는 일에 임명된 고상하신 영애께서 '앗싸!!" 하고 승리 포즈까지 취하는 것은 대체 무슨 일인지……?

"설마 이상한 독감이 유행하는 건 아니겠지? 이세계에서 역병이라니 그런 거 사양하겠어."

에르키아의 문명 수준은 기껏해야 15세기 초 정도—— 당연히 항생물질은 없다.

이상한 질병이라도 유행했다간 망국의 위기로 직결—— 정도가 아니라 소라와 시로의 신변도 위태롭다.

경우에 따라서는 에르키아 연방 차원에서 대책을 협의해야 할 사태인데——.

"……빠야. ……그러니까…… 동정남, 인 거……."

"어쩌다 한 번 나라를 근심한 게 동정남의 원인이라고?! 그럼 나라 따위 당장 망해버려!!"

무릎에 앉은 여동생이 쌀쌀맞게 지적한 충격적인 말에 광속으로 암군이 됐던 소라에게 대답한 것은.

"시로 님의 말씀은 패배야말로 그들의 진짜 목적이었다는 뜻이 아닐는지요♪"

한순간 전까지만 해도 그곳에 없었던 화사한 목소리.

허공을 벗어젖히듯 나타난, 눈동자에 십자가가 깃든 소녀—— 플뤼겔 지브릴이었다.

"엉……? 패배가 목적이야?"

"예. 요컨대 '마스터를 모실 권리' 야말로 진정한 노림수가 아닐는지요."

그렇군. 그렇게 된 거였어. 하며 소라는 낯을 찌푸렸다.

패배의 대가로 위장해 국왕의 곁에 자기 딸을 밀어넣고—— 미모와 매력으로 소라를 농락하는 편이—— 게임에서 이기는 것보다도 가망이 있는 것이다. 잘하면 왕비 자리까지 노릴 수 있다.

귀족들 입장에서는 유서 깊은 정략결혼의 포석이겠지만——.

"부모의 명령으로 남자를 낚는 도구로 쓰이다니, 꿀꿀한 이야기인데……."

그렇다면 죄다 고향으로 돌려보낼까…… 생각한 소라. 하지만.

"어째서이옵니까? 본인들은 바라 마지않을 텐데요."

"응? 뭐가?"

아직도 이해하지 못하는 소라에게, 지브릴은 환하게 미소를 지으며 말했다.

"저는 아직 인류종(이마니티)의 감정에 어둡사오나—— 그들이 어디를 어떻게 보더라도 마스터를 연모한다는 것은 명백했사온지라♡"

연모라. 고풍스럽네.

하지만—— 그거야말로 있을 수 없는 이야기라며, 소라는 한숨과 함께 대꾸했다.

"아직 당분간은 계속 어두울 거 같다, 지브릴. 내 어디에 반할 요소가 있는데?"

"외람되오나 마스터, 자신을 돌아보심이 어떨는지요."

흐음…….

동정남. 커뮤니케이션 장애 있음. 학력, 경력, 연애 이력 없음. 게임 폐인에 골방지기.

부끄러움밖에 없는 생애를 보내고 있음을 새삼스레 돌이켜서 어쩌라는 건지.

"우선—— 마스터는 이마니티 최후의 국가인 이 에르키아를 구하신 '영웅' 이시옵니다."

그러나 지브릴은 연극적인 목소리로 거창하게 말을 이었다.

"다른 세계에서 이곳『디스보드』에 강림하시어, 인간의 몸으로 엘프의 첩자—— 마법을 꺾고 왕이 되신 분……. 마스터께서 나타나지 않으셨다면 이마니티는 멸망할 수도 있었나이다."

그건, 뭐…….

"그리고 옥좌에 앉으시자마자 이계의 지식으로 에르키아를 평정!! 저=플뤼겔을 손쉽게 타도!! 세계 제3위의 대국 동부연합을 꺾어 영토를 탈환!! 게다가 오셴드의 간계도 타파!! 마침내는 올드데우스를 꺾고 엑스마키나마저 종속!! ——이 모든 것을 '무혈' 로 이룩하셨나이다."

뭐, 응…….

"그리하여 멸망에 직면했던 에르키아를, 여러 종족으로 이루어진 일대 '연방' —— 이제는 세계 최대 국가 엘븐가르드에도 필적하는, 에르키아 연방으로 격상시켰사옵니다."

흐음…….

"이마니티로서는 결코 이르지 못하리라 모두가 체념했던 강적과 직면하면서도, 두려워하지 않고 겁먹지 않고 지략으로 굴복시켰으며—— 마침내는 신마저 꺾으시고, 그 누구도 꿈에서조차 본 적이 없었던 '종족의 벽을 넘어선 공영' 을 실현하셨으니——
아아, 이마니티에 한계 따위 없음을 나타내는 가능성의 체현. 살아있는 전설이자 가장 새로운 신화!! ——이상, 그것이 마스터이시옵니다."

그렇구나……. 이렇게 꾸며 주니 최고로 멋있게 들리네.

내실 부분—— '동정남 커뮤니케이션 장애 폐인의 이야기' 부분조차 덮어버릴 만한, 그야말로 영웅담인걸.

그렇게 먼 곳을 보는 눈으로 사색에 잠긴 소라. 하지만——

"그런 마스터께서 객관적으로—— 인기가 없을 이유가 있겠나이까."

"…………객관적, 으로?"

——듣고 보니……?

내실이야 어쨌든 결과만 놓고 보자면 지브릴의 해석도 불가능하진, 않나?

"하물며 그런 점을 제하여도, 마스터는 명실공히 『왕』—— 한 개인으로서야 둘째 치더라도 재물과 권력을 노리고 여성이 다가오는 것은 지극히 당연한 일이 아닐는지요."

——그, 그렇구나. 그건 확실히 그래.

애초에 귀족의 정략결혼이라고 하면 듣기에는 안 좋아도, 직업이나 경제력 같은 스테이터스로 결혼 상대의 가치를 재는 것은 서민에게도 당연한 일이다. 굳이 비난할 일도 아니다.

"다시금 여쭙겠사오나—— 어찌 마스터께서 인기가 없으리라 생각하시옵니까?"

"어…… 음…… 시로 씨? 지브릴 군은 이렇게 말씀하는데요."

하긴, 냉정하게 생각해 보면, 그 말도 맞는…… 것 같다는 기분도 들기 시작했다.

하지만. 그래도 직감에 따라 대답하기 전에, 확인을 구하며 시로를 내려다보았다.

그러자—— 무릎 위의 시로가 지금껏 일관되게 기분이 안 좋은 이유와 함께.

"…………응. 요즘, 빠야…… 너무 인기, 많아……."

그렇게 긍정하는 말에, 소라는 머리를 얻어맞은 듯한 충격에 몸을 떨었다.

그러고 보니 그러네?!

냉정하게 생각해 보니—— 난 왕인데?!

이마니티의 왕. 그것도 구국의 영웅인데?!

그런데도 인기가 없다면 누가 인기 있겠어?!

아니, 애초에—— 게임으로 모든 것이 결판나는 세계——.

모든 무력을 금지하고, 게임으로 정하는 이 『디스보드』에서.

게임 실력은—— 유일하게 허락된 '절대적인 힘' 아닌가!!

인류 최강의 사나이—— 인류 여성에게 가장 인기 있는 남자임은 지극히 당연하지 않은가?!

"아니옵니다, 마스터. 실례이오나 아직 겸손이 과하십니다."

자기도 모르게 생각을 입 밖으로 냈던 소라에게, 지브릴은 공손히 정정사항을 끼워넣었다.

"마스터께서는 분명 '이마니티 최강' 이시오나── '이마니티만의 최강' 은 아니옵니다."

……뭐……라고?

"마스터께서는 이미 플뤼겔을, 나아가 엘프를 물리쳤사옵니다. 워비스트, 세이렌, 담피르, 올드데우스. 그리고 엑스마키나마저── 그들 이상의 힘을 가지셨음을 이미 증명하셨나이다."

──그, 그래서 뭐라는 거야? 혹시나 싶긴 하지만……?

"전 인류 여성은 물론!! 천사 소녀에 엘프 소녀에 동물귀 소녀 인어 소녀 뱀파이어 소녀── 심지어 신령 소녀와 메카 소녀까지도 이미 나의 무력(매력)에 무릎을 꿇을 운명, 이라고?!"

이── 무슨 일인가. 인류 사상, 가장 인기짱인 남자── 아니.

유사 이래 『최대 최고의 인기왕』이 이미 탄생한 후였다──?!

"그러면 마스터…… 이와 같은 사항을 전제로, 소녀 지브릴의 제안이 있나이다."

"호오…… 이 인기왕인 나에게 제안이라. 좋다. 특별히 허락하마. 말해 보아라."

그리하여 광속으로 기고만장한 소라에게, 지브릴은 당연히 무릎을 꿇으며 말했다.

"시녀로 맞이한 다섯 명── 시녀가 아니라 '후궁' 으로 두시면 어떠실는지요."

──후궁. 왕의 부인이나 애첩이 사는 궁전.

요컨대—— '진짜 하렘' 이란 것이다.

"그들의 얼굴을 보면 명백하듯 거부하지 않을 것이며—— 오히려 기꺼이 받아들일 것이옵니다. 또한 그때는 부디 저도 그곳에 받아들여주시면 감사하겠나이다♥"

아, 아니…….

아니아니…… 그건 아무리 그래도, 그 뭐냐, 위험하지?

어느새 인기왕이 된 것으로 보이는 남자.

그러나 여전히 동정왕인 남자는, 지브릴의 제안에 바짝 쫄아 시선을 떨구었다.

무릎 위의 시로에게서 빙점 이하의 시선을 확신하고 긴장하던 소라. ——하지만.

"…………응. …… '첩' 이라면…… 본처는 될 수 없으니, 까……?"

예상과 달리 갈등하면서도 시로가 엄지를 세우고—— 고했다.

"……용서, 할게. ……빠야, 동정남 졸업…… 축."

"스테~~~~프!! 지금 당장 후궁을 세워라! 하렘왕이 될 테다!!"

쇠뿔도 단김에 빼랬다고, 시로를 옆구리에 낀 채 쏜살같이 집무실로 뛰어들어.

'콰쾅' 이라는 의성어를 배경에 지고 부르짖는 소라를,

책상에 앉아 서류에 펜을 놀리던 붉은 머리 소녀,

에르키아 재상—— 스테파니 도라는…… 완만하게, 천천히 돌아보았다.

그리고── 침착한 기색으로, 깊이 깊이 한숨을 쉬더니…… 고 했다.

"슬슬 일어나 주시겠어요?"

────?

허어. 스테프는 무슨 말을 하는 걸까. 전혀 의미를 모르겠는데.

아하앙~ 알겠어. 스테프도 이 최강왕의 하렘에 들어오고 싶다는 거군?

그래그래, 귀여운 녀석. 안심하거라, 이 패왕 소라께서 확~실하게 챙겨서 돌봐주──.

"이제 슬슬 아시겠지요? 이거, 꿈이에요."

"……………………엥. 어, 어라?"

스테프가 그렇게 말하자마자── 쩌적, 하고.

무언가에 금이 가는 소리와 함께, 세상에서 색이 사라졌다.

"아니 그보다도, 소라가 인기 있을 리가 있나요……."

말 한마디를 거듭할 때마다 다시── 쩌적.

그것은 과연 꿈이 무너지는 소리였을까.

────어, 어째서.

그, 그치만 나…… 인류 최강, 의…… 게이머──…….

"네. 하지만 그 강함조차도 시로가 있어서 가능한 거죠. 소라 개인은──."

──쩌적, 하고.

또 다시 소라의 마음이 갈라지는 소리가.

——그, 그만해…… 더 말하지 마……!

"혼자서는 게임은 고사하고, 말하며 돌아다니는 것도 불가능한 갓난아기 미만이죠."

——쩌저적, 하고.

또 다시 들려온 요란한 소리에, 그것이 자신의 마음이 갈라지는 소리임을 깨달은 소라는.

어떻게든 스테프의 말을 가로막고자 목소리를 쥐어짠다——.

그, 그만하라니깐…… 응?!

"거짓말쟁이에 야바위꾼. 언제나 오만하고 센 척하지만 사실은 자존감이라고는 요만큼도 없고. 인기 있고 싶다면서 막상 호의를 보이면 어쩔 줄 몰라서 도망치는 것밖에 못하고, 여친을 만들고 싶어 하면서도 성욕과 애정도 구별하지 못하니까 뭘 하고 싶은지조차 모르겠는, 치사하고 비열하고 비굴한 인격파탄자—— 그게 소라예요."

그리고 마침내는—— 우르르릉, 하고.

마음이 무너져가는 소리를 들으며, 소라는, 아아…….

"심지어 일도 안 하고 백성들 앞에 변변히 나타나지도 않는 골방지기 방탕왕이 어떻게 하면 인기 있을 거라고 생각하나요. 바보 같은 꿈 그만 꾸고 차라리 일이나 하시죠?"

그렇게 급격히 멀어져가는 스테프의 목소리에.

하얗게 떠오르는 의식 속에서, 소라는 슬쩍—— 미소를 지었다.

——물론, 알고 있었지…… 이게 꿈이란 것은, 진즉에.

나와 시로가 진지하게 일하는 시점에서 이미 눈치챘고말고.

하지만—— 괜찮지 않냐고. 꿈이어도…….

솔직히, 하다못해 꿈에서라도 꿈을 꾸게 해 주면, 안 될까……?

그렇게 몇만 번째인지 알 수 없는 마음을 가슴에 품고, 소라는 천천히 눈을 떴다.

어차피 꿈이라면, 하다못해 야한 거라도 한 다음 깨란 말이다, 라고…….

■ ■ ■

"소라아~!! 시로오~?! 거기 있지요?! 자나요?!"

소란스럽게 문을 두드려대는 스테프의 목소리를,

소라는 이불을 둘둘 말고서 듣고 있었다.

아아—— 꿈속과 마찬가지로, 오늘도 자신을 두들겨 깨워서 일하라고 그러겠지.

참으로 익숙해진 현실의 목소리에, 소라는 잠긴 목소리로—— 쥐어짜듯 대답했다.

"어차피 모쏠이라 일어나기 싫어……."

"이제까지 한 말 중에 제일 의미불명이거든요?! 있으면 얼른 일어나서 좀 나오라고요?!"

그렇게 부르짖으며, 마침내 문을 발로 차기 시작한 스테프를 무시하고, 소라는 이불을 더 깊이 뒤집어썼다.

——꿈에서 깬 소라는, 울었다.

베개에 얼굴을 묻고, 그야말로, 지칠 정도로 울었다.

꿈속에서조차 하렘이 실현되지 않아서——가 아니라.

깨닫고 싶지 않았던 진실을 깨닫고 말았기 때문이다.

그렇다—— 소라는 동정남이다.

그야 골방지기에 날백수, 폐인의 길을 절찬 돌진 중인 몸이다.

그러나 꿈속에서 지브릴이 말한 대로, 그래도 이마니티 최강의 게이머 중 하나이기는 하다. 그것은 사실이며, 무엇보다 에르키아의 『왕』이라는 것도 틀린 말은 아니다.

그만한 권력과 지위가 있는데, 아직도 인기가 없다는 이 현실.

그러면, 그렇다면 소라는 어떻게 해야 인기가 생길까. 답은 명료하다——.

—— '불가능(답 없음)' 이다…….

그리하여 소라는 울어서 퉁퉁 부은 성대를 쥐어짜 문 너머에 대고 말했다.

"남자가 살아갈 이유란 말이야…… 요컨대 여자에게 인기를 얻기 위해서라고……."

——사람은 무엇을 위해 살아가는가.

고상한 물음이다. 하지만 적어도 남자 동지들에게는 명확한 답이 있다.

그것은 생물학적으로 말하자면, 뛰어난 개체임을 과시하여 매력적인 여성과 번식하는 것.

노골적으로 말하자면, 남자가 노력하는 것은 항상 그것이 '멋있다고 생각' 하기 때문이며,
요컨대 눈에 하트를 띄운 여자아이들에게 '멋져♥' 라는 말을 듣고 싶기 때문이다!!
목숨을 걸고 싸우는 것도 부나 명성을 추구하는 것도—— 살아가는 것도 요컨대 인기 끌고 싶어서다!!

……그러면, 만약. 결코 그렇게 되지 않는다고 하면?
제아무리 목숨을 걸고 싸워도, 부와 명예를 쌓아도 여자애들이 하트 눈으로 봐 주지도 않고—— 결코 인기를 끌지 못하고, 영원히 여친이 생기지 못한다고 한다면?
"평생 인기 없을 걸 알면서도, 아침에 눈을 뜬다…… 무엇을 위해? 결코 보답받지 못할 고통이 그저 이어지기만 한다는 걸 깨닫고도, 그래도 왜 살아갈까? 아아…… 나는 지쳤어……."
아아…… 그래, 지쳤다.
인기 없는 현실에 지쳤다.
인기 있는 꿈을 꾸는 것조차 용납되지 않은 인생에, 지쳤다.
"저기, 시로…… 오빠는 이대로 이불 속에서 스러져갈 텐데, 괜찮겠지……?"
"……코오……."
옆에서 새근새근 잠든 여동생을 안으며, 이것이 이번 생애 마지막 눈물이라고.
그렇게 생각하며 눈을 감은 소라. 그러나——.

"무슨 소린지 하나도 모르겠어요!! 됐으니까 냉큼 일어나서 나오세요!! 이상사태라고요!! 우리는── 갇혔단 말이에요?!"

"송구하오나, 마스터. 공간전이나 마법도 쓸 수 없는 듯──."

"【첨언】: 현 위치도 불명. 출구로 추정되는 문을 포함한 건물 일체가 파괴불능. 또한 식수를 비롯한 식량도 미확인──【결론】: 두 주인님께는 심각한 생명의 위기로 추정. 은근히 막장."

스테프에 이어 추가된 두 가지 보고에, 드디어 시로와 함께 몸을 일으켰다.

────…………뭐어?

"…………엥? 여긴 어디야?"

어떻게든 침대에서 몸을 떼어내고, 시로와 함께 방을 나가 보니 그곳은.

에르키아 왕성도 아니거니와, 성내에 있는 소라와 시로의 자택도 아니었다.

전혀 본 적이 없는 방인 그곳에는── 스테프 말고도 빛의 고리를 쓴 플뤼겔 소녀와 머리카락이 창포색인 엑스마키나── 지브릴과 이미르아인, 두 사람도 있었다.

이들의 말에 따르면, 공간전이도 마법도 쓸 수 없고, 건물의 파괴도 불가능하다는 것이다.

주어진 불온한 정보를 앞에 두고 스테프 또한 불안한 표정으로── 말했다.

"역시 소라도 모르는군요……. 다들 정신이 들고 보니 모르는 방에서 자고 있었다고 하거든요……. 여긴 어디일까요. 아니, 왜 이런 데 있는 걸까요?"

즉—— 소라와 시로, 스테프, 그리고 지브릴과, 이미르아인.

다섯 명이 모두, 낯선 방에서 눈을 뜨고, 어째서 이곳에 있는지 알지 못했다…….

마법을 쓸 수 없고—— 자력으로 탈출은 불가능한 것으로 보이는 밀실에 갇혀, 식량도 없이.

스테프가 외쳤던 것처럼 이상사태로 보이는 현재의 상황에, 소라는 다시 한번 냉정하게 주위를 살폈다.

그곳은 역시 처음 보는—— 어딘가 팬시한 방이었다.

창문도 하나 없어서, 바깥 경치를 통해 어디인지를 알 방법도 없었다.

다만 한가운데에 생색내듯 놓인 소파와 테이블, 5개의 의자가 있을 뿐.

그리고—— 조그만 문 네 개와 커다란 문 하나가 전부인 공간이었다.

조그만 문은—— 소라와 시로, 나머지 세 사람이 각각 눈을 떴던 방으로 통하는 문이며.

필연적으로, 출입구가 있다면 이것밖에 없다 싶은—— 커다란 문을 향해, 소라는 말없이 다가갔다.

손잡이도, 열쇠구멍도 없다. 하지만 밀어도 미동조차 하지 않으며 열릴 기미도 없다.

하지만 그것도 당연하겠지. 왜냐하면——이라면서.

다시금 눈앞의 문에 걸린 팻말을 쳐다보는 소라를 따라 하듯.

그렇다—— 분명 그것이 최대의 문제일 거라고, 모두들 똑같이 생각했는지.

다섯 사람은, 문에 걸린 팻말을 나란히 바라보았다.

더 정확하게 말하자면, 문에 걸린 팻말에 늘어선—— 이마니티어 문자열을. 다시 말해——.

——『커플이 되기 전에는 나갈 수 없는 공간』이라는 한 문장을…….

■ ■ ■

——주륵…….

"소, 소라?! 왜 갑자기 눈물을 흘리고 그래요?!"

스테프의 목소리도 어딘가 멀게만 느껴져, 소라의 뺨에는 조금 전까지 저주했던 현실에 대한 감사의 눈물이 흘러내렸다.

길었던…… 힘들었던 18년. 이 세계에 온 지도 오래되었다.

그러나 겨우. 마침내. 고대하던 전개가 왔다——!!

그렇다——『커플이 되기 전에는 나갈 수 없는 공간』——!!

커플—— 사전에 이르기를『한 쌍, 한 조. 주로 연애관계에 있는 연인 또는 부부』.

소라와 시로는 명확하게 2인 1조 커플이지만, 지금 현재 나갈 수 없다고 한다면, 여기서는 제외된다는 뜻이리라.

그렇다면―― 이 문언이 가리키는 커플이란 '한 쌍의 연인' 인 것은 명백!!

그리고 여자는 넷, 남자는 자신 하나인 상황에서!

'연인이 되기 전에는 나갈 수 없는 공간' 에 갇혔다는 것이다!!

영원히 인기 없는 현실에 절망했던 소라가―― 이 사실에 눈물을 흘리지 않을 수 있겠는가…….

여친 없는 경력=생존시간에 종지부를 찍을 수 있는, 역사적 이벤트를 앞두고――!!

――어차피 또 거사 직전에 멈추는 전개일 거라고?

후후. 뭐, 지금 와서 거기까지 바라진 않아.

애초에 밀실이다. 야한 일 따위 할 수도 없으리라. 아니 그보다 야한 걸 해야 나갈 수 있는 방에 갇혀서 정말로 야한 걸 하는 놈들은 감시당하는지 아닌지 완전 무시하다니 정말 대단하다. 그러니까 리얼충인 걸까? 아무튼 거기까지는 애초에 바라지도 않았다!!

그러나 이곳을 나가기 위한 구실, 형식에 불과하더라도!!

여기서 나갔을 때, 소라는 자동적으로 '여친 있었던 적도 없는 동정남 18세' 에서 '여친이 한순간은 있었던 적이 있는 동정남 18세' 로 버전업하게 되는 것이다아아!!

뭐가 다르냐고 생각했나?

그런데 놀랍게도 완전히 다르다.

왕이자, 인류 최강 게이머 중 하나인 소라가, 왜 인기가 없는가.

그것은――『0에 뭘 곱해 봤자 0』이었기 때문이라고 생각해 볼 수 있는 것이다!!

0에 아무리 부와 명성을 곱한들, 결국은 0이다. 하지만!

한순간이라도 여친이 있었던 적은 있는―― '0.1' 이라면 1 이상의 답도 바랄 수 있는 것이다!!

한순간조차 여친이 있었던 적이 없는 동정남과, 즉시 헤어졌으나 여친이 있었던 적은 있는 동정남.

그 리얼충 지수 사이에는 하늘과 땅보다도 거대한 괴리가 있음은 명백하므로그렇기에!!

그렇다. 물론 낙관할 수는 없다―― 이상사태이기는 하다.

전후의 기억이 없고, 탈출이 불가능한 밀실에 감금당해 목숨도 위태로운 판에, 연애관계를 강요…….

그러나 『십조맹약』이 있는 이상―― 일방적인 납치 감금이나 기억소거는 불가능하다.

예외는 '상호 동의' 뿐. 다시 말해 이 상황 또한 동의하에 이루어진 것이다.

――그렇다. 이 상황은 틀림없이 『게임』이다.

대전 상대도 목적도 불명―― 이것까지 조건에 포함된―― 공략 가능한 게임이다.

내가 이 조건으로도 승산이 있다고 판단하지 않았다면 이 상황은 성립될 수 없기에.

설마 이 몸께서 인기가 없다는 데 절망해서 『여친 만들어 준다면 뭐든지 할게!』라며!

정신이 나가 분위기와 기세에 휩쓸려 이기지 못할 게임을 시작했을 리도 없고……!

그렇다면―― 이제 두려울 것은 없다.

역플래그도 잘 세웠고, 조건은 모두 클리어해, 행복한 승리(키스)는 눈앞에 있다!

여기까지 1초도 안 되는 시간 동안 생각한 끝에, 소라는 다시금 시선을 날카롭게 뜨며 여성진을 쳐다보았다.

자, 내 기념비적 첫 여친은 누구일까, 음음음음음음음~?!

"【명료】: 상황을 파악. 사태 해결은 지극히 용이. 여유. 아인파흐(간단함)."

――처음으로 움직였던 것은, 어떤 의미에서는 예상대로.

창포색 머리카락을 나부낀 메이드복 기계소녀는 소라의 오른팔에 매달려―― 말했다.

"【정리】: 본 공간은 커플 성립에 의해서만 탈출 가능. 본 기체는 주인님을 좋아한다. 좋아해. 너무 좋아해. 사랑해. 에헤헤. 이제 주인님이 '나도 좋아해.' 라고 2어절만 발성하면 당당하게 커플 성립. 본 공간에서 탈출 가능. 자 주인님. 리피트 애프터 미. '나도, 좋아해.'."

그 달콤한 속삭임을, 소라는 남자가 진정으로 불순한 것을 생각할 때의 표정으로.

다시 말해—— 이 세상에서 가장 심각한(멋있는) 표정으로 들었다.

——후…… 첫 여친이, 이미르아인이라. 괜찮지?

살짝 병적인 집착이 있고 덤벙이에다 감정을 밀어붙이는 게 부담스럽긴 하지만, 외모는 트집 잡을 데 없는 미소녀.

게다가 리얼에서 커스텀 메이드틱한 메이드여서 주인님이라 불러주는 로봇 소녀—— 좋아그걸로!

"——그러시다면 마스터. 부디 여친 역할은 제게 맡겨주시기 바라옵니다."

기세에 몸을 맡겨 승낙할 뻔했던 소라의 천칭을 되돌리듯, 이번에는 지브릴이 왼팔에 기댔다.

"어디서 갑자기 툭 튀어나온 고철을 택하시지 않더라도, 마스터의 종복인 제가. 굿모닝에서 다음 날 굿모닝까지 24시간 대응 편의점 감각으로 바라시는 모든 서비스를 제공하겠나이다♥"

"【반론】: 감정 변화를 이해하지 못하는 플뤼겔에게 주인님을 만족시킬 서비스 제공은 불가능."

"허어? 마스터께서 부담스러워하시는 것도 이해하지 못하는 인공무능께서 지금 뭔가 말씀을 하셨나요?"

"【체념】: 번외개체(이레귤러)의 청각에 이상 감지. 나이를 먹어서 어쩔 수 없음. 불쌍해."

"뇌에 이상이 있는 것보다는 낫죠—— 아차 실례. 뇌도 없으셨지요♪"

소라를 끼고 설전을 벌이는 두 미소녀가 살의를 날려대기 시작했다.

평소라면 벌벌 떨었을 소라. 그러나 여전히 심각한 표정을 무너뜨리지 않고 거듭 검토했다.

——흐음. 첫 여친이 지브릴? 아니, 나무랄 데 없지.

냉정하게 생각해서, 자칭 종복인 지브릴은 연인을 넘어서 나를 허용해 줄 것이다.

이미르아인처럼 솔선해 봉사하는 것이 아니라, 바라는 것이 있으면 그 모든 것에 기꺼이 응해 주는—— 그런 말이 필요 없는 포용력을 기대할 수 있다. 어허어허 이거 어떻게 한다?

좋은데. 야 좋지 않냐?! 내 인생에서 지금 최초로 내가 주인공을 하고 있어?!

썩을 동정남 주제에 누굴 여친으로 삼을지 품평을 하다니 뭐가 잘나서 그러냐는 생각도 들지만.

But 그러나 상황이 그렇게 만드는 것이다! 그렇다, 이것은 불가항력인 것이다!!

캬아~…… 나 이거야 원 인기 많은 남자는 괴롭구마안~~~!!

"자, 잠시만요! 애, 애초에 그런 문제가 아니잖아요?!"

욕망에 찌든 사고에 흔들리던 소라에게 스테프가 다급한 목소리로 외쳤다.

“【기각】: 명칭불명 여성은 주인님에 대한 호의를 반복적으로 부정하고 있음. 본 문제에 관한 발언권은 인정할 수 없음. 신속히 주인님에게서 떨어질 것을 권장. 저리 가.”

“아니면 도라이양, 이제야 마스터를 좋아한다고 인정할 마음이 드셨나요?♥”

“네, 네에에?! 아뇨, 그, 그러니까 지금은 그런 건 상관없고요?!”

——흐~음, 하지만 처음 여친은, 역시 스테프일까.

이러니저러니 해도 제일 연인스러워질 것 같다.

요리에서 재봉까지 다 하고—— 은근히 만능에다 가정적인 매력이 충만하다.

무엇보다, 확실히 미소녀지만—— 지나치게 미소녀는 아니다. 이러니저러니 해도 보통이 좋지.

손 많이 간 요리를 아무리 먹어도, 결국 마지막에는 된장국으로 돌아오는 거라고.

소꿉친구 히로인을 연상케 하는 안정감에 흔들리던 소라…… 그러나.

이어진 말에, 겨우 폭주하던 사고가—— 멈췄다.

“커플밖에 나갈 수 없다면—— 네 명밖에 못 나가는 건데요?!”

——…….

————————엉?

“우린 다섯 명이잖아요?! 두 팀은 나갈 수 있다 쳐도—— 남은 한 사람은 어떻게 하나요?!"

"그러니까 그 이야기를 하는 것이 아닙니까? 마스터께서 저와 커플이 되시면 필연적으로 시로 님은 도라이양과 커플입니다. 남을 한 사람—— 다시 말해 '누구를 죽이는가' 하는 이야기이며, 검토의 여지없이 저 산업폐기물을 정식으로 폐기해야 한다는 이야기입니다."

——…….

——————엥?! 그런 이야기였어?!

"【부정】: 커플의 정의가 불명확. 최소한 한쪽의 연애 감정은 필요한 것으로 추정. 본 기체는 주인님을 진~짜 좋아함. 따라서 본 기체와 주인님의 커플은 즉시 성립 가능하다고 판단. 또한 여동생님의 명령으로 번외개체는 여동생님을 좋아하게 될 수 있음. 필연적으로 죽는 것은 명칭불명 여성. 너다."

"연애 감정이 조건이라면 그야말로 맹약에 맹세하고 게임을 하면 해결될 일이니 잡동사니의 노이즈는 무시해도 좋사오나—— 혹시 도라이양? 도라이양 따위가 깨달을 만한 사항을 마스터께서 깨닫지 못했다고 생각하셨는지요?"

"【필연】: '누구를 죽이는가' 하는 문제. 그렇기에 주인님은 울었음."

"그, 그럴 수가…… 소라, 정말이에요?!"

"————…………."

스테프의 힐문. 그러나 소라는 대답할 수 없었다.

——『몰랐어요』라고는 대답할 수 없는 분위기, 그 이상으로.

지금 그럴 상황이 아니었다는 사실에, 맹렬히 뇌가 고속회전하고 있었기 때문이다.

잠깐잠깐잠깐—— 그렇게 되면 이야기가 달라지잖아소라동정남 18세—— 생각해라!!

정말 이 문언대로라면 네 명밖에 나갈 수 없다.

또한 당연히—— 동성이라도 커플은 성립한다!

——야단났다. 야단났다야단났다야단났다야단났다야단났다야단났다—— 야단났다고?!

그렇다면—— 다음 전개도 뻔히 보이지 않냐고 소라썩을애송이동정남 18세?!

"인정할 수 없어요! 누구를 희생하겠느냐는 논의라면 절대로 응하지 않겠어요!"

"【요구】: 탈출 수단의 대체안. 없으면 본 기체가 주인님과 커플이 되어 탈출. 그 후 남은 1명의 구조 방법을 재검토하는 것이 가장 현실적. 다시 말해 명칭불명 여성."

"아뇨!! 소라의 고뇌하는 얼굴을 보세요!! 다른 방법을 생각하고 있는 거죠 소라?!"

기대해줬는데 미안하지만 스테프—— 그게 아니야.

물론 그것도 생각해야만 하지. 가급적 신속히.

하지만 그 이상으로 우선시되는 문제에, 소라는 뇌를 한계까지 가속시켜 생각하고 있었다.

——이 전개의 종착점을.

여친이 생겨 나갈 수 있다는 예상의 수정—— 다시 말해——

"……다, 들…… 입 다물어라……."

——이제까지 일관되게 고개를 숙이고 말이 없었던 시로의, 첫마디.

반론을 용납하지 않는 명령형과 목소리에, 찬물을 끼얹은 듯한 정적이 드리웠다.

그리고 느릿느릿, 사신 같은 기운을 띤 얼굴이—— 돌아본다.

——물론 이 자리의 그 누구도 시로의 속마음을 알 수 없었다.

그러나 자신과 오빠가 '커플이 아니다' 라고 선고당한 시점에서 이미 빡쳤던 시로는.

나아가—— 아무도 '소라와 시로가 커플이 된다' 는 선택지를 내세우지 않았다는 데에.

결과적으로——.

"……다들…… 게임, 하자?"

마그마처럼 끓는 감정을 웃음으로 덮고 명랑하게 이은 말은,

"……진 사람, 은…… '소라(빠야)에 대한 모든 감정을 영구적으로 파기' …… 빠야를 싫어하게 되고…… 그런 다음, 에…… 다시…… 누가 커플이 될, 지…… 정하면, 돼……."

시로에게는 목숨보다도 무거운—— '자신의 사랑' 을 건 게임의 제안이었다.

——그래, 마침 딱 좋은 기회구나.

여기서, 너희, 모두—— 한 명도 남김없이 박멸하겠다고——

누가 진히로인인지 흑백을 가려보자는, 그 말은.

시로 이외의 여성진에 대한—— 명백한 선전 포고—— 아니.

—— '근절 선언' 이었다…….

그 속마음은 알 수 없어도.

시로가 풍기는 가차 없는 '적의' 에서 의도를 이해한 여성진은

—— 마침내.

"【응전】: 본 기체의 사랑(마음)을 빼앗으려 함. 엑스마키나의 본질. 위해를 가한다면 대응한다. 모든 위험을 제거. 수단을 불문하고 적을 격멸함. 이상(아우스). ……죽을 각오로 덤벼. 본 기체, 지지 않을 거야."

"아직까지 연애 감정을 이해하지 못하는 못난 종자이오나——시로 님께서 저항을 허가해 주신다면 전심전력으로 대항하겠나이다. 삼가 한 수 배우고자 온 힘을 다해—— 갑니다."

지브릴과 이미르아인은 공기를 뒤흔들 정도로 결사의 전의를 뿜어내고.

"저, 저는 애초에 파기할 만한 감정이 어, 없는데요?!"

마찬가지로 결사의 심정으로 언성을 높인 스테프. 하지만——

"【명령】: 그렇다면 즉시 승낙을. 본 기체의 해석. 잠재적 최대 장애는 명칭불명 여성. 이 기회에 주인님 쟁탈전에서 모든 적을 제거함. 한 명도 놓치지 않을 거야. 두둥 둥 두둥."

"잃어버릴 것이 없으시다면 무슨 문제가 있는지? ——도라이

양, 선언을♥"

"……스테프…… 이제, 시시한 연극…… 그만, 하자……?"

선언대로, 한 명도 놓칠 생각이 없는 듯한 세 사람에게 포위당했다.

"소, 소라아?! 이, 이분들 좀 말려 주세요?!"

진지한 표정의 이미르아인, 웃는 얼굴의 지브릴, 냉소를 머금은 시로가 바짝 다가와.

혼란의 극치로 빠져드는 상황에, 도움을 요청하며 목소리를 높이는 스테프—— 그러나.

——**꽈앙!!** 하고…….

대답한 것은, 순식간에 그 자리에 정적을 가져온—— 무거운 타격음과.

"……뭐냐고 그게…… 야. 사람이 우습게 보이냐?"

주먹이 부서질 기세로 문을 후려치더니, 이어진 소라의 포효에 일동은 눈을 크게 떴다.

"이딴 상황(짓)을!! 내가 동의할 리가 없잖아——!! 아앙?!"

그렇다—— 있을 수 없는 것이다.

동의가 없으면 성립될 수 없는 상황—— 그러나, 그렇다 해도.

자신이 이 상황에 동의했을 리가 없는 것이다!!

왜냐하면, 이 전개의 종착점이란 하나밖에 없기 때문이다.

그것은 곧——.

이건 백합 커플이 두 쌍 생기고 나만 찐따 되는 전개잖아?!

"내보내!! 여기서 당장 내보내라고!! 무슨 야바위로 우릴 속였어?!"

"소, 소라! 역시……!"

"인정할 리가 없잖아 이딴 상황을—— '다섯 명이서 2인 1조를 만들어라' 같은 걸!! 그딴 잔혹한 짓을 내가 용서하겠냐고!! 다른 규칙이 있을 거 아냐이봐대답해!!"

그것은 뜨겁게—— 반드시 있을 '이 게임의 주최자' 에게—— 진실을 요구하는 혼의 외침이었다.

——초등학생 당시의 트라우마. 여러분~ 친구하고 짝을 지으세요~.

증오가 담긴 소라의 목소리에, 개전 초읽기에 들어갔던 미소녀들은 냉정함을 되찾기 시작했다.

"하긴. 마스터께서 희생을 긍정하시다니, 주제를 모르는 어리석은 생각이었나이다……."

"【반성】: 하나의 희생조차 거부해야 비로소 진정한 승리. 그것이 주인님. 본 기체, 정말 부끄러워."

"……………………기분 탓인가요? 소라는 눈치채지 못했던 것 같다는 생각이 드는데요?"

개시 0.001초에 눈치챘거든?!?!

"………………………………………………빠야…… 바보."

"제, 젠자아아아아아아아아아아아아아아아아아아아아앙……!!!!"

단 한 사람, 오빠의 머릿속을 모조리 완벽하게 알아차린 듯한 시로의 싸늘한 눈빛에서 벗어나려는 것처럼.

문을 두들겨 패며 비통하게 외치던 소라—— 그러나.

커플이 되기 전에는 열리지 않아야 할 문이—— 갑자기 열리는 바람에, 그 몸이 휘청거렸다.

■ ■ ■

아무리 두들겨 패도 밀어도 열리지 않던 문은—— 과연, 그것도 당연했다.

——슬라이드 방식이었으니까.

그리하여 밑져야 본전이라고 옆으로 힘을 주었던 소라는, 힘차게 밖으로 굴러나가 지면에 머리부터 처박혔다.

"아무리 그래도 너무 멍청하잖아?! 한 명쯤은 옆으로 밀어볼 생각을 안…… 했, 냐——."

고개를 든 소라의 불평은, 꼬리를 말듯 작아지더니 끊어졌다.

"소라?! 괜찮으세요—— 어라……."

"마스터 무사하시옵니까————?!"

소라를 따라 밖으로 뛰쳐나온 여성진도 나란히 숨을 멈추고.

눈앞에 펼쳐진 것을 보며—— 똑같이, 할 말을 잃었다.

——그곳은 조그만 정원이었다.

고목 숲과 우거진 장미의 생울타리에 에워싸인, 무수한 꽃보라가 휘날리는 극채색의 꽃밭.

봄의 귀여운 꽃봉오리, 여름의 싱그러운 잎사귀, 가을의 무르익은 꽃, 겨울의 억척스러운 꽃눈…….

자연계에서 아름다운 것만을 잘라다 붙인―― 뛰어난 예술가의 손으로밖에는 성립될 수 없는, 부자연스러울 만큼 아름다운 자연물로 구성된 캔버스 같은 정원의―― 안쪽.

꽃으로 엮은 듯한 『문(게이트)』에, 또 다시, 호화롭게 장식된 팻말이, 걸려 있었다.

――『커플이 되기 전에는 나갈 수 없는 공간』……이라고.

그렇구나――『공간』…….

소라 일행이 있던 '그 방이 그것' 이라는 말은, 확실히 한마디도 적혀 있지 않았지…….

그러나 일동이 말을 잃었던 것은, 그 얼빠진 실수 때문도, 경치 때문도 아니었다.

꽃밭 한복판에 떠도는 한층 커다란 꽃 위.

무지개로 엮은 듯한 조그만 날개를 파닥이며 춤을 추는―― 어린 소녀의 모습 때문이었다.

아니…… '어린' 것이 아니었다.

분명 키는 작다. 서서 재 보면 유아보다도 작을 것이다.

그러나―― 꽃을 얹어 두 갈래로 엮은 레몬색 머리카락, 망망한 우주를 바라보는 라임색 눈동자. 늘씬하게 뻗은 팔다리, 조그맣게 부푼 가슴, 잘록한 허리── 그 모습은, 성숙했다고는 말할 수 없지만 피어나기 직전인 소녀의, 어렴풋한 매력을 띠고 있었다.

그러므로, 그렇다. 단순히── '작은' 것이다.

아름다운 소녀의 모습을 본뜬 조그만 인형이, 그대로 생명을 얻은 듯한 신비성.

인간일 수 없는, 작고도 환상적인 소녀. 그것은, 그야말로──

" '요정종(페어리)?! 그, 그럼 여긴 설마 공간위상경계──《낙원(洛園)(스프라틀)》 내부?!"

"【긴급】: 제3종 위험종족을 확인. 주인님께 즉시 전략입안을 요청. 완전 큰일났어."

소라의 뒤에서 굳어버린 지브릴과 이미르아인이 적의를 드러내며 그렇게 외쳤다.

──플뤼겔과 엑스마키나.

이 세계가 자랑하는 양대 엉터리 종족이, 당장 임전태세를 갖출 정도라는, 그 의미를.

나중에 돌이켜보면, 소라는 더 위기감을 가지고 받아들였어야 했지만.

지극히 유감스럽게도, 이 시점에서의 썩을 허접 동정남 18세는, 그럴 상황이 아니었다.

──페어리…… 그렇군.

혼자만 찐따가 된다는── 자신이 승낙할 리 없는 상황.

그 문제는 '여섯 번째 인원' 의 존재로 해결된다——!!

누가 봐도 저 페어리 소녀가 '이 게임의 주최자' 이며!

아마도 자신들을 가둔 범인이자 신 캐릭터—— 말인즉슨 『인솔자 선생님』의 역할을 짊어지고, 혼자 남은 찐따(나)와 짝이 될 숙명을 짊어진, 가엾은 이번 피해자(히로인)인 것이다!!

첫 여친이 콤팩트 사이즈인 건, 조금 거시기한 것도 같지만?!

동정남 주제에 사소한 일에 신경을 쓸 수는 없다. 완전 OK다!

여어 아가씨 평안하시온지요 네가 내 Partner구나 거부권은 인정할 수 없다——!!

그런 썩은 생각을 했지만, 물론 조금도 얼굴에 드러내지 않고 소라는 멋들어진 얼굴을 유지했다.

일시적이라고는 하지만 『여친』이 되는 것이다.

초면이라면 자신의 내실 따위 알 리도 없고.

첫인상만 좋으면, 잘하면 『그 다음』도 있을 수 있다!!

이 기회를 놓칠까보냐.

하지만 소라의 열량마저 띤 시선에도.

질량을 얻은 것 같은 지브릴과 이미르아인의 적의도.

신경 쓰는 기색조차 없이, 페어리 소녀는 담담히 춤을 추고만 있었다.

그렇다—— 춤을 추고 있었다.

쭉 뻗은 손끝으로 하늘을 쓰다듬으며 무대를, 꽃잎을 밟는다.

그때마다 소녀가 춤을 추는 꽃에서 무수한 비눗방울이 뿜어져

나왔다.

무언가의 연출——이 아니다. 바람을 탄 비눗방울이 정원으로 흩어지고, 그중 하나가 터질 때마다 새로운 꽃이, 나무가 바위가 샘이, 하늘의 색채마저도 다시 칠해버리듯—— 태어나는 것이다.

그 원리를 모르는 소라와 시로, 스테프마저도 알아차릴 수 있었다.

——이것이 페어리의 마법임을.

저 요정은, 가볍게 춤추며, 조그만 정원을(세계를) 창조하고 있음을.

이윽고 마침내, 그 조그만 천지창조의 위업을 한 차례 마무리했는지.

우아한 몸짓으로 꽃잎에 내려앉은 페어리는, 작은 어깨를 달싹이며 숨을 내쉬고.

듣는 이 모두를 사랑에 빠뜨릴 것 같은 아름다운 목소리로, 첫 한마디를 말했다.

그렇다——.

"아~ 지겨워…… 왜~ 내가 이딴 일을 해야 하는데. 썩을."

뭐 누는 폼으로 쪼그려 앉아 팔로 턱을 괴고, 백 년의 사랑도 식을 것 같은…… 첫마디를.

——————————.

지저스. 첫 여친(예정)은 불량했다.

귀여움의 화신 같은 조그만 소녀가, 언짢음을 홀랑 드러낸 얼굴을 일그러뜨리며 허공을 노려보고 있다.

아연실색한 소라 일행에게는 아랑곳 않고, 페어리 소녀는 스커트 주머니에서 익숙한 손놀림으로 엽궐련과 성냥을 꺼내더니, 막 힘없이 능숙한 동작으로 하나를 입에 물고 불을 붙였다.

그리고 당연하다는 듯이 아무 데나 버리는 성냥개비.

"후우~…… 아? 아~. 너네 깼어? 아~ 그 뭐냐. 거시기. 쪼~끔만 더 기다려 주면 스탠바이 해놓을게. 게임 준비가 남았으니까, 아직은 나 신경 쓰지 마."

푸하~ 하고, 입을 크게 벌리며 담배 연기를 뿜은 다음——.

"나~ 원…… 이런 단기간에 이만한 공간을 구축하다니 암~만 생각해도 혼자 할 일이 아니지…… 우왓뜨거?! 잠깐?! 앗뜨, 재가 스커트에 떨어졌어?! 타타, 탄다, 타잖아 물, 물 어디 있어?!"

비명을 지르며 꽁초를 내팽개친 소녀는 꽥꽥 소리를 지르며 굴러다녔다.

이윽고 마법으로 끄면 된다는 것을 깨달았는지 허둥지둥 춤추기 시작하는 그 모습에, 소라만이 아니라 시로도, 스테프조차도 흰자위를 드러내는 심정으로 생각했다.

……이미지 다 말아먹네……라고.

"…………지브릴. 어~ 그…… 저게, 페어리, 냐……?"

"예, 마스터. 위계서열 9위—— 페어리가 틀림없사옵니다."

——【십육종족(익시드)】 위계서열 제9위——『요정종(페어리)』…….

이들에 관한 최소한의 지식은 소라와 시로에게도 있었다.

대다수의 개체가 엘프—— 엘븐가르드의 노예로 산다는 종족.

크라미의 기억에 따르면, 아마 국가기밀급 마법보조도 시키고 있는 것 같다나——.

——아니, 근데, 그보다도.

"저건 요정이 아니야…… 외딴 술집의 마담 같은 거지……."

너무나도 이미지와 동떨어진 그 모습에, 소라는 견디지 못하고 감상을 말했다.

조금 전까지는 그렇게 귀엽게 보이던 춤도, 이제는 변두리 극장에서 '일이니까 어쩔 수 없이 춤춰 준다' 하는 베테랑 스트리퍼의 풍격마저 감돌았다. 인생의 신맛도 단맛도 씹고 뜯고 맛보고 즐긴 끝에 닳고 닳아 불량해진 아줌마 오라가 넘쳐났다.

——이젠 대놓고 담배 물고 춤추네 저거. 그리고 계속 혀 차고 앉았어.

아까부터 찔끔찔끔 마시는 거, 혹시가 아니라 역시나 술이지?

실화냐……. 내 첫 여친, 담배와 술 냄새 나는 원숙한 여자야.

아니, 그야 사소한 데는 신경 쓰지 않겠다고 했지만, 아무리 그래도 이건 뭔가 다르지 않아?

망상으로도 저거랑 연인 관계가 되는 비전이 안 보이는데……?

"마스터, 송구하옵니다. 저는 어쩌면 좋을지…… 부디 지시를."

“【위험】: 페어리에게 《스프라툴》 내에서 승리한 전례—— 해당 없음. 유의미한 대응 산출 불능.”

그러나 소라의 탄식은 초조함으로 가득한 두 사람의 목소리에 차단당했다.

“……? 어…… 엥, 페어리 그렇게 무시무시한 종족이야?”

두 사람이 그렇게까지 조바심을 내는 이유를 알지 못해 고개를 갸웃거리는 소라에게 두 사람은 나란히 고개를 끄덕였다.

“예. 대전 당시 서열 7위 이하 중에서—— 플뤼겔을 두 자릿수 소멸시켰던 유일한 종족이옵니다.”

“【기록】: 《스프라툴》 내에서 교전을 시도했던 구(舊) 올트 클러스터 437기—— 전 기체 미귀환, 전멸.”

——야 야, 아무리 그래도 그건 장난이 아닌데?

아니, 침착하자. 이미 대전은 끝났다. 그런 무시무시한 일은 일어나지 않는다—— 아마도.

그러나 지브릴과 이미르아인의 표정에, 소라도 시로도 스테프도 무의식중에 목을 꼴깍 울렸다.

저 페어리는—— 현재 게임을 준비 중이라고 했다.

계속하게 둬도 될까? 시작하기 전에 손을 써야 하나?

하지만—— 뭘 해야 하지? 할 수 있는 일이라곤——

“앗싸 안 늦었다!! 그럼 시작해 볼까 어흠…… 아~ 아~ 시작한다아?!”

그러나 소라 일행의 생각을 차단하듯 페어리 소녀가 외쳤다.

페어리 소녀가 담뱃불을 얼른 비벼 끄고는 헛기침으로 목을 한 차례 확인하자——.

"——우오?! 뭐야?!"

그 어떤 저항의 여지도 없이 갑작스럽게 비눗방울 안에 갇혀 버린 소라 일행을.

철저하게 방치한 채—— 그것은 갑작스럽게 시작되었다——.

■ ■ ■

"하이♪ 얼마 안 되는 구독자 여러분, 포에니크람이야✽"

——다른 사람처럼 돌변해.

이제야 겨우 용모에 어울리는 귀여운 몸짓으로.

느닷없이 울려 퍼진 경쾌한 음악을 배경 삼아—— 포에니크람이라고 하는 페어리 소녀가, 그렇게 말을 건 상대는—— 비눗방울 속의 소라 일행이 아니었다.

상대는 그녀의 눈앞에 떠오른 '평면형의 빛' 이었으며——.

"예고대로 오늘부터 끝내주는 기획을 방송할 거니까아이짜샤아!! 개시 5초 지났는데 벌써부터 저평가 날리는 쓰레기 자식들 확 담가버린다?! 아, 농담농담 구독 해제하지 마~ 쓰레기는 이 세상에 단 한 사람, 나. 뿐. 이니깐 쪽 쪽쪽✽"

그리고 개시 5초 만에 당장 가면을 벗어던지는 그 모습은.

마법은 고사하고 페어리에 관해서도 전문이 아닌 소라조차도.

'무슨 일이 일어나고 있는가' 를 순식간에 이해하게 만들었다.

"진짜로 진짜! 이번에는 진짜진짜 재미난 기획이라니까!! —— 제목은!!"

그렇다—— '화면' 에 매달리는 그것은.

——아무리 봐도 '인터넷 생방송' 의.

그것도—— '밑바닥 스트리머' 의 가엾은 모습——.

"포에니크람 채널 주최 개인 방송 기획!

『리얼타임 리얼 연애 다큐멘터리 쇼

~커플이 되기 전에는 영원히 나갈 수 없는 공간~』이야✽"

폭음에서 폭죽, 나팔 소리까지 시끄럽게 터뜨린 선언에,

"그러면~ 곧장 시청자들에게 기획 내용을 설명하고, 시작해 보자고?!"

『잠까안?! 그 전에 우리한테 상황을 설명해야지?!』

그렇게 비눗방울 안에서 부르짖는 소라.

하지만 포에니크람에게는 그 목소리가 들리지 않는지.

아무튼 일관되게 그들을 방치하고 설명이 시작되었다.

"여기—— 내가 구축한 《스프라툴》에 남녀 다섯 명을 가뒀어! 다섯 명에게는 오늘부터 여기서 '시간 무제한 무기한' 공동생활로 연애를 시킬 거야!!"

설명을 들으니 아무래도 소라 일행의 인식대로였던 모양이다.

그렇다면 마음에 걸리는 것은——.

"다섯 명이 여기서 나갈 방법은 '두 가지' !!"

그렇다—— 탈출 조건이다.

그것도 하나가 아니라는 말에 소라 일행은 눈에 힘을 줬다.

"우선 '서로를 커플로 인식한 두 사람' 이 손을 잡고 『게이트』를 나간다!!"

하나는 예상대로. 역시 정원 안쪽의—— 저 게이트를 커플이 되어 지나야 한다.

"그리고——『열쇠』를 구입해서 사용하면 한 명이어도 탈출할 수 있어!!"

——『열쇠』……?

처음으로 나온 정보에 의아해하며 눈살을 찌푸리는 소라 일행. 하지만 역시 방치당하고,

"응응✲『그게 다야?』라느니 『그래봤자 역시 포에니크람』이라고 도발하려면 지금이 기회다? 덤으로 '태세 전환' 하다가 다치지 않도록 스트레칭도 해놔라?! 너희가 궁금할 그 '다섯 명' 은 누구인가—— 어디 깜짝 놀라 보라고, 소개할게?!"

다음 순간—— 소라 일행은 자신의 의지와는 무관하게, 포즈와 연출까지 첨가되어 소개하고 있었다——.

더 이상 엑스트라 소리는
들을 수 없다!! 오늘부터 내가 히로인이에요!!
정치 수완으로 연인을 낚을 수 있을 것인가?!
이마니티
인류종
스테파니
작은 가슴에 숨겨진 사랑은 초특대!!
그 지능은 사랑도 계산할 수 있을까?!
모두들 잘 아시는 『공백』의 한쪽 날개!!
이마니티
인류종
시로
사랑이 뭔데 먹는 거냐?!
세계는 베테랑이어도 연애는 오리무중!!
영원한 동정남 『공백』의 한쪽 날개!!
이마니티
인류종
소라

고대의 대전!! 과거 페어리(우리)의 향리를
세 개나 멸망시켰던 전쟁신의 총아!!
파멸의 대명사는 사랑에 도전해 이길 수 있을 것인가?!
플뤼겔
천익종
지브릴
마찬가지로 대전 현역 세대!!
무한학습의 탄환은 신마저도 꿰뚫었다!!
속으로 노린 상대를 격추하는 것쯤은 아무것도 아니지!!
엑스마키나
기개종
이미르아인

“이상!! 지금 『디스보드』에서 가장 뜨거운 다섯 명의 연애 사정을 생중계할 거야!! 어~떠냐, 쟁쟁한 멤버들이지?! 그래그래~ 몸은 다들 괜찮으신가아?!”

——그리고…… 화면 너머에서는 화려한 태세 전환이 일어나고 있는지.

그야말로 게임의 ——그것도 방향성이 야겜인—— 오프닝을 깐 연출로.

테마송, 거기에 더해 빌어먹을 쓸데없는 참견이 담긴 카피프레이즈까지 더해져 소개된 소라 일행.

하지만 여전히 상대해 줄 기미는 없는 포에니크람의 으스대는 언변이 이어졌다.

“물론 여기에는 식량도 물도 없어?! 다섯 명의 생활에 필요한 모든 것은 시청자들이 던져 주는 돈—— ‘후원(과금)’으로 충당해야 돼 —— 플뤼겔과 엑스마키나는 그렇다 쳐도 나머지 셋은 물 없인 사흘도 못 버틴다? 최애 죽이기 싫으면 ‘후원(과금)’ 잘 부탁해✽”

그렇게 협박에 가까운 슈○챗 구걸까지 날려가며——.

“그런고로!! 오늘의 첫 방송—— 오프닝은 여기까지야✽”

그리하여——.

“내일부터 매일 밤 8시에 방송한다?! 얀마 지인들한테 영업해 영업!! 영상편집 무단전재는 올 NG!! 본편으로 유도하란 말이야! 그러면~ 내일 또 봐. 빠빠하이~✽”

마지막까지 소라 일행에게 발언권을 주지도 않은 채.

오프닝 방송인지 뭔지는, 다짜고짜 끝나버렸다——.

■ ■ ■

——가두었던 비늦방울이 해제되고.

그런데도 여전히, 아연실색, 말없이 서 있던 일동에게——.

"후후후…… 벌써 구독자가 늘어나고 있어. 껌이구만~~~!! 역시 화제의 게스트를 부르면 돈 버는 건 껌이라니깐~~~ 하하!! 나를 밑바닥이라고 하던 쓰레기들 쓰레기장에서 엉엉 울어봐라부아~~~보!! 뿌갸랄라하~~~!!"

당장 엽궐련을 꺼낸 포에니크람이 천박하게 웃어젖혔다.

말도 없이—— 그러나. 없으면 없는 대로 소라는, 약속된 방송사고를 예감하고, 중얼거렸다.

"저거…… 마이크랑 카메라 끄는 거 잊어버리지 않았냐?"

"꺄루룽~~~✽ 여. 러. 분~ 응원 잘 부탁해영✽"

광속으로 엽궐련을 내팽개친 포에니크람이 다시 깜찍한 척.

그리고 다시 카메라 등등이 꺼진 것을 확인했는지——.

"……우짠다 완전 불판 됐네…… 어, 뭐 그래도 다소 불타주는 편이 화제도 되고 말이지?"

그렇게 뺨에 식은땀을 흘리며 센 척하는 모습에, 소라는 관자놀이를 꾹 누르며 물었다.

"어~ 잠깐 규칙을 정리하게 해 줄래…… 말인즉슨?"

“응~? 지금 오프닝 방송하면서 말한 게 다인데?”

뭔가 설명 빼먹은 게 있었나? 하고 고개를 갸웃거리며 포에니크람이 말했다.

“소라 군이랑 시로의—— ‘스마트폰’ 이랑 ‘태블릿’ 이던가? 아무튼 그 단말에 시청자들이 던져 주는 돈—— ‘후원(과금)’ 이 표시되게 해놨어.”

그 말에 소라와 시로는 스마트폰과 태블릿을 꺼내 확인했다.

그리고—— 처음 보는 아이콘을 탭하자, 정말로.

【15,000】이라는 표시, 그리고 구입 화면이 표시되었다.

“당장 축의금으로 ‘후원(과금)’ 이 들어왔네✽ 그걸로 물건을 살 수 있어. 커플이 되거나, 그걸로 살 수 있는 『열쇠』를 쓰면 여기서 나갈 수 있어. 그게 다인데?!”

아주 심플한 게임이지? 라고.

그렇게 말한 포에니크람에게, 소라는 한 번 심호흡하고——.

“————흠. 그러면 아주 중요한 걸 좀 확인하고 싶은데.”

과연, 정말로 심플한 게임이면서—— 여기에는 일관된 문제가 있었다.

그것이 정답인지 아닌지에 따라 이 게임이 천국이냐 지옥이냐로 갈라지는 큰 문제였다.

그것은 곧——.

“우리 다섯 명——이란 건, 그 뭐냐. 다시 말해, 너하고는 커플이 될 수 없다?”

“하아~? 될 리가 있냐. 우습게 보여?”

그러나 각오했던 소라의 물음에 포에니크람은 얼굴을 일그러뜨리며 혀 차는 소리로 대꾸하고.

“난 『주최자』라고? 너네가, 날 인기 스트리머로 만들기 위해! 다시 말해 시청자에게 기쁨을 주기 위해, 화려하게 연애를 꽃피워서 ‘후원(과금)’ 을 팍팍 버는 건데?! 진짜루 진짜 기대하고 있을게?! 난 말야, 엄~청 가까운 미래의 엄~청 인기 스트리머라고! 그럼 이것저것 할 일이 있으니까 잠깐 나갔다 온다!! 슈왓!!”

그렇게 나불대더니, 다짜고짜 허공에서 사라졌다.

………….

그리하여 남은 일동은, 그대로 꼬박 5분 정도 넋이 나갔다.

그리고── 서서히 삐걱거리기 시작하는 공기에, 소라는 하늘을 우러러보며 웃음을 지었다.

그렇다…… 다시 말해, 커플 두 팀이 생기고.

남은 한 사람은── 『열쇠』로 나갈 수 있는 것이다.

누군가를 희생해야 한다는── 있을 수 없는 전제는, 이걸로 해결된 셈이다.

그렇다── 다만 단순히, 역시──.

“…………그럼…… 얘기, 다시, 할까……?”

“【승낙】: 주인님 사랑을 건 승부. 다시금 선전 포고. 한꺼번에 덤벼~.”

“시로 님의 진짜 실력에 도전하다니, 분에 넘치는 영광이옵니다── 그러면, 갑니다.”

“저기요?! 결국 이 흐름으로 돌아오는 건가요?! 역시 뭔가 아니라고 생각하는데요?!”

다시, 여성진이 서로를 견제하듯.

──‘영구적으로 소라를 싫어하게 되는’ 대가를 건 게임을 시작하겠노라고.

적의를 불태우며 슬금슬금 눈치를 보는 그 전개는── 그렇다.

“역시 내가 찐따 되는 전개잖아아아아싫어어내보내줘, 제발 내보내달라오오!!”

그저 단순히, 역시──.

백합 커플이 두 팀 탄생하고.

자신의 찐따 코스가 확정되는.

그것뿐인 게임이었음에 소라는 비통한 목소리를 터뜨리고, 눈물을 흘렸다…………

제1장 수직사고

In the Bottom

뜬금없지만, 소라는 데스게임을 싫어한다.

정확하게는 데스게임이 '성립되는 전제'를 정말 싫어한다.

데스게임—— 고금동서 수많은 작품에서 그려졌던 게임의 한 장르다.

종종 참가자는 퇴로를 차단당하고, 생존을 위해서 목숨을 건 게임에 나선다.

갑자기 납치당해, 정신이 들고 보니 참가당하고 있었다. 막대한 빚을 갚는 조건으로 참가한다, 등등…… 참가에 이르는 경위는 다양하면서도, 아무튼 참가자들은 파멸을 회피하고자 그 부조리함에 지혜와 용기, 나아가서는 광기마저도 무기로 삼아 도전하는 것이다.

어떻게 하면 살아남을까?

누구 편을 들고, 누구를 의지하고, 누구를 속이고—— 누구를 배신하면 살아남을 수 있을까?

밀당과 모략이 교차하고, 의심에 빠지면서도 참가자들은 절체절명의 극한상황에서, 놀라운 임기응변으로 멋진 승리의 시나리오를 그려내고, 그야말로 생사가 종이 한 장 차이로 갈라지는 인간군상을 보여주는 것이다.

——그러나 소라는 대전제의 부분을 생각한다.
다시 말해, 데스게임에 '승리의 시나리오' 가 정말로 존재하는가?를.
답은 명백하다—— 'NO' 다.
그도 그럴 것이 일단 '승리' 가 없는 것이다. 승리의 시나리오가 나올 리 없다.
사실이 그렇잖아?
이렇게나 부조리한 데스게임에, 지혜와 용기, 광기, 기타 등등을 무기로 삼아 필사적으로 발버둥쳐서, 살아남아 봤자 '승자' 가 누구냐 하면—— 딱 잘라 말해 『주최자』다.

그렇다—— 데스게임에서 주도권은 항상 『주최자』에게 있다.
앞서 든 예시에서 말하자면, 자신을 납치해 데스게임에 강제로 참가시킬 수 있었던 사람은 애초에 언제든 자신들을 죽일 수 있는 것이다. 막대한 빚? 갚을 가망이 없는 사람에게 막대한 채무를 짊어지게 하는 바보는 없다. 목적은 처음부터 채무 상환이 아니라 데스게임 참가였음이 분명하다. 하물며 자기파산 수속 등 행정의 보호도 바랄 수 없다면 상대는 필연적으로 초법규적인 존재가 되므로, 그런 놈들에게 찍힌 시점에서 망한 거다.
그리고 어찌 됐든.

데스게임이라는, 시커먼 불법행위가 이루어졌다는 사실을 세간에 밝힐 우려가 있는 참가자들을 구태여 약속 지켜가며 살려 보낼 이유도, 딱히 없는 것은 자명하고.

사력을 다해 살아남는다 한들, 기다리는 것은 입막음(데드 엔딩)이라고 생각하는 것이 타당하다.

결국 데스게임이란―― 단순한 『처형대』다.

단두대에 목이 걸린 참가자에게, 의미심장하게 웃는 사형 집행인이 '게임을 하자. 나를 웃기면 칼날을 안 떨어뜨리겠다.' 라고 말한다. 그것은―― 결코 게임이 아니다.

사형 집행인의 '여흥' 일 뿐이며, 살리는 것도 죽이는 것도 그의 마음에 따라, 변덕에 따라 좌우되고.

웃겼다 한들 정말로 칼날이 떨어지지 않으리란 보장조차, 어디에도 없다.

이제는 다들 이해하셨으리라.

『게임은 시작되기 전에 끝난다』를 신조로 삼는 소라는, 데스게임을 싫어한다.

승리란, 게임을 지배하고―― 주도권을 계속 쥐고 있었던 자가 필연적으로 손에 넣는 것이며.

데스게임은 시작하기도 전에 『주최자』에게 패배하고 주도권을 빼앗기기면서 시작하기 때문이다.

——단두대의 칼날을 떨어뜨리지 않을 방법?

그딴 건 애초에 '처형대 위에 올라가지 않는다' 밖에 없다.

데스게임에 승리가 있다면 기를 써서라도 참가를 회피하는 것뿐이며.

참가당한 시점에서, 이미 패자임은 확정된 것이다…….

■ ■ ■

"……그럼…… 지브릴. 페어리에 관해…… 자세히 가르쳐, 줘."

소라와 함께 방으로 돌아온 시로는, 방 한구석을 흘끔 보고는, 포기했다는 듯 스마트폰에 말을 걸었다.

대답은 방의 바깥—— 지브릴에게 건네준, 페어링을 마친 태블릿을 통해 돌아왔다.

『위계서열 9위, 페어리. 대전 당시부터 엘프와 우호관계에 있었던 종족이옵니다.』

——이 세계에 우호관계인 종족이 있었어?

그 경천동지할 설명에 몸을 떠는 시로의 감동. 하지만 그것은 마찬가지로 문 너머에 있던——.

『네? 하지만 대부분의 페어리는 엘븐가르드에서 노예로 살고 있지 않나요?』

『예. 현재는 6할이 엘프의 노예이며—— 전권대리자도 부재 상태입니다.』

스테프의 물음에 대답한 지브릴에 의해 일찌감치 박살이 났다.

『'꽃의 종족' 인 페어리는 숲을 지키는 엘프와는 생태가 대립되지 않사오며. 대전 말기에는 마법술식을 공동개발할 정도로 우호적이었으나, 전후 어느 시기를 경계로 대부분이 노예가 되었나이다. 그 이외의 개체라 해도 전권대리를 내세우지 않은지라…… 자세한 경위는 현재까지 불명이옵니다.』

역시 이 세계에서 우호 같은 건 환상일까…….

먼 곳을 보는 눈으로 탄식하는 시로에게, 지브릴은 담담히 말을 이었다.

『아무튼 페어리는 서열이 나타내는 대로 7위의 엘프, 8위의 드워프에 버금가게 높은 마법적성을 가졌사오나, 최대의 특징은 자신의 「영혼」을 병용하는 특수한 마법체계—— 특히 이러한 공간위상경계에 대한 간섭——《낙원(스프라툴)》으로 불리는 영역을 구축하는 데에 있나이다.』

——또 영혼 얘기가 나왔다. 여전히 잘 모르겠다.

그러고 보니 담피르인 플럼도 『영혼』을 소비해서 마법을 쓴다고 했던가……?

공간위상경계인지 뭔지까지 나오면 더더욱 모르겠고——.

그런 시로의 의문을 헤아렸는지,

『공간위상경계는 '아공간' 같은 것이오며. 이를 응용하여 링커넷—— 두 분 마스터의 세계에 있는 인터넷과도 같은 것을 구축하여 엘프에게 제공하고 있나이다.』

아하? 역시 포에니크람은 시청자 상대로 인터넷 스트리밍을 하고 있었던 거군.

정말로 진짜로 유○버였나 보다.

『공간위상경계《스프라툴》 내부는 페어리의 독무대…… 외부로 반출할 수는 없사오나, 「영혼」을 대가로 자유로운 '창조' 가 가능하옵니다. 공기나 물은 물론이고── 아마 '생명' 조차도.』

"……너무, 엉터리…… 아냐?"

새삼스레 이 세계의 인종들── 익시드에게 적당한 수준 따위를 바라지는 않지만.

그건 아무리 그래도 너무 막 나간 거 아닌가……? 하고 묻는 시로에게.

『예. 하오나 물론 「영혼」은 무한하지 않사옵니다.』

지브릴은 긍정하며 대답했다.

『이만한 《스프라툴》을 단독으로 구축한 것이 사실이라면── 포에니크람이란 자는 적어도 자신의 「영혼」을 거의 모두 소비했다고 생각해도 좋지 않을는지요.』

──과연.

영혼이 무한하다면 이론상 천지창조도 가능하겠지만, 유한한 이상 한계가 있다는 소리다.

"또한 페어리는 링커넷 너머로 「영혼」을 상호양도해── '통화' 로 삼습니다."

──이를 소비함으로써, 《스프라툴》 내에서는 무엇이든 만들

수 있는 영혼──.
과연. 말 그대로 만능의 통화 노릇을 하는 셈이다.
『두 분 마스터께서도 이해하기 쉽도록 말씀드리자면《스프라툴》은 '인터넷에 구축된 가상공간' 이며, 「영혼」은 그 가상공간을 만들고 꾸미기 위한 데이터── '가상통화' 라고 하면 되지 않을는지요.』
지브릴의 고마운 해설에 감사하며, 시로는 이어서──.

『'후원(과금)' 이란 것은 바로 그 「영혼」── 통화의 양도를 의미하는 것이라 사료되옵니다.』
── '후원(과금)' …….
이쪽의 스마트폰으로 볼 수 있다는, 그 화면을 다시금 확인한다.
오프닝 종료 시【15,000】이었던 것이 현재는【14,900】.
소비함으로써 생활에 필요한 모든 것을 구입할 수 있다는 그것은── '물' 을 떠올린 시로가『구입』버튼을 탭하자【100 소비】라는 표시가 뜨고, 다시 탭하자 스마트폰에서 비눗방울이 나오고, 그것이 터졌을 때는 2리터 페트병에 든 물이 나타났다.
시가로 치면 1=1엔이라고 보면 될까?
──하지만, 다시 말해, 이건?
『네? 그럼 다시 말해 시청자── 페어리는 자신의 「영혼」을 '돈' 으로 삼고 있다는 건가요? 이런 시시한 일에? 영혼을 던져준단 말이에요?──제정신이에요?』

『【반론】: 양도는 상호 가능. 정당한 노동의 대가로 증식함. 또한 페어리는 '모종의 방법' 으로 영혼의 증폭도 가능한 것으로 추정. 유동적인 것. 이마니티의 금전과 등가로 정의 가능.』

지당한 의문을 제기한 스테프. 하지만 마찬가지로 문 너머에 있던 이미르아인이 대답했다.

『【첨언】: 이마니티도 노동 시간──「수명」을 화폐로 변환함. 또한 페어리가 「영혼」을 받는 것과는 달리 수명은 금전으로 변환할 수 있으나 금전은 수명으로 되돌릴 수 없음. 불가역변환.』

──뭐랄까.

지금, 은근슬쩍 화폐 경제에, 잔인한 돌멩이 하나를 던진 기분이 드는데.

아, 아무튼 종족이 다르면 경제 구조도 다른 거구나.

너무 깊이 생각하지 말기로 하자.

"……그럼, 질문, 은…… 세 가지, 일까나……?"

그렇게 생각하며, 어느 정도 설명을 들은 시로는 다시금 머릿속에서 세부정보를 검토하며── 물었다.

"……①…… 이 상황, 엘븐가르드의, 소행……?"

『【해답】: 어림잡아 98.3퍼센트로 긍정. 단, 해당 공간은 개체명 포에니크람의 단독 구축으로 추정됨. 복수개체에 의한 것이라면 규모가 더 클 것임. 단정은 불가.』

대부분이 엘븐가르드의 노예가 되었다고 하는 페어리의 소행.

엘븐가르드의 의사가 없을 가능성은── 고려할 만한 가치는 있지만 2퍼센트도 되지 않는다는 이미르아인의 대답에, 시로는 내심 동의하며 말을 이었다.

"……②……이게 '페어리의 게임', 이야……?"

각 종족이 보유한── 다른 종족에 대한 '히든카드'.

필승 내지는 자신의 종족에 한해 유리한 게임.

그것이, 페어리의 경우 『다짜고짜 사람을 가두고 커플로 만드는 게임』인가?

그렇게 묻는 시로에게, 이번에는 지브릴이 대답했다.

『아니옵니다…… 애초에 페어리는 광대한 면적의 꽃밭── 불가침영역 '생추어리'에 인접한 영토를 보유하기는 했사오나, 그곳도 사실상 엘븐가르드의 보호령이온지라. 애초에 페어리가 다른 종족을 상대로 게임을 했다는 기록은, 적어도 공식적으로는 없었나이다.』

종전 이전부터 엘프와 동맹 관계였으며, 현재는 어째서인지 대부분이 노예가 되었다는.

그런 페어리가 다른 종족을 상대로 게임을 한다면, 분명 엘프의 지시에 따른 것이리라.

그리고 이를 외부에 유출할 일도 없을 테니── 그것도 당연한 대답이라 할 수 있다.

『페어리끼리는 영혼을 써서 서로의 《스프라툴》을 자유로이 덧칠할 수 있는 특성 때문에 땅따먹기라 부르고 있사온데── 어떤 공간으로 할지 대립할 때면 '공간의 덧칠 게임'을 한다는 말은 들은 적이 있나이다. 하오나 이번과 같은 게임은, 제가 아는 한 전례가 없었나이다.』

……그렇구나. 그러면 가장 큰 문제.

"……③…… 여기서, 자력으로 나갈 방법, 은……?"

『……아마도, 없을 것이옵니다.』

송구스러워하는 지브릴의 대답. 하지만 그것도 이미 예상했다.

공간위상경계인지 뭔지에 대한 간섭은 페어리의 전매특허인 것 같고 말이지?

그러나 이어진 지브릴의 말에는 시로도 눈을 살짝 크게 떴다.

『애초에——《스프라툴》 내부에서는 페어리가 아니면 정령회랑에 접속할 수 없나이다.』

그것은 지브릴과 이미르아인이 공간전이를 하지 못했던 이유——.

『심지어 대전 당시에도 '외부' 에서 공간위상경계—— 다시 말해 아공간의 왜곡과 함께 억지로 날려버리는 대규모 정령 운용으로 돌파하는 것이 한계였으며——『십조맹약』 이후에는 그것조차 불가능하온지라.』

숫제 마법을 전혀 사용할 수 없다는, 말 그대로 속수무책인 진정한 이유이자.

또한 대전 당시, 페어리가 플뤼겔이나 엑스마키나를 격멸할 수 있었던 이유의 해답이었다.

다시 말해 '후수' 로 갈 수밖에 없는——《스프라툴》 내에 갇혀

버리면 '필패' 라는——.

『【부정】: 탈출은 가능. 구체안: 술사를 말살할 경우 해당 공간은 붕괴하는 것으로 추측.』

"……기각. 이라기, 보단…… 불가능, 해."

『【부정】: 맹약 때문에 술사에 대한 '위해' 는 불가능. 그러나 '과실' 은 세이프. 제안. 본 기체의 자폭. 보유정령 폭발에 '우연' 히 개체명 포에니크람을 말려들게 하면 원찬스 있음. 주인님을 위해서라면 본 기체 목숨 아깝지 않음. 다만 마지막으로 본 기체를 사랑해 주기를 바람. 텔 미 아이 러브 유.』

"……시끄러워…… 짜져."

『그 정도라면 저도 가능하옵니다. 두 분 마스터를 위해서라면 기꺼이. 부디 명령을♪』

"……경쟁하지 말, 고…… 짜져."

아무튼, 결국 플뤼겔이나 엑스마키나라 해도 그 정도가 아니고선 수가 없단 말이지.

——이 세계는 정말이지 각 종족이 가위바위보 같은 상성이구나…….

눈을 흘기며 감탄마저 한 시로는, 한편으로 생각을 정리했다.

즉—— 역시 이 게임을 공략하는 것 말고 탈출할 방법은 없다.

다시금 그 결론에 이른 시로는, 방 한구석을 향해—— 사죄와 함께 도움을 청했다.

"……빠야, 미안해…… 시로, 제정신이 아니었어…… 아, 아무튼 방, 나가자?"

그렇다…… 본래, 이런 정보 분석을 담당해야 할 사람.

포에니크람의 오프닝 방송 후, 자신을 싫어하는 것을 피하려는 여자 일동에게 "이젠몰라너희다진짜미워어!"라며 시로를 옆구리에 안고 대시로 방에 틀어박히더니——.

이제는 그 시로에게조차 겁을 먹고 이불을 뒤집어쓴 채 떨며 울고 있는—— 오빠에게.

■ ■ ■

"……빠야, 시로, 혼자선…… 어쩌면 좋을지, 몰, 라……."

역시 오빠 없이 이 상황을 타파할 방법은 찾을 수 없을 것 같다.

그렇게 설득하는 시로. 하지만——.

"후후…… 동생아. 이런 데스게임 상황에 처할 수밖에 없었던 오빠 따위는 어차피 루저…… 쓰레기란다."

자신을 패배자라 확신한 소라는 절망에 젖은 목소리로 답했다.

그렇다——『십조맹약』이 있는 이 세계에서는 소라와 시로의 원래 세계에서 그려졌던 것처럼 다짜고짜 참가자를 납치해 데스게임을 강요하는 짓은, 근본적으로 불가능하다.

그런데도 본의 아닌 게임을 강요당하고 있다면, 결론은 하나. 그것은——.

자신들은 이미 모종의 게임에서 패배해.
그 결과로 이 상황을 강요당하고 있다――.

따라서 패배자에 불과한 자신이 지금 와서 무슨 도움이 되겠느냐고.
그렇게 탄식하는 소라. 그러나 시로는 여전히 매달렸다.
"……하, 하지만…… 일부러 동의하고 시작했을, 지도? 호로 때, 처럼……."
아아―― 하긴.
조금 전에 생각했던 데스게임의 전제에는, 과연, 몇 가지 예외가 있기는 하다.
예를 들면 종종 한 사람은 있는―― '데스게임임을 알고도 참가한 자' 다.
그것은―― 데스게임에 참가당한 누군가를 구하기 위해.
혹은 반대로 『주최자』를 파멸시키고자 일부러 참가한 자.
다시 말해 『주최자』에게―― 아직 주도권을 빼앗기지 않은 자.
그들은 강요당해서가 아니라, 자신의 의지와 책략에 따라 일부러 처형대에 오른다.
예전에 했던 올드데우스전―― 호로와의 게임에서 소라와 시로가 바로 그랬다.
소라와 시로는 책략에 따라 스스로, 기억을 포기하고 언뜻 데스게임처럼 보이는 승부에 도전했다.
그러나 슬프게도, 이번 경우에는 그게 아니다. 왜냐하면――.

"내가 이 상황에 동의하다니 그런 일은── 절대로 있을 수 없다고…… 후후후……."

하지만 그렇게 탄식하는 소라에게──.

"짜식들아!! 언제까지 처박혀 있을 거야?! 방송 시간 다 됐는데?!"

마침내 인내심이 한계에 달했는지.

소라와 시로가 틀어박힌 방의 문을 없애고 악을 쓰는 페어리 소녀.

포에니크람은 방으로 뛰어들어 소라의 이불을 벗겨내며 고함을 질렀다.

"예정대로라면 첫날 분위기를 하이라이트 편집해서 보낼 생각이었는데, 꼬박 하루 동안 방에 틀어박혀 움직이지도 않다니 무슨 짓거리야?! 너 할 마음이 있는 거야?!"

"할 마음?! 있을리가있냐나보고뭘하라고!!"

그러나 소라 또한 필사적으로 이불을 붙잡고 저항하며 덩달아 외쳤다.

"그러니까 연애를 하라고?! 첫날은 예를 들면, 갑자기 밀실에 갇혔던 불안을 공유하고, 두려움을 서로 달래면서 나중에 시작될 사랑의 복선을 까는──틱한!! 뭐 그런 건?!"

"없다고!! 그게 가능했으면 모쏠로살았겠냐사람이우습게보이냐, 아앙?!"

"거기서 단언하고 노력을 안 하니까 모쏠이지?!"

“엿같은 정론은 관두자?! 자꾸 그러면 나 울어버린다 짜샤?!”

——노력? 뭘 어떻게 노력하란 말인가.

“커플이 안 되면 나갈 수 없고, 최소한 ‘후원(과금)’을 못 받으면 식량조차 없는데?! 규칙은 알고 있어?! 아니면 여기서 굶어 죽을 생각이야?!”

“아마 누구보다도 잘 알고 있을걸!! 잘 알고 있으니까 좌절하는 거잖아?!”

그렇다…… 규칙은 단순—— 커플이 되면 나갈 수 있다…….

또는 스마트폰으로 『열쇠』를 구입하면, 혼자서도 나갈 수 있다…… 이상.

그렇다—— 스마트폰의 표시에 이르길, 5 뒤에 0이 9개나 이어지는 『열쇠』——.

다시 말해——【50억】이라는.

장난하나 싶은 가격이 붙은, 이 『열쇠』를 사서 말이다.

전자의 방법으로는 2조 4명밖에 나갈 수 없다. 남은 1명을 희생하지 않기 위해——『열쇠』를 구입하기 위해, 또한 애초에 생존을 위해, 시청자—— 페어리에게 얻을 수 있는 ‘후원(과금)’을 받으라는 것이, 요컨대 이 게임의 개요다.

그리고 그러기 위해서는 시청자를 즐겁게 해 줄—— 즉, 연애를 할 필요가 있다.

그러나 여기에—— 크나큰 문제가 하나 가로막고 있는 것이다.

그것은 곧——.

“‘연애 다큐멘터리’란 이 세상에서 제일 이해할 수 없는 장르라고!!”

뭘 어떻게 노력하면 시청자가 기뻐할지?

전혀 감도 오지 않는다는 대문제가――!!

“애초에 적당한 놈들 모아다 한정된 범위에서 연애를 시킨다니 그게 뭐야?! 거기서 생겨난 연애라고 해 봤자 ‘제한된 상황이라 어쩔 수 없는 소극적 선택’이 아니고 뭐냐고?!”

――무인도에 표류한 것들끼리 맺어지는 이유?

그거야 당연히『달리 상대가 없으니까』지.

어떻게 거기서 대단한 연애입니다, 같은 낯짝을 할 수 있는지.

심지어 어째서 그걸 눈물로 지켜보는지―― 그 정신구조를 이해할 수가 없다!

“적당히 아무 쥐나 우리에 던져놓고 한정된 상대랑 어쩔 수 없이 번식하는 꼬락서니 보며 기뻐하는 심리 따위 ‘생물학자니까’ 정도밖에는 떠오르지 않는데?! 그게 무슨 악취미야?!”

“어, 얼마나 정신이 썩으면 그런 해석에 이르는 건가요.”

“땅속 깊숙한 데까지 썩었는데 왜?! 반론이 있으면 말해 봐!!”

스테프의 전율을 일축하고,

도저히 의미를 알 수 없는 게임.

하물며 자신이 찐따가 되는 결말밖에 없는 사실상의 데스게임에, 자신의 동의가 존재할 리 없다.

강요당한 게임인 이상, 방법이 없다고 확신하는 소라에게――.

“반론 따위 일절 없나이다. 과연 마스터. 그야말로 혜안이시옵니다.”

“【동의】: 온갖 생물의 번식은 소극적 선택이 원칙. 가까운 개체 중에서 선택하는 이외에 방법이 없음. 필연적으로, 연모의 대상은 항상 같은 클래스, 같은 부류 등 한정된 범위 내의 누군가. 주인님은 역시 대단함. 【재확인】: 해당 한정 조건에서 운명의 상대인 주인님과 만날 수 있었던 본 기체는 대단함. 행운.”

소라를 긍정하고 칭송하는 지브릴과 이미르아인. 그러나 소라는 위화감이 들었다.

엥. 어라?

“소라…… 그건 당연해요…….”

“————엥?”

“사람은 가까운 사람밖에는 좋아할 수 없는걸요. 당연해요. 그게 이상하다고 느꼈다면, ‘애초에 연애가 이상하다고 생각’ 했거나 ‘남의 연애가 마음에 안 들었거나’ 둘 중 하나고——.”

“……그리고, 빠야의 경우…… 후자. 요컨대, 빠야…… 비뚤어졌을, 뿐.”

그렇게 눈을 흘기며 말을 잇는 스테프와 시로에게, 소라는 넋을 놓고 허덕였다.

——스테프한테까지…… 동정받았어…….

……후, 후후…….

“그렇, 군…… 확실히 그래. 알았어…… 방에서 나갈게…….”

아무래도 자신은 연애 버라이어티 정도가 아니라 근본적으로 연애를 이해하지 못하는 모양이다.

하지만 적어도 다른 사람들은—— 자신보다는 그나마 이해하는 듯하다.

그렇다면 적어도 자신보다는 시청자를 기쁘게 해 줄 수 있을 테고——.

"내가 방에 틀어박히면 시로도 움직일 수 없으니 말이지……. 거실까지는 나갈게. 거기서 너희끼리 연애해 줘……. 난 한구석에서 무릎 끌어안고 관엽식물이라도 될 테니까……."

그렇다—— 어차피 찐따가 되는 결말은 피할 수 없다면.

하다못해 아사는 피하기 위해, 자신 이외의 사람들을 행동시켜야 한다.

그렇게 운명을 받아들이고 비통한 결단을 내린 소라에게——.

"우아아아끝이안나잖아~~~~!! 그럼 예정 변경이다?!"

여전히 불만인지, 포에니크람은 머리를 쥐어뜯으며 외쳤다.

"상황이 고착상태에 빠졌을 때 참견할 방법으로 생각했던 아이디어—— 설마 첫날부터 고착상태에 빠질 줄은 생각도 못 했지만—— 아무튼 너희 다섯은 오늘 방송에서 『게임』을 해 줘야겠어!"

——게임……?

반사적으로 경계의 기색을 짙게 머금은 눈을 가늘게 뜨는 소라와 시로에게.

"그렇게 긴장할 필요는 없어. 그냥 간단한 미니게임이니까."

포에니크람은 엽궐련을 입에 물고 웃으며 태평하게 말을 이었다.

"너희가 이기면 난 맹약에 맹세코—— 어떤 질문이든 딱 하나만 『YES』 혹은 『NO』로 허위 없이 대답할게. 그런 특전이 딸린 미니게임이야."

"어떤 질문도?! 예를 들면 『여기서 나갈 다른 수단이 있는가』 같은 것도, 말인가요?!"

"물론. YES/NO로 이끌어낼 수 있다면 무슨 질문에라도 대답할걸?"

——그렇다…… '숨겨진 규칙' 이 존재한들.

YES/NO로 이끌어낼 수 있다면, 거짓 없이 무엇이든 대답하겠다고.

그렇게 제안하는 포에니크람에게, 시선을 교차시키고 고개를 끄덕이는 일동. 하지만——.

"……난 패스. 너희끼리 해……."

"네에?! 왜, 왜 그러세요?!"

"딱히 질문할 게 없으니까 그렇지……."

그렇게 실의에 빠진 채, 무기력하게 대답하는 소라. 그러나.

이어진 포에니크람의 말에,

"참고로 소라 군을 포함해 '누군가와 누군가가 잠정적으로 커플이 되는' 게임이거든?"

"이봐왜멍때리고앉았나제군!! 여기서꾸물대고있어봤자상황은변하지않는다고?!"

부와앙 회오리바람마저 일으킬 기세로 손바닥을 뒤집은 것과 동시에── 언제 이동했는지.

지브릴조차 인식하지 못한 사이에, 방 밖에서 보채고 있었다.

■ ■ ■

"하이~ 여러분!! 제2회 방송── 기합 팍 넣고 보낼게── 아니, 그러니까 그건 아니라니깐. 그, 그래그래. 쓰레기 하면 나 나 하면 쓰레기지! 영원한 밑바닥 스트리머!! 여러분의 샌드백 포에니크람이 방송해 줄게✽"

──아직도 어제의 방송 사고가 지글지글 타고 있는지.

초장부터 시청자에게 아양을 떨면서 시작한 제2회 방송 개시 멘트.

그러나 소라 일행은 말도 없이── 말을 꺼내는 것도 허락받지 못한 채.

또한 보는 것도 허락받지 못한 채, 그저 거실 테이블에 앉아서 듣고만 있었다.

"아, 아무튼 재미난 기획을 많이많이 준비했어!! 다섯 명의 관계를 강제로 달궈 나가는 기획!! 일단은 첫 기획, 당장 시작해 볼게── 이름하여!!"

"『밀고백 게임』──!! 예에~이 둥둥 뿌뿌우~!!"

소란스럽게 콜한 게임 타이틀에.

소라 일행은, 시청자 이상으로 주의 깊게 주목했다.

——어떤 게임인지, 그들 또한 듣지 못했기 때문이다.

사전에 들은 설명이라고는 다섯 명이 자리에 앉아, 눈을 감고, 그 어떤 대화도 해선 안 된다는 것뿐.

따라서 소라와 시로는 옆자리에서, 손을 잡고 눈을 감은 채, 말없이 그저 설명을 기다렸다.

"참가자 다섯 명에게는, 머릿속으로 생각하면 문자가 떠오르는 종이를 한 장씩 나눠줬어!!"

그렇다—— 시로와 잡은 손과는 반대쪽.

왼쪽 손에는, 분명 종이가 들려 있었다.

"참가자들은 이제부터 종이에 『A는 B를 좋아한다』고 적는 거야?! A에는 자신을 제외한 네 사람을, B에는 자신을 포함한, 그리고 A로 썼던 사람을 제외한 네 사람의 이름을 적을 수 있어!!"

——흐음…….

"예를 들어 소라 군이라면, 『소라는 B를 좋아한다』고 쓰면 안 돼. 하지만 『A는 소라를 좋아한다』고는 쓸 수 있는 거야!! 당연히 『소라는 소라를 좋아한다』고는 쓸 수 없겠지. 요컨대—— 누가 누구를 좋아하는지, 서로서로 밀고하는 게임이야아?!"

진짜 악취미 같은 게임이다.

그런 소라 일행의 내심을 아는지 모르는지 포에니크람의 설명이 이어졌다.

"누군가가 『A는 B를 좋아한다』고 쓰고, 또 다른 사람이 『B는 A를 좋아한다』고 썼다면 밀고백 성공!! A와 B는 커플 성립이야!!

다섯 명은 최소 한 커플이 성립될 때까지 계속해야 해—— 그리고 '1회차에 성립된다면' 다섯 명에게는 상품이 있어✽"

과연. 다시 말해, 그것이 사전에 맹세한 '특전' ——.

포에니크람에게 단 한 번, 어떤 질문에도 YES/NO로 대답하게 만드는 조건과…….

"종이는 누가 뭐라고 적었는지 알지 못하게, 내가 회수해서 시청자와 확인하고—— 그때그때 발표할게✽ 그러니까 익명인 거야! 사양할 필요 없이 밀고해도 OK야, 체키라웃!!"

다시 말해 포에니크람은 부정을 저지를 수 없다는 뜻이다.

"물론 의논은 금지!! 눈을 뜨거나, 혹은 목소리를 내면 그 순간 참가자 전원의 패배로 간주할 거야!! 방송상 이건 최악의 결말이니까 진짜 엄수 플리즈야?!"

그렇게 소라 일행의 부정도 막은 채, 한바탕 규칙 설명을 마쳤는지.

포에니크람은 마지막으로.

이 게임의 가장 중요한 내용을—— 드높이 선고했다.

"아울러 성립된 커플은 1일 한정으로『강제적으로 임시 커플』이 돼!!"

——그렇다…… '누군가와 누군가가 잠정적으로 커플이 되는' 게임이라고.

처음에 소라 일행에게 말했던—— 그리고 시청자를 즐겁게 해 주는 진짜 내용을.

“그러면 1회차를 시작할게! 씽킹 타임 5분—— 스타트야!!”

그리고 그렇게 외치자마자,

“그동안 난 댓글 읽고 있을게✽『안녕하세요 포에니크람님』 네~ 안녕하세요 아네모네님✽『니 토크가 제일 필요 없어요』—— 후후. 닥쳐✽ 그럼 냉큼 사라져 쓰레기야. 아, 진짜 시청자 하나 줄었네?! 농담농담, 무릎 꿇고 빌 테니까 제발 봐주세영~? 아이 참~✽”

두서없이 시청자와 배틀을 뜨는 포에니크람을 내버려 둔 채.

소라는 눈을 감고, 말없이 규칙을 정리하며—— 숙고했다.

——요컨대 의논 없이 짝을 만드는 게임.

한 사람이 쓸 수 있는 조합은—— 4×4니까 16가지.

아무렇게나 써서 커플이 생길 확률은, 대충 계산해서 40퍼센트 정도인가…… 낮지는 않다.

그러나 그것은 ‘아무렇게나 쓸 경우’다. 실제로는 플레이어의 심리가 작용해 복잡해진다.

필연적으로 원래 이런 게임은 여러 번의 승부를 전제로 하며, 각 승부의 결과에서 치우치는 경향을 파악하며 밀당을 하게 되는데. 이번 소라 일행의 승리 조건은 ‘1회차에 커플이 성립되었을 경우에만’—— 다시 말해 소라 일행에게는 사실상 ‘단판승부’라는 것이다.

포에니크람은 커플이 성립되어 분위기가 달아오르기를 바란다.

그러나 당연히── 소라 일행의 질문에는 사실 대답하고 싶지 않다──.

1회차 성립을 어렵게 만들며 여러 번 시키는 것이 주지인 게임인 것이다.

그렇다, 밀당 요소는 전무. 승리는 운에 맡긴 게임이다.

──정공법으로 한다면.

그렇기에 소라는 쓴웃음을 금치 못하며, 그저 시로와 맞잡은 오른손의 손가락을 움직였다.

정공법으로 갈 줄 알았냐──? 하며…….

『난 '지브릴은 소라를 좋아한다' 고 쓰겠어. 시로는 '소라는 지브릴을 좋아한다' 라고 써줘.』

──손가락만을 움직여 소라가 시로에게 그렇게 전하자.

몇 초 후, 시로의 손가락은 『알았음』이라고 대답했다.

그렇다…… 분명 의논은 금지했다. 발성도 불가능하고, 표정조차 읽을 수 없다.

마법조차 쓸 수 없다는 공간── 지브릴이나 이미르아인과도 공모는 불가능하다.

그러나── 소라와 시로라면, 이처럼 쉽게 공모가 가능하다.

손만 잡으면 내일 식단까지 의논할 수 있는, 두 사람의 표가 있다면.

첫 번째에 어떤 조합이든 말 그대로 눈을 감고서도 자유롭게 만들 수 있는 것이다!

그렇다고는 하지만 그래도 위험성은 있다고 소라는 숙고를 거듭했다.

——『1일 한정 강제적 임시 커플』이라는 규칙이 구체적으로 무엇을 초래할지 알 수 없다.

누구와 누구를 커플로 만들지—— 지극히 신중하게 생각해야만 한다.

그러므로 우선 첫 번째는 지브릴이다. 최악의 경우 무슨 사태가 벌어져도 피해가 있으리라고 생각하기 어렵고, 또한 소라와 시로의 명령으로 모든 행동을 캔슬할 수 있어 위험성을 최소화하는 것이 가능하기 때문이다.

그러나 나머지 하나는—— 어떻게 해도 위험성을 배제할 수 없다.

그러므로 당연히, 그 위험성을 짊어져야 할 사람은—— 자신 말고는 달리 없지?!

이처럼 합리적이면서도 자기희생적인 판단을 순식간에 마치고 자화자찬하는 소라에게——.

"5분 끝!! 그럼~ 종이를 회수하고, 제1회 집계로 넘어갈게✽"

그렇게 울려 퍼지는 포에니크람의 목소리.

왼손에서 회수되는 종이를 느끼고, 소라는 자비로운 웃음을 머금었다.

그리고——.

“오~ 이건 의외인데?! 정말 첫 번째에 커플이 탄생했어?!”

그렇게 말하는 포에니크람의 목소리에, 승리 포즈를 지을 준비를 시작했다.

——정말. 아아, 위험한 역할이기는 하다.

누가 뭐라고 해도 마음은 내키지 않지만?!

자신이 찐따가 되어 끝나는 외길 루트임을 확신했던 이 게임!!

그것을 뒤집을 희미한 광명을 발견한 소라에게, 그것은 지불할 가치가 있는 위험성이었다!!

그리하여 콧김을 씩씩거리는 소라는 확신한다.

이 게임—— 이겼다고. 구체적으로는.

————첫 여친, 지브릴, 얻었다————!! 라고!!

1일 한정, 임시라 해도 여친이 있었던 적이 있는 소라 동정남 18세여, 어서 와라.

영원한 0이, 오늘부로—— 0.1로 진화하는 것이다, 라고——.

그렇게 감회도 깊이, 포에니크람의 이어지는 목소리를 기다리던 소라—— 하지만.

“스테파니와 지브릴이 서로 좋아한다는 것이 판명됐어!! 생각지도 못한 조합이네?!"

"""——에에엑?!"""

소라와 지브릴, 스테프 세 사람이 나란히 비명을 질렀다.

"야너장난칠래?! 그럴리가있냐너이자식속임수지?!"

커플이 성립된 이상, 게임은 끝났다.

눈을 감고 있을 이유도 입을 다물고 있을 이유도 없어진 소라는 맹렬히 항의의 목소리를 높였다.

자신과 시로의 표가 무시되었다. 분명 포에니크람이 속임수를 쓴 것이다.

하지만 소라와 같이 항의한 것은 공모한 시로——가 아니라.

"——이, 잡동사니—— 나를 속이다니, 슬슬 진짜로 죽고 싶은가 보군요——."

"【조소】: 속은 쪽이 바보. 이 세계의 절대원리. 필연적으로 번외개체는 바보. 증명종료. 바~보."

그렇게 공간마저 왜곡시킬 것 같은 살의를 담아 이미르아인을 노려보는 지브릴이었다.

이미르아인이, 지브릴을 속였어?

잠깐만. 그러고 보니 포에니크람의 결과 발표에 대해——.

의문의 목소리를 높인 것은 소라와, 지브릴. 스테프뿐이었다.

도저히 상황을 파악할 수 없어서, 그렇다면 시로와 이미르아인에게 설명을 요구하는 소라의 목소리는.

"야, 이거 대체 어떻게 된——일인가요오잘못했어요오?!"

두 사람에게서 돌아온―― 절대영도조차 밑돌 것 같은 시선에, 비명으로 바뀌었다.

――어쩌지. 하나도 모르겠어.
무슨 일이 일어난 거야. 그리고 무슨 일이 일어나고 있는 거야?
하나도 모르겠다. 모르겠지만―― 한 가지는 확실했다.
사랑하는 여동생이, 배신했다는 것만은 이해하고, 소라는 눈물을 머금으며 생각했다.
――나, 이번에는 무슨 지뢰를 밟은 건가요……? 하고…….

■ ■ ■

핀으로 표본을 찌르듯 시선으로 소라를 꿰뚫어버리며 시로는, 생각했다…….
밀당에 뛰어난 오빠가, 연애가 얽히면 고물이 되는 모습에, 생각하지 않을 수 없었다…….
……빠야는, 혹시 바보 아닐까……? 하고…….
오빠도 여러모로 생각했던 것 같지만, 이 게임은 지극히―― 정말로 지극히 단순했던 것이다.
그야, 그렇잖아? 이런 건――.

――모두 『소라는 자신을 좋아한다』고 쓸 게 뻔한걸……?

오빠는 그저, 좋아하는 아이를 골라서 『○○은 소라를 좋아한다』고 쓰기만 하면 끝났을 것이다.

게다가 그것은── '밀고' 도 무엇도 아니다. 평범한 고백이다.

그것이 포에니크람의 진짜 노림수인데…… 왜 모를까…….

그러므로── 시로는 그저, 목소리는 내지 않고, 입술을 움직였다.

──『빠야가 지브릴하고 맺어지려 한다』고…….

이미르아인이라면── 엑스마키나의 센서, 관측장치가 있다면.

눈을 감아도 입술을 읽으리라 예상하고. 그리고 단순히 이렇게 덧붙였다.

──『시로, '스테프는 지브릴을 좋아한다' 고 쓴다』고…….

시로와 마찬가지로, 수리적 합리적으로 사고할 수 있는── 이미르아인이라면.

그것만으로도 시로의 의도를 읽고 넘어와 주리라 확신했던 것이다.

다시 말해── 지브릴에게 『소라는 지브릴을 좋아한다』고 쓰게 만드는 것을 저지──혹은 『여동생님에게서 전언. '소라는 시로를 좋아한다' 고 써라』라고, 모종의 수단으로 지브릴에게 전달한 다음, 이미르아인 자신은 『지브릴은 스테프를 좋아한다』고 쓸 것이라고.

그렇다. 자신과 소라의 커플링은 일단 포기하더라도.
우선── 소라와 지브릴의 커플 성립을 저지하고.
또한 게임의 승리 조건을 만족하는── 차선책으로 타협하는 결탁을 해 주리라고──!!

그리하여 그 의도는 성공했다.
그러나── 그러고도 시로는 소라와── 그리고 지브릴에게.
"“──히익?!”"
나란히 비명을 지르게 만들── 쏘아 죽일 듯한 시선을 보냈다.

그치만, 애초에── 말야. ……빠야?
둘이서 확실하게 이길 거라면, 둘이서, 말이야?
──『소라는 시로를 좋아한다』, 『시로는 소라를 좋아한다』고 쓰기만 하면, 됐잖아……?
왜 일부러 시로한테, 지브릴을 빠야하고 맺어지게 하라고, 지시했어……?
그리고 지브릴도, 말이지……?
은근슬쩍 혼란을 틈타 『소라는 지브릴을 좋아한다』고 쓰려고 했지……?
이미르아인이 저지하지 않았으면, 썼겠지……? 그치……?

“자 그러면 규칙에 따라── 한번 가 볼까나?!”
그러나 소라와 지브릴에게는 다행히도 그 추가타를 가로막듯.

"지브릴과 스테파니의 1일 강제 임시 커플링—— 스타트야?!"
그렇게 흥분한 기색으로 포에니크람이 힘차게 선언하고——
동시에.

—— '심쿵' …… 하고.
서로를 바라본 스테프와 지브릴이, 사랑에 빠지는 소리를.
시로를 포함한 전원이—— 똑똑히, 들은 기분이 들었다.

■ ■ ■

—— '1일 한정 강제 임시 커플링' …….
그 규칙이 가져온 결과를, 소라도 시로도, 이미르아인마저도 마른침을 삼키며 주시했다.
스테프와 지브릴이 커플이 돼——? 전혀 상상할 수 없다.
그러나 서로를 바라보며 뺨을 붉히는 두 사람…… 이것이 커플이 된 상태인가?
엥, 이게 다야? 하고 소라가 맥이 풀리려 했던—— 다음 순간.
"————♥"
"히이이익?!"
지브릴은 헤벌쭉 웃음을 흘리고, 스테프는 새빨갛게 물든 뺨을 실룩거렸다.
——아무리 봐도 연인 사이에서 보일 표정은 아닌 그 모습에, 소라가 의아해한 것과 동시에.

지브릴은 소리의 벽을 부술 기세로 스테프에게 달려들고——
이어서.

"어이쿠~~~?! BAN 당할 만한 청불 전개는 NG야✻"
——무슨 일이 일어났는지, 소라가 인식하기도 전에.
그렇게 고한 포에니크람에 의해 무언가가 캔슬되었는지.
지브릴은 스테프의 옆을 지나쳐 똑바로 벽에 꽂히고.
한편 스테프는 자신의 몸을 끌어안은 채 눈물을 머금고 부들부들 떨고 있었다.
——어떻게 된 거야.
BAN 당할 짓을 하려고 했던 거야?! 그보다 무슨 일이 일어났길래?!
"어…… 지, 지브릴, 너 스테프랑 사랑에 빠진 거야?"
"제가 도라이양하고? 농담도—— 도라이양은 제 애완동물이옵니다만?"
조심조심 묻는 소라에게, 머리의 혹을 누른 지브릴은 어리둥절한 태도로 대답했다.
"종복 따위가 애완동물을 키우는 것을—— 두 분 마스터께서 관대하게도 허가해 주셨기에."
——일단, 소라와 시로는 서로를 바라보며 확인했다.
그런 허가를 내린 기억도 없거니와, 애초에 신청을 받은 기억도 없는데.
"애완동물 주제에 건방지게도 옷을 입었기에 저도 모르게——

하오나, 뭐, 벗길 수 없다면 지금은 허락해 드리지요. 도라이양, 앉아. 그리고 손♥"

"——네, 네에……."

"옳~지옳지. 도라이양은 착한 아이로군요~♥"

"우, 우우우……."

아무튼 스테프와 지브릴 사이에서는 그런 공통인식이 있는지.

개처럼 취급하며 명령을 내리고 머리를 쓰다듬자, 스테프 또한 싫지는 않은지 얼굴을 붉히고 있었다.

"저기……. 확인 좀 할 수 있을까…… 두 사람, 언제부터 그런 관계가?"

"예. 두 분 마스터와 처음으로 게임을 했던 다음 날부터, 이옵니다. 마스터께서 도라이양에게 목줄과 귀와 꼬리를 달아 산책을 시키셨다는 말씀을 듣고, 그러면 저도, 하는 마음에—— 도라이양은 반응이 참 귀엽지 않사옵니까? 괴롭혔을 때 우는 얼굴은 그야말로 등골이 짜릿짜릿해지는 것이—— 아아. 알몸으로 산책을 시켰을 때는 특히——."

"지브—— 아, 주인님?! 그건 아무한테도 말하지 않기로 약속했잖아요?!"

"어허……? 애완동물이 주인에게 말대꾸를? 하는 거군요♥"

"히익! 저, 저기! 버, 벌은 하다못해 살살 해 주세요?!"

과연. 좋아 알겠어.

아무래도 상당히 대규모로 기억날조가 이루어졌던 모양이다.

그것을 확인한 소라는, 한 차례 심호흡을 하고——.

"얀마 포에니크람?! 이게 어딜 봐서 커플이야?! 너 지식이 한쪽으로 쏠렸잖아?!"

아무리 봐도 '연인관계' 가 아니라 '주종관계' 가 된 두 사람을 보며.

규칙의 허위를 호소하는 목소리. 그러나 포에니크람은 신나서 단언했다.

"커플이야!! 두 사람의 '무의식적인 합의로 성립할 수 있는 커플' 이 된 거야!"

그렇게 선고한 포에니크람의 말이 사실이라면, 그건 곧——.

"……스테프, 는…… 지브릴의 애완동물이어도…… 괜찮다고…… 생각했어?"

스테프가 무의식중에라도 그렇게 생각하지 않았다면, 이 상황은 성립되지 않는다고.

포에니크람에게 그렇게 묻는 시로.

"아, 아니에요?! 저, 저는 어디까지나 지브릴이 부탁하니까…… 어쩔 수 없이……!"

스테프는 필사적으로 변명했다.

"그, 그치만!! 다른 사람도 아닌 지브릴이, 저를 원해서, 부, 부탁하러 왔는걸요?! 저도 이런 건, 사실은 싫은걸요?! 펴, 평범한, 그—— 여, 연——."

"도라이양? 두 분 마스터께서 도라이양에게 질문하셨다면 몰라도, 주인의 허가도 없이 남하고 말해도 된다고 생각했나요? 교육이 좀 부족했던 모양이군요♥"

"히익! 잘못했어요오!!"

하지만 그렇게 꾸짖는 지브릴의 목소리에는.

점유욕—— 질투의 빛이 담겨 있음은 명백했으며.

이를 느꼈기에 스테프의 사죄하는 목소리에도 희색이 깃들어 있었다.

그 모습에, 소라와 시로는 나란히 납득했다—— 응, 정말로 커플이 맞다고.

——그런 커플이네, 라고.

다시 말해—— '1일 한정 강제 임시 커플링' …….

'서로에게 반하는' 것이 아니라, 어디까지나 강제로 '커플이 된다' 는 것.

서로 '이런 관계성이라면' 하고 무의식중에라도 합의할 수 있는 커플이 된다는 뜻이다.

게다가 이미 그런 커플이 된 상태로 인식하게 기억을 날조한다.

그렇다면——.

이미르아인은 경계색을 짙게 띠며 물었다.

"【확인】: 1일 경과 후. 날조된 기억. 당연히 사라짐?"

"당연히 안 사라지지♪ 하지만 뭐~ '날조된 기억' 이라고 인식하게는 될 테니까 '그런~ 꿈을 꾸었다' 정도야. 그리고 꿈과 마찬가지로 조만간 잊어버릴 거야✽"

본의 아닌 상대와 커플이 되었던 기억이, 그래도 어느 정도는 남는다고 하는 포에니크람.

그 말에 등골이 오싹해진 시로와 이미르아인과는 달리, 소라는 생각했다…….

——다시 말해 내가 계획대로 지브릴과 커플이 되었다면.

어떤 형태로도 지브릴과 커플이 되는 꿈을 꿀 수 있었다!!

꿈속에서도 인기가 없는 내가!! 어쩜 희망이 가득한 규칙인가!?

빌어먹을, 결국 난 왜 졌던 거야?!

그렇게 후회에 몸부림치며, 자신의 패배 원인을 필사적으로 고찰하는 소라를 방치한 채——.

“우웨헤헤~ 꽤 많이 벌었어~ 다들~ ‘후원(과금)’ 잘 부탁해~✽”

보아하니 지브릴과 스테프의 백합 커플은 나름 호평이었는지.

기분 좋게 화면에 대고 그렇게 말하는 포에니크람을 보며, 소라는 문득 기억을 떠올리고 냉정해졌다.

“그러고 보니 이거 링커넷으로—— 엘프들한테도 방송되는 거였던가…….”

플뤼겔이 이마니티와 연인관계가 된 모습.

그것이 전 세계에—— 적어도 엘프들에게는 보이고 있는 것인가, 하고…….

가령 지브릴과 커플이 성립됐다 쳐도, 그것이—— 혹시 필이나 크라미도 보고 있을지도 모른다고 생각하면, 아무리 그래도 그건 사양하고 싶은데…… 하고 갈등을 드러내는 소라. 그때——.

“아, 이 방송은 엘프는 못 봐—— ‘개인 방송’ 이니까.”

포에니크람이 대답했다.

“페어리의 정령회랑 접속신경은 좀 특수하거든. 공간위상경계 너머로 뿌리 같은 게 뻗어나가서, 페어리끼리 그 링크—— 뿌리를 이어서 링커넷을 구축하는 건데. 내가 이 방송을 하는 건 ‘직접접속’ 이야. 그러니까 채널 구독—— 나와 개인적으로 접속한 페어리밖에는 못 보는 거야✽”

그렇구나……? 자세한 부분은 잘 모르겠지만.

그러고 보니 포에니크람은 처음부터 ‘개인 방송’ 이라고 했지.

요컨대 비밀 방송——이라기보다, 시스템으로는 P2P 접속 같은 건가?

그렇다면 그건 그거대로——.

“그러니까, 지금 ‘후원(과금)’ 을 던져 주는 녀석들은, 일부러 너하고 개인적으로 접속——채널 구독을 해서, 일부러 이걸 보고, 심지어 일부러 돈까지 내고 있다고?”

심지어 지브릴의 말에 따르면——『영혼』과도 같은 돈을.

스마트폰의 표시로 보자면—— 틀림없이【1만】이나【2만】같은 액수를.

가령 엔화와 같은 시가라고 가정한다면 1만 엔이나 2만 엔을 던져 주고 있다는 뜻이다…….

——제정신이야? 하고 물으며 흘겨보는 소라.

“훗훗후…… 남의 연애담을 보기 위해서라면 기꺼이 노예로 전락하는 것이 바로 페어리야. 하물며 플뤼겔이 사랑에 빠지는 모습—— 돈을 내서라도 보고 싶은 아이는 당연히 있지✽”

“잠깐 기다려 봐. 지금 ‘기꺼이 노예로 전락’ 이라고 했냐?”

페어리와 엘프—— 과거에는 우호 종족이라고 들었다.

그러나 어느 시기를 경계로 노예가 되었다—— 경위는 알 수 없지만—— 설마, 싫어져서.

“응? 아~…… 엘븐가르드가 우리를 국가기밀로 삼은 다음 페어리의 생태는 별로 안 알려졌나봐? 그럼~ 가르쳐 줄게?!”

의구심을 떠올린 소라에게, 포에니크람은 대놓고——.

“페어리는 무엇보다도 ‘남의 연애담’ 을 원해!!”

소라가 흘겨보며 ‘설마’ 라고 의심했던 내용을 그대로 읊었다.

그렇다…….

“긴 수명이 있는 주제에 끈적끈적한 엘프의 연애—— 질척질척하고 내숭쟁이라 예술도 그쪽 방면으로 엄청 발전했거든?! 그렇다 보니 태고 시절부터 편도 들고, 안정적으로 연애담이 공급되니까 노예가 되는 애도 있지! 《사랑의 신 알루람》이 창조하신 사랑의 종족을 우습게 보지 말라고?!”

이렇게.

요컨대. 소라는 이제 공식 설정이라고 확신한—— 엘프가 아닌 ‘에로프’ 의.

질척질척한 연애담과 창작물을 목적으로, 페어리는 스스로 노예가 되었다는 것이다…….

심지어——.

"링커넷도 엘프한테 정보망으로 제공해서, 오가는 '이것저것'을 엿보고 즐기기 위해 시작한 거다?"

"……100퍼센트 엿볼 걸 알고 쓰는 인터넷이라니."

"엘프에게 페어리는 '통신기능 달린 편리한 꽃' 정도의 인식이거든? 꽃이 보는 걸 일일이 신경 쓰는 엘프는 없어."

과연. 하위종족의 인식은 상상 이상으로 절대적인 모양이다.

그러나, 그보다도…… 너무나도 너무한 진실에, 소라는 자기도 모르게 신음했다.

"……그렇게 시시한 이유로 엘프의 노예가 됐다는 거야……?"

"시시하다니 뭐가. 우리한테는 말 그대로 생명줄인데?"

울컥한 듯 포에니크람이 말했다.

애초에 페어리는 꽃의 종족—— 흙과 물과 태양만 있으면 식사도 필요가 없다고 한다.

그 흙과 물과 태양도 《스프라툴》 내부에서 만들 수 있는—— 궁극의 친환경 종족이다.

그러나 마법을 행사하면 소비되는 『영혼』의 보급은 어떻게든 필요하며——.

"그 『영혼』을 증폭시켜 주는 게—— '남의 연애' 야✽"

이미르아인이 시사했던 방법을—— 포에니크람은 직접 말해 주었다. 그것은 즉.

"남의 연애담을!! 보고 듣고 낳는 것—— 다시 말해 오열 희열 유열 기타 등등에 '꽂혀서' 길러지는 게 페어리란 말이야!! 꽃이니까!! 꽃이니까!! 어? 혼신의 종족 개그인데? 어? 웃으라고?!"

개그에 실패했던 게 어지간히 충격이었는지 눈물을 머금고 호소하는 모습.

그러나 미안하지만 그럴 상황이 아니라고, 소라는 두통을 참으며 다시 질문했다.

"아니, 그걸 고려해도 말이야. 엘프의 노예가 될 필요가 있어?"

"필요는 없지만 딱 좋았어. 엘프하고는 생태적으로 상성이 좋았으니까."

아아…… 그 부분은 지브릴에게도 들었다.

하긴, 식물의 씨를 말릴 기세인 드워프하고는 한 하늘 아래에서 살 수 없겠지만.

그래도 엘프 이외의 다른 종족이라도 됐을 텐데, 역시 노예 계약을 맺을 정도라면——.

"애초에 달리 선택의 여지가 있었겠어? 자아조차 애매한 상위종, 당장에라도 멸망할 것 같은 흡혈종(담피르), 파트너를 잡아먹기만 하는 해서종(세이렌), 골방지기인 월영종(루나마나), 마법적성도 없는 이마니티, 하물며 짐승 같은 연애밖에 안 하는 수인종(워비스트)한테서 질 좋은 연애담을 안정적으로 공급받을 가망이 있었겠어?!"

——다시 생각해 보니, 이 세계에는 멀쩡하게 연애하는 종족이 별로 없구나…….

내심 그렇게 신음하는 소라. 그러나 그 이상으로 마음에 걸리는 발언에 얼른 끼어들어,

“마지막 부분 좀 자세하게. 저기, 워비스트의 연애란 역시, 이노 같은 게 보통인——.”

“맞아—— 과거형이야!! 나는! 세상을 다 불사를 사랑을 보고 싶어!!”

그러나 내버려두었던 포에니크람의 변설은 더욱 열기를 띠며 이어졌다.

“엘프의 끈적끈적 보수적 연애도 슬슬 식상해졌거든?! 성별도 종족도 넘어선 압도적 사랑!! 이게 새로운 스탠다드가 될 거라고 나는 확신해!! 이렇게!”

그렇게—— 털썩, 하고 소라의 머리 위에 앉아서.

포에니크람이 외치며 가리킨 것은, 그동안 계속된 커플.

진짜 개를 방불케 하며 발랑 누운 채, 미소를 짓는 지브릴에게 배를 쓰담받으며 부끄러운 듯—— 그러나 숨길 수도 없는 기쁨을 드러내는 스테프라는, 이 그림이.

연애의 새로운 스탠다드가 된다고 한다.

옛날 스탠다드도 모르는 소라는 그 전위적 연애관은 이해할 수 없었으나.

아무튼 포에니크람의 말에 『YES』를 고하는 박수를 대신하듯.

시청자들의 ‘후원(과금)’ 소리가 짤랑짤랑 끊임없이 울려 퍼지고 있었다…….

"아, 맞아맞아 소라 군, 너희들. 1회차에 커플 성립됐으니까 상품이 있어."

——아아…… 그러고 보니. 완전히 잊어버리고 있었다.

포에니크람에게 딱 한 번 YES/NO로 이끌어낼 질문을 할 수 있는 권리.

솔직히 소라에게는 딱히 질문 따위 없었으나——.

"방송 시간은 아직 앞으로 1시간 정도 남았으니까 그때까지 기다려 줘✽"

"아니, 1시간이 아니라 1일 기다리게 해 줘…… 방에서."

스테프는 질문하고 싶은 눈치였으니—— 두 사람이 제정신으로 돌아오기를 기다려야 하리라.

그렇게, 더더욱 타오르는 모습을 보이기 시작한 지브×스테에게 등을 돌리고.

자신을 책망하는 듯한 시로의 눈길에서도 도망치듯, 소라는 방으로 돌아갔다.

■ ■ ■

3일째—— 밤.

"——헉! 제가 대체 뭘 하고 있었던 건가요?!"

"흐음…… 뭘 하고 있었느냐—— 말이지."

"……물어봐도, 괜찮……겠어?"

방송 종료 후 하루. 강제 커플링에서—— 22시간 정도가 지나.

I ♥ 人類

갑자기 제정신으로 돌아온 분위기의 스테프에게, 조심조심 방에서 고개를 내민 소라와 시로가 물었다.

지브릴과 스테프가 백합을 전개하는 공간에 자신들이 있을 곳 따위 없을 거라고.

——방송 종료도 기다리지 않고 자기 방에 틀어박혀, 하염없이 둘이서 게임하며 시간을 보냈던 소라와 시로에게, 그 후의 지브릴과 스테프에게 무슨 일이 있었는지, 구체적으로는 알 방법이 없었으나——.

"저어어어어얼대가르쳐 주지마세요오?!"

"【보고】: 명칭불명 여성과 번외개체 사이에서 이루어졌던 행위. 모두 녹화 완료. 주인님 볼래?"

"저어어어어얼대보여주지마세요?! 지, 지브릴도! 그건 아니거든요?! 강요당해서 한 거지, 절대로 제 의지가 아니란 걸 이해해 주세요?!"

"네, 그거야 피차일반이니. 하오나 상당히 자극적인 체험이었습니다♥"

그 반응과—— 그 상태가 하루 내내 이어졌을 때 발전할 흐름을 통해, 짐작할 수는 있었다.

굳이 따진다면, 포에니크람에게 청불 전개를 봉인당한 채 어떻게 진도를 나갔을지는 알 수 없었지만. 아무튼 소라와 시로는 스테프의 바람대로 그 이상은 묻지 않기로 했다.

그러나——.

또 다시 털썩 소라의 머리 위에 앉은, 완전히 오프 모드인 포에니크람은 야비한 웃음을 지으며 말했다.

"그헤헤…… 안심하라고. 방송 종료 후 지난 하루를 2시간에 담은 다이제스트 동영상을 자지도 쉬지도 않으면서 절찬 편집 중이니까?! 오늘 밤 방송은 이걸로 완벽—— 너희는 물론이고 모든 시청자가 다 같이 보게 될 거야!!"

"그걸방송하신다고요?! 거짓말이죠농담하시는거죠?!"

머리 위에서 엽궐련을 피우는 요정과 비명을 지르는 스테프의 모습에—— 소라는 고뇌했다.

——솔직히, 보고 싶다. 하지만 보고 싶지 않다.

스테프와 지브릴의 백합 조합—— 원래의 자신이라면 눈을 크게 뜨고 감상했을 것이다. 괜찮다면 반찬으로 삼고자 스마트폰에 녹화까지 해서 감상했을 것이다. 그러나.

커플이 생기기 시작하고 자신이 찐따가 되어가는 과정을 본다는, 어렴풋한 거부감—— 다시 말해 슬픔이 앞선 소라는,

"……근데 말야아…… 왜 포에니크람은 참가 안 해?"

그랬으면 내가 찐따가 될 일도 없었을 텐데, 하고.

그랬으면 나도 쌍수 들고 스테프와 지브릴의 백합 전개를 봤을 텐데, 하고.

그렇게 비난하는 듯이 묻는 소라에게.

"어? 하지만 우린—— 페어리는 직접 연애를 하진 않는걸?"

포에니크람은 어리둥절한 표정으로 대답했다.

"우린 기본적으로 꽃이야. 번식은 꽃가루로 하고 연애할 필요는 없는걸?"

"잠깐. 그렇다면, 뭐야…… 페어리는── '암술과 수술' 이 둘 다, 있다거나?"

"응? 물론 있지? 보고 싶어?"

"……스톱. 암술과 수술……이란 건, '비유' ? 아니면, 말 그대로의 의미?"

눈을 흘기며 묻는 시로. 그러나 그 말이 들렸는지 안 들렸는지.

포에니크람은 그 이상으로── 무엇보다도 뜨겁게 말했다.

"애초에 우리는 '눈팅족' 인걸?! 정열적으로, 일사불란한 대연애가 지금 막 이루어지고 있는── 그 자리의 한구석에 조용히 피어 있는 한 떨기 꽃으로 있고 싶어!! 직접 거기 끼어드는 건 논외!! 기껏 생겨나려는 연애담이 더러워지잖아?!"

"그렇다기보다 마스터. 연애로 『영혼』을 증폭시켜 그 『영혼』으로 마법을 쓰는 페어리가 스스로 연애까지 할 수 있다면, 그건 영구기관이라…… 그렇게까지 엉터리 생물은 아니옵니다."

"엉터리가 엉터리한테 뭐라는겨."

──딱히 '번식에 불필요해서' 라는 이유뿐이라면, 그건 플뤼겔도 마찬가지이며.

연애를 안 할 이유는 되지 않을 텐데…… 굳이 따지자면 종족적 제약이 아닐까.

아무튼 소라는 체념에서 온 달관과도 비슷한 한숨으로 두 사람의 주장을 받아들였다.

"——그러면? 전부 제정신으로 돌아왔으니—— 슬슬『질문』을 해야지?"

오늘 밤의 방송까지 이제는 시간도 없다면서 채근하는 포에니크람.

그러나 소라는 변함없이 대꾸했다.

"아니, 그러니까 난 딱히 질문할 게 없다니까……."

"있는걸요?!『여길 나갈 다른 수단』의 유무라든가, 애초에 이 상황의 설명이라든가?!"

"그럼 스테프가 질문하면 되잖아……."

"제가 필요한 정보를 YES/NO로 이끌어낼 수 있을 것 같나요?!"

가슴을 펴며—— 숫제 당당하게 말하는 스테프에게 소라는 탄식하며 생각한다.

——그래…… 나는 딱히 질문할 게 하나도 없다.

그래도, 구태여 하라고 한다면, 그것은『확인』이며——.

"……그럼 우선 스테프. 너한테 질문."

"——어? 네? 저요?"

"너, 그 옷 입고 자 본 적 있어?"

"에? 아뇨, 그야~ 잠옷으로 갈아입죠? 아, 여, 여기 온 다음에 산 잠옷이라면 낭비한 건 아니에요?! 싼 걸로 골라서——."

별 상관도 없는 변명을 황급히 늘어놓는 스테프. 하지만 이를 무시하며 소라는 말을 잇는다.

“그렇겠지. 적어도 그 장식을 달고 잠을 자지는 않을 거야. 여기저기 찔릴 거고. 그리고 나와 시로도 스마트폰에 태블릿, 휴대용 게임기까지 가지고 있었어. 그런데 딱 하나── 있어야 할 게 없어.”

여기서 도출되는 사실은, 그렇다── 질문할 것까지도 없이,

“그런고로 이건 단순한 확인이지만…… 포에니크람에게 『질문』──.”

“──『나와 시로는 이미 에르키아 왕이 아니다』── 맞지?”

“──『YES』……야.”

그리고 소라의 그 질문과 포에니크람의 대답에.

스테프와 지브릴, 이미르아인── 심지어 시로까지도 눈을 크게 떴다.

“아, 슬슬 방송 시간이다?! 오늘은 하이라이트 동영상을 시청자와 코멘트 달면서 진행하는 거니까 너희는 쉬고 있어도 돼!! 다음 『게임』도 내일 밤 8시부터야── 지각하지 말고 대기해! 그럼 2시간 정도 실례할게! 아듀!!”

그렇게 황급히 떠벌이더니 포에니크람은 허공으로 녹아드는 듯이 사라졌다.

그리고──.

“아니, 잠깐, 에?! 어어어, 어떻게 된 거예요?!”

그 자리에 남은 일동을 대표해, 비명 섞인 목소리로 소라에게 바짝 다가서는 스테프에게.

"어쩌고 자시고도 없는데……."

소라는 일관된 로우텐션으로 대답했다.

"자고 일어난 다음이라 처음에는 넘어갔지만, 나하고 시로한테는── '왕관' 이 없었어……."

그렇다── 원래 같으면 소라의 오른팔에 완장처럼 감겨 있어야 할 것.

그리고 시로의 머리장식이 되었어야 할── 왕관이, 없다.

지금 와서 깨달았는지, 황급히 소라와 시로의 왕관을 찾으려 하는 일동의 시선은 내버려 둔 채,

"잘 때는 벗으니까 그야 그렇겠지 했는데, 그럼 스테프가 평소 복장인 건 이상하잖아. 하물며 우리가 스마트폰이랑 태블릿을 끌어안고 자는 건 아니고."

따라서──.

"……우리가 일어났을 때 게임이 시작되고── '개인 물품' 과 함께 갇혀 있었어. 그 '개인 물품' 중에 왕관이 없다── 나와 시로는 에르키아의 왕좌에서 쫓겨났다고 생각하는 게 타당하잖아."

"어? 잠깐만요. 기다려봐요. 그거── 중대사잖아요?!"

"응, 중대사지."

사라진 기억── 그동안 엄청나게 큰일이 일어났던 것은 틀림없다.

그러면 구체적으로 무슨 일이 일어났는가? 그렇게 묻는 일동의 시선.

그러나 소라는 고개를 가로저었다.

"하지만 그 이상은 몰라. 그렇다기보다, 알지 못하게 기억이 지워진 것 같으니까."

"……마스터. 그것이 무슨 뜻이온지요……?"

지브릴과 스테프, 이미르아인이 나란히 소라에게 설명을 요구하는 시선을 보냈다.

——솔직히 말하자면, 소라는 상당히 의기소침했다.

그 이유를 새삼 설명하는 것은—— 우울하기 그지없는 일이라.

소라는 말없이 한숨만 쉬고 방으로 돌아가고 싶었지만——.

"……빠야?"

다른 사람도 아닌 시로의 시선에는 저항하지 못한 채, 한숨은 토했지만—— 말을 이었다.

"……시로. 여기 갇히기 전—— 마지막에 있던 기억은?"

"……이미르아인, 이…… 에르키아에, 남았던…… 거?"

그렇다—— 엑스마키나가 갑자기 에르키아를—— 소라를 찾아와서.

엎치락뒤치락한 끝에 떠나고, 이미르아인만이 남았다……. 이것이 소라의 마지막 기억이었으며—— 말없이 고개를 끄덕이는 스테프와 지브릴, 이미르아인도 마찬가지였다.

하지만 그것은 '그때까지의 기억은 있다' 는 것을 의미하지 않는다. 왜냐하면——.

"그래. 하지만 기억 삭제는—— 그 이전에까지 미치고 있어."

눈을 동그랗게 뜨는 네 사람에게, 소라는 증거로 스마트폰을 꺼내보였다.

"태스크 스케줄러. 엑스마키나가 오기 전의 시점부터, 부자연스럽게 새하얘."

소라가 무언가를 꾸미고 계획할 때, 반드시 태스크를 입력하던 앱.

그것이—— 명확하게 기억이 있어야 할 시기에조차 아무것도 입력되어 있지 않은 것이다.

무엇을 계획했는지는, 모른다. 기억이 없다.

그러나 소라와 시로가—— '아무것도 계획하지 않았던 날' 이 있을 리가 없다.

그 기억은 고사하고, 기록도 벌레가 먹은 것처럼 사라졌다——심지어.

"그렇다면 말야—— 스마트폰도 조작되어서 화면에 표시되는 날짜가 맞는지도 알 수 없긴 하지만—— 이미르아인이 에르키아에 남았던 날로부터 39일 경과했어."

"……【긍정】: 본 기체의 내장 관측기기와 일치."

이미르아인도 동의하는 39일간—— 설마 자고 있었던 것은 아닐 터.

따라서—— 결론은 심플하다. 요컨대——.

"우리는 엑스마키나가 오기 전부터 계획했던 무언가가 원인이 돼서, 왕좌에서 쫓겨나고——."

그리고.

"뭔가 실수해서…… '패배' 했을 거야. 그 결과가 이 꼬라지고."

——패배, 했다……?

소라와 시로가, 패배? 『　(공백)』이, 진짜로 졌다고?

스테프도, 지브릴도, 이미르아인까지도.

소라의 말을, 가슴이 받아들이지 못하는지, 망연자실했으나.

소라는 다분한 자포자기를 담아—— 내뱉듯 덧붙였다.

"알기 쉽게 말해 줄까? 무슨 수를 써도 진실에는 다가갈 수 없도록 기억도 기록도 철저하게 삭제되고, 그 상태로 무슨 수를 써도 못 이길 게임을 당하고 있다는 게, 이 꼬라지야."

"——에? 무슨 수를 써도 못 이길 게임, 이라니…… 그게 무슨 말인가요?"

과연. 무슨 일이 일어났는지 추측조차 불가능하게 만드는 철저한 기억삭제가 이루어졌다는 것은 알겠다.

그러나 어떻게 소라는 '무슨 수를 써도 이길 수 없는 게임' 이라고 단언하기에 이르렀는가.

논리의 비약이라 생각한 일동의 의아해하는 시선. 하지만——.

"정 알고 싶다면 다음 『질문』으로 해답을 끌어내 줄게."

마침내 기력이 다한 소라는, 그 말만을 하고 어깨를 늘어뜨린 채 몸을 돌렸다.

포에니크람이 말하길── '다음 게임' 인지 뭔지는 내일 한다고 한다.

어제와 마찬가지로 『질문권』을 미끼로 강제 커플링을 하는 내용의 게임이겠지.

그렇다면 다음 『질문』── 즉, 확인으로 답이 다 나오겠지.

무엇보다도 게임을 하면 누군가와 커플이 될 가능성이 조금은 있고 말이지?

"그런고로 난 다시 방에 틀어박힐란다…… 내일 봐~……."

그렇게 시로를 데리고 방으로 돌아가는 소라의 등을, 스테프와 지브릴, 이미르아인은 멍하니 지켜보았다.

■ ■ ■

4일째── 저녁.

포에니크람이 선언한 다음 게임── 밤 8시를 기다리지 않고.

소라와 시로는 좋은 냄새에 낚여 흐느적 흐느적~ 방에서 얼굴을 내밀었다.

거기서 두 사람이 본 것은, 어젯밤과 확 달라진 공용 공간──.

"아, 소라, 시로. 마침 잘 왔어요. 부르러 가려고 했거든요."

식당과 주방에서, 웃으며 요리하는 스테프였다.

부엌과 식탁, 식기와 조리기구 등등…… 상당히 생활감이 늘어난 그곳은── 지브릴에게 맡겨놓았던 태블릿── 다시 말해

‘후원(과금)’ 을 소비해 구입한 것이 틀림없었으므로――.

“스, 스테프 너―― 내 탈출에 쓸 『열쇠』를 사야 하는데……?!”

마지막으로 남을 사람이 자신이라고 확신하는 소라는 참지 못하고 비명을 질렀다.

――이, 이 자식…… 왜 이런 낭비를?!

밥이야 식빵만 사서 때우면 되는데?!

그렇게 탄식하는 소라에게,

“걱정 말아요. 수지 계산은 잘 해서 샀으니까요.”

스테프는 흐흥 가슴을 펴며 대답했다.

“여기서 일주일 이상 지낸다면, 그때마다 조리된 식량과 식수를 구입하는 것보다는, 물은 정원에 우물을 만들어서, 식사는 최소한의 조리설비를 준비해서 식재료를 한꺼번에 구입하는 편이 싸게 먹혀요.”

――흐, 흐음…… 그렇, 구나.

스마트폰으로 ‘후원(과금)’ 의 잔고를 확인한 소라는 내심 역시 스테프라고 신음했다.

어젯밤의 방송 종료 시점에서는【1,984,000】이었던 잔고. 그러나 스테프가 이렇게나 리폼과 식재료 구입을 한 후에도 아직【1,871,000】이나 남아있었다. 10만 정도로 안정된 식수 확보부터 시작해 일주일치 이상의 식량까지 조달해왔다는 스테프――역시 재정 관리와, 무엇보다도 소라와 시로에게서는 괴멸된 ‘생활력’ 에 관해서는 든든하기 그지없다.

목을 꼴깍 울리며, 시키는 대로 식탁에 앉은 소라와 시로의 앞에 음식이 놓였다.

"몸이 약해지면 마음도 약해지는 거예요! 든든~하게 드세요. 뭐…… 최소한도의 식재료와 조미료밖에 못 사서, 변변찮은 것들뿐이지만요……."

스테프는 그렇게 말했지만 주식에 고기반찬에 야채반찬, 나아가서는 간단하나마 디저트까지.

지난 4일간—— 정도가 아니라 이 세계, 디스보드에 오기 전까지 식빵과 컵라면, 칼○리 밸런스만 먹고 살았던 소라와 시로에게는, 그야말로, 충분하고도 남는 진수성찬이었다.

아무튼 고맙게 먹자고, 손을 맞대고 인사한 다음 먹기 시작한 소라와 시로. 그런데——.

"허어…… 그런데 도라이양? 왜 접시가 5인분인지요?"

"네? 물론 지브릴하고 이미르아인 몫인데요?"

"【사양】: 본 기체는 식사할 필요가 없음. 두 주인님의 귀중한 자원. 무의미한 낭비."

그렇다. 지브릴도 이미르아인도, 정령으로 움직인다.

그러므로 일반적인 식사는 불필요하다고 거절하는 두 사람.

하지만 스테프는 활달하게 대답했다.

"괜찮아요. 그렇게 말할 줄 알고 양은 적게—— 세 사람 몫을 만들고 남은 걸로 지었으니까요. 지브릴은 홍차를, 이미르아인은 사실 커피를 좋아한다는 거 알고 있거든요?"

필요하지 않을 뿐, 먹을 수는 있다. 하물며——.

"맛있는 식사는 '마음의 영양' 이에요. 두 분에게도 마음이 있다면 역시 필요할 거예요. 끝까지 사양하시겠다면—— '먹지 않는 사람 앞에서 먹는 건 우리가 부담스럽다' 고 할게요♪"

——스테프…… 게임에서는 만년 밑바닥 계급이면서.

생활이 얽히면 이 자리의 누구에게도 반론을 용납하지 않는 주도권을 보여—— '완전히 엄마' 라는 일동의 마음마저 주입당한 두 사람은, 그리하여 마지못해 착석해 식사에 손을 댔다.

"…………물끄럼~."

"도라이양. 제 얼굴에 뭐가 묻었는지요?"

"아. 아뇨…… 드시도록 반쯤 강요해 놓고는 제멋대로라고 스스로도 생각하지만…… 최소한도의 식재료와 조미료밖에 없었던지라. 그게…… 맛은, 괜찮을까~ 하고."

"하아. 뭐…… 평범하게 먹을 수 있습니다만……?"

"아으! 다행이네요!"

그동안, 소라와 시로는 묵묵히 밥을 먹고 있었다. 우물우물.

"전부터 의문이었는데, 도라이양은 썩어도 왕족이었을 터."

"썩지도 않았고 과거형도 아니거든요?!"

"스스로 요리를 할 필요가 없었을 것인데, 어디서 이만한 요리 실력을?"

"네? 아…… 어렸을 때, 할아버지에게 과자를 만들어드렸더니 칭찬해 주셨거든요."

우물우물…….

“이것저것 만들다 보니 어느새 취미가 됐을 뿐이에요. 시녀들에게 배우기도 하고…… 언제나 ‘공주님이 주방에 서시면 안 됩니다’ 라고들 했지만요. 후후.”

“그러셨군요. 아, 홍차, 맛있습니다.”

우물우물. 꼴깍. 후우…… 잘 먹었습니다.

그렇게 식사를 마치고, 식기를 내려놓고, 손을 맞대고 정중히 인사한 소라는――.

…………그러……면.

타이밍을 재서―― 울었다.

“으아앙~~시로오오오!! 망할커플이오빠를상처입혀어어!!”

“하?! 에, 커플?! 어디에요?!”

“에잇! 시치미 떼지 마라, 양(陽) 속성의 존재여!! 네놈들이 뿜어내는 양의 기운을 나 같은 음(陰)의 존재가 모를 줄 알았느냐!! 틀림없다―― 막 사귀기 시작한 따끈따끈 풋풋한 커플이 풍기는 불안하면서도 따뜻한―― 그런 오라가 네놈들의 온몸에서 피어나고 있다아!!”

그렇고말고, 틀림없다―― 이, 어쩐지 끼어들기 뭐한 분위기!

남모르게 학급 내에서 사귀기 시작한 두 사람에게서 풍기는 그것이 틀림없다!!

연애 사정에는 완전히 관심이 없는 소라도, 이 분위기를 착각할 수는 없었다.

──『구석으로 짜져』라는 그 말없는 거절은 연애와 무관하기에!!

“아아!! ‘딱히 난 여친 필요 없으니까’ 라느니 ‘어차피 생기지도 않을 거고’ 라며 허세와 체념이라는 이름의 이불에 싸여 고독의 추위에 떠는 자가 이 세상에 있으리라고는 절대로 생각하지도 못할, 오만한 온기의 오라!! 네놈들 행복한 자여 내 앞에서 썩 물러날지어다아아!!”

“……빠야, 좀…… 시끄, 러워…….”

“쿨럭! 으으…… 이젠 다 싫어~ 나 돌아갈래…… 흙으로 돌아갈래에.”

배를 얻어맞고 웅크린 소라를 내버려 둔 채, 시로는 눈을 날카롭게 떴다.

“…… ‘하루’ …… 이, 미…… 지났, 지……?”

“【긍정】: 어젯밤 20:43을 기준으로 24시간이 경과. 이미 19시간 23분이 경과했음.”

“……그럼, 왜 스테프하고 지브릴…… 아직도, 커플, 이야?”

“네에에?! 저하고 지브릴이?! 평소대로잖아요?!”

“예, 시로 님. 분명 게임 종료 후에는 추태를 보여드렸사오나 이미 정상으로──.”

“【부정】: 번외개체가 명칭불명 개체에게 개인적 관심을 보인 전례 미확인. 명칭불명 여성의 음식에 감상을 말한 전례도 미확인. 【보고】: 번외개체와 명칭불명 여성 사이에서《호의》검출.”

"아니라니깐요?!"

"【명령】: 조용히 해. 중대한 우려사항. 『1일 한정 임시 커플』이라는 포에니크람의 말에 허위가 의심됨. 【요구】: 신속한 해답. ——두 사람 현재 틀림없이 제정신?"

"————앗?!"

이미르아인의 물음에 숨을 멈춘 스테프와 지브릴. 그러나.

"어머? 말 안 했던가? 그거 미안하게 됐네."

대답한 것은 그렇게 기분 좋게 허공에서 출현한, 엽궐련을 빼끔거리는 페어리 소녀.

"하아이~! 두 사람 덕에 구독자가 쭉쭉 늘어나고 있어! 조만간 초인기 스트리머 자리가 보장되어서 기분 째지는 포에니크람이 기분 째진 김에 대답해 줄게!"

그리하여 포에니크람이 늘어놓은 말과, 웃음은——.

"내가 만든 이 공간에서는—— 연애 감정이 시간의 흐름에 따라 증폭돼."

————.

"물론 0을 아무리 증폭해 봤자 0이야. 하지만 강제로라도 서로를 연인이라고 인식해 하루를 보내면—— '0을 1로 만들기에는' 충분해. 그리고 1이 되면 시간 경과에 따라 2로도 3으로도…… 이거 어쩐다~? 언제까지 사랑하는 사이임을 부정할 수 있을지, 볼만하겠는데……?"

소라를 제외한 네 사람에게는 사신의 낫을 연상케 해, 내심 비명을 지르게 만드는 것이었다.

이것이―― 이것이 '진짜 노림수' 였나!!

그저께의 밀고백 게임―― 너무나도 간단했던 게임.

일시적인 커플 성립이라는, 그 자리 한정 연애밖에는 생겨나지 않는 게임!

그것의 진짜 노림수는―― 1일 한정 임시 커플링 따위가 아니었던 것이다!!

앞으로도 치러질, 그러한 시한제 커플링을 통해―― 진짜 커플을 만들어나가려 하는 것이다. 당사자들의 '진짜 마음' 따위 전혀 고려하지도 않고!!

왜 눈치채지 못했을까. 더 경계했어야 했다!

이곳은 『커플이 되기 전에는 나갈 수 없는 공간』 따위가 아니었다.

――『막무가내로 커플을 만드는 공간』이었던 것이다――!!

포에니크람은―― 주인님을 향한 이미르아인의 마음, 소라를 향한 스테프의 마음, 마스터를 향한 지브릴의 마음, 빠야를 향한 시로의―― 그딴 것들은 알 바 아니었던 것이다!!!

그렇게 전율하며 얼굴에서 핏기가 사라진 여성진과는 달리, 유일하게 이해하지 못했던 자――.

"그, 그러니까 내가 누군가하고 진짜로 커플이 될 가능성이 아직 있다는 거지?!"

연애가 얽히면 지능지수가 한 자릿수로 떨어지는 것 같은 동정남은 희망에 눈을 빛냈다.

"그런고로! 오늘의 방송은 예고대로――『게임』이야! 지난번과 규칙은 다르지만 상품은 똑같아. 너희가 이기면 질문권 하나 확보. 승리 조건은 최소 한 쌍이 1일 임시 커플이 되는 것―― 해 볼까? 물론 하겠지~?"

"물론 가고말고!! 질문권을 얻기 위해, 어쩔 수 없이?! 해 보자고 제군!!"

그렇게 콧김을 씩씩거리며 동의하는 소라.

그러나 여성진은 이럴 때가 아니라고 고뇌하고 있었다.

이로써―― 그저께의 게임과는 조건이 달라지고 말았다.

1일 한정이라면―― 하고, 느긋하게 누군가를 커플링할 수 없게 된 것이다.

1일 한정 커플이라고 해도, 장기적으로는 진짜 커플이 된다는 사실이 판명된 지금, 본인과 소라 이외의 커플링은, 전원이 거부하고, 어떻게든 회피하려 할 것이다!

한편으로는 당연히, 자신과 소라의 커플링을 노리면, 전원이 저지하려 든다――!

이 멤버를 상대로―― 누군가와 누군가를 맺어 주면서 자신만이 소라와 맺어진다는――.

그런 신들린 밀당이 요구되는 게임으로 바뀐 것이다……!!

"……지브릴…… '명령'――."

"【저지】: 번외개체의 기본적 인권을 주장. 자유의지 박탈은 안 돼. 동생님 그건 치사해."

"설마 당신에게 감사할 날이 올 줄은……. 죄송하옵니다, 시로 님."

"아, 이건 저라도 알겠네요. 지금 소거법에 따라 전원이 저를 함정에 빠뜨리는 방향으로 의견일치했죠?! 어디 덤벼보세요오오오오언제까지고지고만있을제가아니라고요?!"

그리고—— 누가 보더라도 중심에 있는 소라가, 모두에게서 외야로 밀려난 채.

치열한 사전 밀당과 함께, 4일째 게임이 시작되었다…….

■ ■ ■

그리고 5일째—— 밤.

어젯밤의 간단한 동전 맞히기 게임으로부터, 하루를 기다려 방을 나온 소라와 시로는——.

"좋아……. 물어볼 필요도 없을 것 같지만, 무슨 일이 있었는지 구태여 한번 물어볼까?"

"벼얼로요~?! 아~무 일도 없었거든요?!"

그런 대사와는 달리, 어디서 어떻게 봐도 여러 가지가 있었다고 호소하는 언짢은 눈치로 지브릴과 이미르아인에게 따지고 든 스테프와 마주쳤다.

"【보고】: 명칭불명 여성에 의한 힐문. 어젯밤까지 번외개체가 본 기체와 커플이었던 것에 대한 질투 및 분노로 추정. 본 기체 지극히 억울함."

"아무 일도 없었다고 했죠?! 지브릴이 누구하고 친해지든 지브릴 맘이죠?!"

그렇다—— 어젯밤의 동전 맞히기 게임은.

무슨 밀당이 이루어졌는지—— 결국 전혀 아무것도 못한 채, 당연하다는 듯이 누구하고도 커플이 되지 않았던 소라를 내버려 둔 채—— 놀랍게도 지브릴과 이미르아인이 커플이 되었다.

플뤼겔 지브릴과 엑스마키나 이미르아인—— 불구대천의 대명사 사이에 이루어진, 강제 커플링.

'무의식의 합의로 있을 수 있는 가능성' 이라는 규칙은, 그 어떤 합의도 양해도 얻지 않은 채, 근본적으로 실현될 수 없으리라 여겨졌던 커플링을—— 의외의 형태로 실현했다.

"도라이양, 취소해 주십시오. 저는 『마스터께 '서로 안아라' 라는 명령을 받았다』는 인식을 주입받았을 뿐이며. 애초에 강요당했던 시간 속에서도 저기 있는 고철과 커플이라고 인식했던 기억도 없거니와, 하물며 친해졌던 기억도, 앞으로 그렇게 될 예정도 영구히 없습니다."

"【긍정】: '주인님이 기뻐하신다면' 이라는 착각에 따른 행위. 전제는 주인님에 대한 사랑."

그렇게—— 아무래도 두 사람 모두 '소라에게 서로 끌어안으라는 명령을 받았다' 고 인식했던 모양이다.

지브릴은 단순히 소라에게 명령을 받았다고.

이미르아인은 지브릴과 서로 끌어안으면 소라가 흥분할 것이라고 말했다고.

그런 인식을 만들어, 마침내 플뤼겔과 엑스마키나의 커플이라는 역사적 위업이 이루어졌다.

"【지적】: 본 기체를 끌어안은 번외개체로부터 이상흥분을 검출했음. 본 기체에 대한 호의 완전 징그러워."

"마스터의 명령으로 '쓰레기'를 안는다는…… 그 굴욕에 형언할 수 없는 감정이 솟아났던 것은 인정하지만 부디 분수도 모르고 착각하지는 마십시오. 깜빡 죽여 버리는 수가 있습니다♪"

여느 때처럼 그렇게 혐오를 들이대는 두 사람.

그러나 스테프는 부르짖었다.

"그러면 어~째서 아직 손을 잡고 있나요?!"

""————우읏?!""

그랬다——두 사람은 이미 제정신으로 돌아왔다…… 그런데도.

스테프의 힐문을 받던 두 사람은, 아직 손을 잡은 상태였다.

지적받은 후에야 황급히 손을 떼지만——이미 늦었으니.

"……시로, 저거 알아. 처음에는, 주인을 위해서, 라고…… 혐오…… 이윽고, 버릇, 돼서…… 정신 차리고 보니…… '주인을 위해서'가 구실이 되는…… 그런, 흐름, 이야……."

"오~케이 시로. 그 흐름 어디서 알았던 걸까…… 아니. 역시 말하지 마라."

건전한 만화에서 묘사할 전개는 아닌 그것을, 오라버니의 얇은 책 이외의 어디에서 알았겠는가.

추궁하려던 소라는, 어쩌면 순정만화에서는 가능할지도 모르겠다고 생각을 바꾸었다. 그렇게 생각하기로 하자.

따라서 물론 그 전개를 소라도 알고 있다.

그리하여 순조롭게, 미립자 수준이나마 존재했을지도 모르는 플래그가.

자신과 지브릴 혹은 이미르아인과의 커플 루트가 확실하게 소멸되어가고. 순조롭게 지옥으로 떨어지는 길이 포장—— 아니, 철도를 깔아나가듯 확실해져가는 모습에 소라는 눈물을 흘리고,

"마스터. 간청하오니—— 어젯밤으로부터의 기억을 잃도록 명령해 주시옵소서."

지브릴은 갑자기 무릎을 꿇고는 기도하듯 고개를 조아리며 청했다.

"지난 하루 동안 저 산업폐기물에게 제가 0.1초라도 연애 감정을 품었을 가능성이 있다면. 시간에 따라 증대되기 전에—— 부디, 이 기억을 말소해 주시옵소서—— 혹은."

그리고 작별을 고하는 듯한, 해맑은 미소로—— 말을 이었다.

"——그렇지 않다면, 부디, 죽게 해 주시옵소서."

"【실행】: 기억소거 시퀀스 개시. 에러. 자폭 시퀀스로 이행."

어떤 의미에서는 사이좋게 호소하는 지브릴과 이미르아인. 그러나——.

"아, 미안한데 '기억조작' 도 '자해' 도 금지했거든?"
또 느닷없이 허공에서 나타난 포에니크람에게 차단되었다.
"이 게임에서 너희가『무슨 기억을 어느 정도 보유하는가』는 게임 전에 정해놨으니까 너희에게 그 결정권은 없는 거야. 섭섭하게 생각하지 말고 그렇게들 알아 ♪"
그 발언에, 지브릴과 이미르아인은 새파랗게 질린 얼굴로 절망했다.
한편, 소라는 그저 탄식하며── '역시나' 하고 내심 혀를 찼으나.
포에니크람은 그저 어디까지나 즐거운 듯,
"하지만 플뤼겔과 엑스마키나의 연애── 이보다 더한 화제성도 없는걸?! 기억소거? 웃기지 마!! 오히려 연애 감정을 팍팍 증폭해 줄 테니까 각오하라구헤헤헤."
그렇게 야비한 웃음을 지으며 말을 이었다── 그리고.

"슬슬 오늘 밤 방송이 다가왔어.『질문』은 없어?"
그저께와 마찬가지로, 오늘 밤에는 지브×이미의 하루를 하이라이트 동영상으로 보내려는지.
아직 편집이 끝나지 않은 듯, 포에니크람은 조바심을 내며 채근하고.
『………….』
스테프와 지브릴, 이미르아인── 그리고 시로까지도, 나란히 소라에게 시선을 보냈다.

——그저께, 이 상황을 '어떻게 해도 이길 수 없는 게임' 이라 단언하고.

그 해답을 다음의 『질문』에서 제시하겠다고 선언했던 소라는, 그간 몇 번이고 되풀이했던 말을.

"그러니까…… 난 딱히 질문할 게 하나도 없지만……."

그렇게—— 그러므로 이것은 질문이 아니라 확인에 불과하다며.

소라는 깊은 한숨과 함께—— 말했다.

"질문——『이 게임은 어떤 방법으로 탈출해도 우리의 패배다』…… 맞지?"

————.

——————————.

"아?! 에, 잠까…… 그게 무슨 뜻이에요?!"

긴 침묵을 거쳐, 겨우 네 사람의 아연실색을 대변하며 목소리를 높인 스테프에게.

소라는 포기한 기색으로, 이 게임의—— 이 상황의 본질을 들려주었다.

"하나하나 설명해 볼까…… 우선 이 게임은, 애초에 탈출할 수 없어."

아니—— 그 말도 정확하지는 않다며, 소라는 머리를 가로젓고 다시 말했다.

“좀 다르구나…… 탈출하는 것만이라면 간단해── ‘서로를 연인으로 인식한 커플’ 끼리 손을 잡고 『게이트』를 지난다── 너무 간단하지. 대충 『서로를 연인이라고 인식』하도록, 맹약에 맹세코 승부(게임)조작하면, 네 사람은 언제든 탈출할 수 있어. 네 사람은── 말이야.”

그렇다── 문제는 어디까지나, 그러면 한 사람은 남아버린다는 데 있었으며.

“그리고 혼자만 남은 상태로는 이미 연애가 불가능하지── ‘후원(과금)’ 도 가망이 없고.”

애초에 네 명이 탈출한 시점에서 포에니크람의 기획은 파탄이 난다.

그 이상의 방송이 불가능해지며── ‘후원(과금)’ 도 받을 수 없게 된다. 거기서 끝이다.

“그러니까 우선 『열쇠』부터 구입해야 하지──【50억】이란 말도 안 되는 액수를 방송으로 번 다음이 아니면, 실질적으로 아무도 여기서 나갈 수 없다는 거야. 여기까지는 이해했어?”

“네, 네에. 하지만 그건, 처음부터 알고 있었던 거잖아요?”

그렇다── 처음부터 알고 있었다.

그러므로 소라가 말하려는 다음 말도── 처음부터 알고 있었던 것이다.

그렇기에 소라는 계속 실의에 빠졌던 것이다. 이유는──.

“하지만 50억은…… 평범하게 생각해서 가능한 액수가 아니잖아?”

지난 5일 동안 소라 일행이 벌었던 '후원(과금)' 은── 스마트폰에 따르면【897만】정도다.

이 속도로 가도 50억을 벌려면 몇 년이 걸릴까. 게다가──.

"반대로, 벌 수 있다면 60억이든 100억이든 벌 수 있는, 그런 금고 같은 애들을 누가 놓아주겠어?"

"────."

따라서── 결론은 단순하다.

"포에니크람은 애초에 우리를 내보낼 마음이 없어."

"……하, 하지만…… 빠야, 그런 건, 동의할, 리가──."

그렇다, 그 말이 옳다. 진실에 결코 다가가지 못하도록 철저하게 기억을 삭제당하고.

심지어 영원히 갇히는 데 동의하다니── 그럴 리가 없는 것이다.

"그러니까── '패배' 했던 거야. 우리는. 그 결과로 이 꼬락서니를 강요당하고 있고."

99퍼센트, 엘븐가르드의 소행일 이 상황.

자신들은 엘븐가르드에 패배했으며. 옥좌에서 쫓겨나, 시작된 이 상황──.

다시 말해 이 게임은 자신들이 패배한 결과의 '벌칙 게임' 인 것이다.

그렇기에 소라는 물어본── 아니, 확인한 것이다.

"규칙 설명을 잘 떠올려 봐. 포에니크람은 '탈출 조건'은 언급했지만—— 우리의 '승리 조건'은 한마디도 언급하지 않았어…… 왜일까? 없는 거야, 승리 조건 따위는."

"…………………….."

그렇다——『커플이 되기 전에는 나갈 수 없는 공간』——.

그러나 그것조차도 이 폐쇄공간——《스프라툴》에서 탈출할 수 있다고 말했을 뿐이며,

——『이곳에서 나간 뒤에 다른《스프라툴》이 없다』는 말조차…… 한 적이 없다…….

50억을 벌기란 애초에 불가능하고, 벌 수 있다면 더더욱 탈출시킬 이유가 없다.

가령 한 사람을 희생해 네 명이서 나간다 쳐도—— 얻을 수 있는 것은 '패배한 바깥'뿐이다.

그러므로—— 다시 말해 이것은, 데스게임인 것이다.

참가당한 시점에서 승리 따위는 없으며, 이미 패배가 확정되었던 것이다.

패배로 시작한 게임. 이것은 단두대의 칼날을 떨어뜨릴지 말지 하는 여흥에 불과하다.

그렇기에, 이곳이 처형대가 됐든 칼날이 떨어지든.

하다못해 죽기 전에 여친 정도는 바랐던 것뿐인데…….

그렇게 먼 곳을 보는 눈으로 눈물을 빛내는 소라—— 그러나.

포에니크람은 예상 밖의 대답을 했다.

"——『NO』야."

…………….

——————…………….

——————……………뭐?

"몇 번이고 말해 줄게. 맹약에 맹세코——『NO』야."

동영상을 편집하던 손을 멈추고 소라의 눈을—— 까만 밤 같은 눈을.

똑바로 들여다보며 포에니크람은 그렇게 대답을 거듭했다.

라임색 눈동자에—— 그곳에 비친 색을 알아차린 소라는, 눈을 크게 뜨고——.

"그럼 슬슬 오늘 방송 시간이니까, 난 여기서 잠깐 자리를 뜰게!! 다음 『게임』도 내일 밤 8시야—— 지각하지 말고 꼭~ 오기다? 피융!"

그렇게 웃으며 고하고 여느 때와 같이 사라지는 포에니크람.

남겨진 일동.

그들의 시선은, 한동안 멍하니—— 넋을 잃은 듯 머물다가.

이윽고 손톱을 깨물며 미간에 주름을 짓고 맹렬히 생각에 잠긴 소라에게 쏠렸다.

"……빠야?"

"잠, 깐…… 기다려 봐, 시로…… 생각 좀 할게……."

————잠깐. 잠깐잠깐잠깐. 어떻게 된 거야?

——『NO』……라고? 승리 조건은—— 있다?

그렇다면 이야기가 전제부터 달라지는데————.

"미안해. 잘난 척 떠들었으면서 완전히 잘못 판단하고 있었나 봐. 머리 식히고 생각 좀 해 볼게."

그렇게 중얼거리며, 시로를 데리고 방으로 돌아가는 모습을, 세 사람은 말없이 지켜보았다.

——설마…… 설마, 그런 것이었나?

■ ■ ■

7일째—— 밤.

소라가 자신의 예상이 틀렸음을 깨달은 5일째의 다음 날에.

6일째 밤에 시행된『게임』으로부터—— 하루가 더 지난 밤.

방에서 나온 소라와 시로는—— 화려한 막장 드라마를 목격했다.

"아무튼! 그건 강요당했던 거고 제 뜻이 아니었다니까요?!"

"그러신지요♪ 아니, 저는 좋답니다? 저에게 그렇게나 따지시더니 쓰레기와 아주 친해지신 듯하여서. 저로서는 도라이양이 그 쓰레기를 데리고 냉큼 밖으로 나가셔서—— 쓰레기 수거차에 넣어 주시면 바라 마지않겠습니다♪"

"【옹호】: 강제 커플링에 자유의지는 개입할 수 없음. 번외개체도 본 기체와 확인했을 터. 도님을 책망하는 행위에 정당성은 없음. 추정. 본 기체에게 질투하고 있다. 추해."

"잠깐만 좀 기다려 보실까요? 도님이란 게 혹시 절 말하는 건가요?"

"어라어라. '명칭불명 여성' 은 관두셨는지요? 다정하시기도 해라♥"

"【심의】: ── 부정. 【사실】: 본 기체는 스테파니 도의 명칭을 알고 있음. 따라서 명칭불명 여성이라는 이제까지의 호칭이 실책이었음. 실책을 바로잡은 것뿐. 호의와는 무관."

"딱 한 글자! 딱 한 글자 남았어요! 저는 스테파니 도──."

"【결론】: 또한 본 기체는 주인님의 메이드. 해당 개체는 주인님의 측근이며 에르키아 연방 맹주국 에르키아 왕국 재상. 필연적으로 본 기체보다도 사회적 지위는 높음. 따라서 스테파니 도를 도님이라고 부르는 데에는 아무 문제 없음. 본 기체는 정상. 주인님 사랑해."

"왜── 아무도 내 이름을 제대로 부르지 않는 건가요오?!"

어젯밤의 방송…… 또 다시 치러진 간단한 심리 게임에서.

이번에는 스테프와 이미르아인의 커플링이 성립했다.

그러나 소라는 커플 성립으로 『질문권』을 획득하자마자 자리에서 일어나 다시 시로와 함께 방에 틀어박혔으므로 그 후 하루 동안 무슨 일이 있었는지는 고사하고 두 사람이 어떤 관계가 되었는지조차 알지 못했으며── 솔직히 그럴 상황이 아니었으나.

강제 커플링과도 무관한 삼각관계가 구축되고 있는 것으로 보이는 그 광경을 내버려 둔 채.

그저께 밤부터 그럴 상황이 아니어서, 시종일관 생각만 거듭했던 소라는——.

"음…… 구독자 증가율도 수익도 나쁘진 않은데…… 그래도 역시 플뤼겔×엑스마키나 만한 임팩트는 없었어. 까놓고 말해 스테파니가 너무 쉽게 넘어가니까 오히려 분위기가 안 뜨는 거야. 어떻게 할 거냐고~ 슬슬 또 부양책을 생각해야 할 거 같은데?"

엽궐련을 피우고 술을 마시며 어딘가 초조함을 보이는 포에니크람에게, 직구로 말을 꺼냈다.

"포에니크람——『질문』이다."

그런 소라의 목소리에서, 표정에서——눈빛에서, 무언가를 느꼈는지.

포에니크람도, 소란스럽게 떠들던 스테프 일행까지도 입을 다물고 소라를 주시했다.

——이틀 밤에 걸쳐, 생각했다.

역시, 기억은 진실에 이르지 못하도록 의도적으로 삭제된 것으로 볼 수밖에 없다.

이렇게까지 철저한 기억 삭제와 이런 상황에 동의할 필요성도——역시 알 수 없다.

따라서 이 상황, 게임이 자신들의 패배에 따라 시작된 것이며.
적어도 자신들에게 주도권이 없는 것은 몇 번을 생각해도 틀림없다.
그러나, 이를 전제로 하고도―― 아직도.
'승리' 가 있다고―― '승리의 시나리오' 가 있다고 한다면.
어떻게 해도 수직사고의 추리로는 도달할 수 없는 답이 있다고 한다면.
"우선…… 이건 질문이 아니야. 확인이지. 그러니까 대답할 필요는 없어."
――소라는 자신의 '원래 추리법' 으로 도달할 수 있었던 답을 믿기로 했다.
다시 말해――.

"포에니크람―― 넌, 우리 편이지?"
――근거는, 없지만.
이 녀석만큼은 적어도――『적』이 아니라는 '직감' 을.
"――✻"
그리고 소라의 요망대로, 말없이, 무표정으로 대답하는 포에니크람의, 그 눈.
라임색 눈동자에 깃든 색은, 이틀 전. 역시 소라의 눈을 들여다보던 색과 같았다.
그것은 '악의' 가 없는 색이었다. '적의' 도 '해의' 조차도 담기지 않은 색.

포에니크람의 눈에 깃든 것은 기대, 신뢰, 그리고—— 불안.
그러나, 그렇기에 소라는 자신의 직감이 옳다고 확신하고, 단언하듯 물었다.
"질문——『너도 이 게임의 참가자고—— '승리 조건' 은 우리와 같다』."
포에니크람은—— 적어도 『사형 집행인』은 아니라고.
『주최자』인 것은 틀림없겠지만, 그래도.
구태여 말하자면, 그것은 데스게임에서의 '마지막 예외' ——.

——주최자야말로 주인공들의 『공모자』인 경우…….
그렇게 말하는 소라의 직감에, 마침내——.

"——『YES』야✽"
그렇게 대담하게—— 만족스럽게 웃으며 대답한 포에니크람에게, 소라는 쓴웃음을 지었다.

"어…… 뭐랄까. 늦어져서 미안하다. 이제야 겨우 상황을 파악했어."
"저기요오…… 그러니까, 무슨 상황인 건가요?"
일동의 의문을 대표하며 스테프가 물었지만, 소라는 머리를 긁으며 맹렬히 반성하고 있었다.
스스로 생각하기에도 너무 제정신이 아니었다—— 냉정하게 생각하면 깨달을 만한 일이었다. 그렇다——.

"우선, 포에니크람은 엘븐가르드의 끄나풀이 아니야."

엘프의 연애사는 식상하다고. 노예가 된 아이도 있다고—— 왠지 남의 일처럼 말했다. 무엇보다도 이 녀석에게서는—— 처음부터 한결같이 적의가 느껴지지 않았다.

하지만—— 그렇다면, 아군이어야 할 포에니크람이.

아무리 생각해도 소라 일행이 응할 리 없는 철저한 기억 삭제를 해가면서까지.

아무리 생각해도 소라 일행의 본의가 아닌 이 상황을—— 만들 수밖에 없었다고 한다면——

"그리고 우리는 역시 무언가를 실수했어. 그리고—— 아마도 엘븐가르드에 패배했겠지."

그렇다—— 상대가 엘븐가르드인지 어떤지, 이제 단언은 할 수 없다.

그러나 누군가에게 패배하고, 그 결과 이 상황이 생겨났다—— 여기까지는, 역시 확실하다.

단, 그러고도 아직 '승리의 시나리오' 가 남아있으며, 포에니크람이 아군이라고 한다면——.

"그 패배를 뒤집기 위해서, 우리에게는 지극히 불리한 조건을 받아들이면서까지, 포에니크람과 이 게임을 하는 데 동의를 얻어냈다……는 거지."

그렇다면 그런 주최자, 포에니크람이—— 우리와 공유한다는 '승리 조건' 이란, 무엇인가?

뻔하지 않은가, 포에니크람이 적이 아니라 아군이라고 한다면.

그것은 처음부터 이 게임의 목적으로 언급한 그대로다.

다시 말해――『‘후원(과금)’ 을 팍팍 버는 것』이다.
그것이 없으면 사실상 누구도 이곳을 나갈 수 없는――『열쇠』를 구입하는 것.
정말로 50억을 버는 것―― 그것이 우리의, 패배를 뒤집는 공통된 승리 조건인 것이다.
“저기…… 제 이해력이 부족한 건가요? 결국, 뭘, 어떻게 실수해서, 누구에게 패배했는지―― 중요한 부분은 여전히 아무것도 모르는 거죠……?”
그렇게 자신을 의심하는 스테프. 하지만 지브릴도 이미르아인도, 시로까지도 동감인지.
나란히 의아하다는 시선을 보내자, 소라는―― 고개를 가로저으며 대답했다.

――그런 것들은 ‘중요한 부분’ 이 아니므로.
아니, 까놓고 말해서 ‘아무래도 상관없는 부분’ 이다.
단순히――.
“그럼 포에니크람, 애들을 위해 하나만 더 질문해도 될까?”
“응~? 질문은 하나뿐인데? 내가 사실대로 말하리란 보장도 없는데?”
딱히 질문해도 상관은 없지만, 진위는 맹약에 따라 보증되지 않는다고.

기특하게도 그렇게 대답해 주는 포에니크람에게, 소라는 쓴웃음을 지으며 대답했다.

"아니야. 넌 사실대로 말할 거야── 우리 편이니까 말이지?"

그렇다── 이 녀석은 애초에 너무 말이 많았다.

방송의 구조, 페어리의 생태 등등── 소라네의 질문에는 모두 답해 주었던 것이다.

아마도── '자신이 먼저 말할 수 없는' 것뿐…… '물어보면 대답할 수는 있다'…….

이 게임은 그런 조건으로 시작된 게임이었으리라.

"게다가 뭐─ 딱히 대답해 줄 것까지도 없이 뻔하니까. 스테프를 위해 확인할게."

그렇기에, 소라는 그 확신을 담아, 물었다. 요컨대──.

"질문──『에르키아는 현재 '망하느냐 마느냐' 하는 기로에서 있고, 이 게임의 결과에 따라 간신히 숨만 붙어서 살아남을까 말까 한 상황이다』…… 그렇지?"

"────!!"

그 말에 소라와 포에니크람을 제외한 모두가 숨을 멈추었다.

그렇다── 왜, 누구에게, 패배했는지는── 지금은 아무래도 상관없는 것이다.

에르키아에서 여기 다섯 사람을 부재로 만들면서까지 이 조건을, 상황을 받아들이게 만들 만한 사태.

그 자체가, 에르키아의 존망에 직결되는 위기임을 뒷받침한다.

그렇게 확신하며 묻는 소라. 그러나 포에니크람은 대담하게 웃으며, 대답했다.

"……『NO』인데?"

————어라?

또 뭔가 잘못 생각했나? 하고 긴장한 소라. 그러나.

" '에르키아만이 아니니까' 『NO』인 거야. 에르키아 정도가 아니라, 전 이마니티는 당연하고, 여러 종족이 멸망하느냐 마느냐 하는 기로에 서 있거든✻"

——으응?

이어진 포에니크람의 말에, 소라는 식은땀을 흘렸다.

그리고 이번에도 기대와 신뢰, 그리고 다분한 불안의 기색을 눈에 담아——.

"——열심히 해 봐? 이쪽도 일생일대의 도박이니까."

포에니크람은 심각한 표정으로 그렇게 말하자마자 허공으로 사라지고.

"소라~. 소라~? 정말로 뭘 저지른 거예요……?"

눈을 부라리는 스테프는 일단 무시한 채.

아무래도 자신들의 패배(실수)가 상상을 초월한 상황을 가져온 듯한 '바깥' 을 생각하며.

소라는 그저 맹렬히 머리를 굴리고 있었다.

——자신들이 무슨 실수를 저질렀는가.

기억을 삭제당하고, 외부와도 연락할 수 없는 지금, 그것을 생각하는 것은 의미가 없다.

하물며 이것이 패배를 뒤집기 위한 게임이라면—— 아마 시간도 없을 것이다.

그렇기에 '가장 빨리 50억을 버는 방법론' —— 그 한 가지에만 생각을 집중시켰다…………

■ ■ ■

7일째 방송도 무사히 마쳤다.

공간의 틈바구니에 마련된 자신의 방에서, 포에니크람은 혼자 천박하게 웃었다.

"우햐햐휴호~~!! 그에흐흐, 오늘도 대박 벌었다아!!"

당연하다. 그도 그럴 것이 겨우 87이었던 구독자가 지금은—— 12만 명 이상.

'후원(과금)' —— 영혼도 포에니크람이 보유했던 적이 없는 수치에 이르고 있었던 것이다.

"아아~ 이제 난 톱클래스——까지는 아니어도 중견 스트리머라고?! 살짝 셀럽이라고! 영혼(돈)의 여유는 마음의 여유라더니 지금 같으면 나를 밑바닥 스트리머라고 불렀던 쓰레기들에게도 다정하게——는 못하겠어. 응. 거짓말은 하면 안 되지✽"

방송 화면에 대고—— 오프라인 상태임을 잘 확인하고——힘차게 가운뎃손가락을 세운다.

자신을 얕잡아보던 자들을 깔아본다—— 이보다 더한 쾌감이 있을까. 아니! 없다!

“풉꺄륵앗싸~ 짜식들아 꼴 좋구나 바~보!! 우효~!!”

지저분한 환호성과 함께 포에니크람은 춤을 추고—— 문득, 멈추었다.

그리고—— 흘끔. ……흘끔흘끔.

여전히 표시돼 있는, 소라 일행이 번 ‘후원(과금)’의 잔고—— 영혼의 잔액을 보고, 중얼거렸다.

“이만큼 있으면, 조금 사적으로 써도, 아, 안 들키겠지……?”

지금이라면 그 유명한 화관경(그란 메이거스)(花冠卿)의 울트라 레어 영상이나, 장인들의 특수 시추에이션 패치를——.

만년 가난뱅이였던 까닭에 눈물을 삼키며 구경만 했던 이런 것 저런 것을 여유롭게 살 수 있다. 마구 살 수 있다.

…………….

“아, 아니 암만 그래도 안 되지?! ……아니, 하지만 앞으로의 자료로도 쓸 수 있…… 그, 그래 맞아 이건 투자! 방송의 질을 끌어올리기 위한 설비 투자니까——?!”

그렇게 자기정당화에 성공한 포에니크람—— 그러나.

【낭비는 용납하지 않는다】

“끄하후헤호어어억?! 노~~옹담농담농담이지당연히이~ 아잉~ 가벼운 조크였——아뇨네잠시마가끼었습니다그치만미수니까용서—— 아 뭐야, 네놈이었어?”

나무라는 목소리에 변명을 늘어놓으며 힘차게 오체투지 사죄하던 포에니크람. 하지만.

울려 퍼진【목소리】는 화면에서 나온 것이 아니었으며.

그렇기에 정체를 알아차리자마자 혀를 차며 언짢은 듯 고개를 들었다.

“나 원, 괜히 무릎 꿇었잖아…… 그래, 무슨 볼일이야?”

【이미 자백은 시작되었다. 유예는 없다. 서둘러라.】

단적으로 명령하는【목소리】에, 포에니크람은 코웃음을 쳤다.

——말하지 않아도 상황은 안다고.

그렇다…… 그것은 소라 일행이 결코 다다를 수 없는 진실.

그들의 기억으로부터 철저히 지워졌던——『독』에 의해 발생한 ‘바깥’의 상황이다…….

다시 말해—— 엘븐가르드가 사역하는 페어리들이 행사한『낙원붕락(스프라이트 툰)』에 의해 공간위상경계——《스프라툴》에 갇혔던 에르키아를, 한시라도 빨리—— 첩자들이 모든 것을 자백하기 전에 해방해야 하는 상황이다.

그러려면 에르키아를 삼킨 것 이상의 힘으로 공간위상경계에 재간섭해야 하며.

그러기 위해 필요한 힘——『영혼』의 총량이, 결국【50억】인 것이다.

그러나――.

"그딴 건 나도 알아. 하지만 엘프에게 비밀로 하고―― 나랑 개인 접속해서 『발설하지 않는다』고 맹약에 맹세해야만 시청할 수 있는, 이 제약 방송 가지곤 시간이 걸린다고?"

그야 엘븐가르드의 의도와 정면으로 대립하는 기획이니까.

대놓고 선전할 수도 없고, 맹약으로 비밀 엄수를 맹세시키기에 입소문도 상세한 내용은 숨길 수밖에 없다. 어떻게 해도 확산은 늦어진다―― 현재의 확산 속도조차 엄청나게 빠를 정도다.

아니, 애초에――.

"네놈이 소라 군네의 기억을 철저하게 지워버린 데다가 나한테 말하는 걸 금지시키지만 않았으면 더 빨리 진행됐을걸? 불만 있으면 너 자신한테 말하든가."

――뭐, 그렇다고는 해도.

페어리가 원하는 것은 어디까지나 제대로 된 연애. 자연스러운 감정에서 태어나는 뜨거운 사랑이다.

이 상황을 전부 파악한 소라 일행의 모습은―― '연애놀이' 밖에 되지 않았을 것이다.

에르키아를 구하기 위해서라고 교활하게 조작된 연애를 보여줘 봤자, 제 딴에는 일류 해설가인 양 떠들어대는 쓰레기 시청자 놈들――이 아니라 눈이 높아지신 페어리님들의 심금을 울릴 수는 없다.

뭐…… 이 상황이 과연 자연체인가? 하는 생각이 안 드는 건 아니지만………….

——아니야 괜찮아! 요컨대 정도의 문제인 거니까!!

라고, 자기 자신의 딴지에 셀프 땜빵을 하면서.

동요를 가라앉히기 위해 엽궐련을 꺼내 불을 붙이고—— 문득 의문을 느꼈다.

연기를 내뿜고, 포에니크람은 그 의문을【목소리】에게 던졌다.

"……근데 말야, 너희 '드라고니아'는 미래가 보이잖아? 왜 그렇게 조바심을 내?"

그렇다—— 현현한【목소리】의 정체는, 용이었다.

——【익시드】 위계서열 제4위——『용정종(드라고니아)』…….

일설에 따르면, 드라고니아는 과거, 현재, 미래의 여러 시간에 걸쳐 존재한다고 하며.

존재 그 자체가 스포일러의 폭풍이라는, 영문 모를 불쌍한 종족이라나.

그렇기에 적어도 가까운 미래에 일어날 일에 대해서는 장악하고 있을 터.

하물며 이 녀석이라면——하고 더욱 깊이 의문을 느끼는 포에니크람.

하지만.

【나에게 미래는 보이지 않는다.】

단적으로 고하는【목소리】에 눈을 크게 떴다.

그 대답에 놀란 것이 아니다.

엘프 연구자 중에는 '올드데우스조차 능가한다' 고 생각하는 자도 있는 초월종에게서.

어째서인지—— 있을 수 없는 일이겠지만—— 불안감을 느낀 것 같아서다.

【나는 과거 『대전』이 영겁으로 이어지리라 보았다. 그러나 종결되었다.】

불가능하리라 생각했던 미래는, 과거가 되었다.

미래란 불변이 아니며, 미래란 '절대' 를 의미하지 않는 것이다 —— 하물며.

【거듭하노라. 현재란 내가 처음 스스로 간섭하고 있는 시간이다.】

이리도 불확정한 미래의, 의도적 확정에 임하고 있노라고.

그렇기에—— 자신의 간섭은 그 어떤 결말도 보증하지 않는다고.

【고백하노라. 나는 무지몽매할 뿐. 미래는 헤아릴 수도 없는 것이다.】

그렇게—— 짧은 몇 마디로. 그러나 다짜고짜 이해시키는 용의 말에.

…………호~옹.

포에니크람은 담배 연기와 함께 일그러진 웃음을 뱉어냈다.

"나도 아는 걸 모르겠다니, 드라고니아도 별거 아니구만?"
——이러니 올드데우스도 소라 군네한테 지는 거지.
그도 그럴 것이, 초월종이면서 이렇게 간단한 것도 모른다고 하니까——.
"미래 같은 건 뻔해. 답은 언제나 두 가지밖에 없어."
그렇다—— 그것은 곧.
"'대박 아니면 쪽박' —— 다시 말해 이기느냐 지느냐. 그것뿐이야!"
그렇게 으스대며 말하고, 포에니크람은 말을 이었다.
"근데 난 이기는 쪽에 모든 걸 걸었어. 지면 다음은—— 적어도 나한테는 미래가 없어. 그러니까 미래도 하나뿐인 셈이거든?"
엽궐련을 퉤 뱉고는 【목소리】 너머로 용을 노려보며—— 큰소리를 쳤다.
"—— '우리가 이겼다' …… 그게 앞으로 과거가 될 미래야."

【지적하노라. 승리하더라도 무승부일 뿐이다.】
"시끄러워."
【그러나 인정하노라. 나의 바람 또한 그 미래인 것을.】
그리하여—— 꿈에서 깨듯, 【목소리】의 기척이 사라졌다.
마지막으로 【목소리】가 웃었던 것처럼 느낀 것은…… 아무리 그래도 착각일까.
"후우." 하고 조용히 숨을 토해낸 포에니크람은 어깨를 축 늘어뜨렸다.

온몸이 뒤늦게 굳었던 것을 깨닫고 신음한다.

“나 원, 얼굴 마주한 것도 아닌데 쓸데없이 피곤해지는 망할 도마뱀……이라고는 해도…… 사실 이 속도로 가면 위험한 건 사실이야…….”

‘후원(과금)’은 자기도 모르게 어깨춤을 출 정도지만, 50억에는 한참 못 미친다. 포에니크람이 낭비하든 말든 이대로는 몇 년이 걸릴 속도다.

무언가 수를 써야 한다——고 생각을 굴리던 포에니크람은.

“자, 그러면 어쩐다………… 응, 뭔가 타는 냄새가——흐갸아아아아아악?! 불끄는거깜빡했다꽃잎탄다물, 물 어딨어——?!”

혼자, 요란하게 비명을 지르고 있었다…….

제2장 수평사고

Lateral Approach

8일째—— 밤.

스테프는 하늘 가득한 별을 지향하듯 뻗어나간 긴 석조 계단을 오르고 있었다.

움직이기 힘든 동부연합의 축제 의상, 유카타를 입고, 걷기 불편한 나막신을 달각달각 울리며.

도중에 몇 번이나 발이 걸려 넘어질 뻔하면서도 도착한 그곳.

눈앞에 펼쳐진 광경에—— 스테프는 숨을 멈추고 멍하니 서 있었다.

몇 시간 전까지는 꽃만이 흐드러지게 핀 정원이었던 장소.

그러나 포에니크람에 의해 공간이 덧칠되었는지—— 그곳은, 지금.

무수한 등불과 수많은 사람으로 붐비는 광대한 도시, 찬연한 문명의 빛으로 가득했다.

——동부연합에는 『삼대제』라 불리는 축제가 있다.

워비스트가 단일국가로 통합되면서 각 부족이 저마다 독자적으로 집행하던 여러 축제 또한 통합되고, 마지막에는 세 개의 제전으로 남았는데——.

그중 하나가 수도 칸나가리 섬에서 하지 때 치러지는——『성어제(星御祭)』…….

바로 지금 스테프가 보고 있는—— 세계에서도 손꼽히는 축제.

무수히 밝혀진 제등의 희미한 불빛이 칸나가리 시내 전역을 형형히 물들인다.

——특히 중앙 참배길을 천천히 나아가는 대신여(大神輿)는 그야말로 움직이는 보물전.

참배길에 늘어선 노점은 동부연합에서도 맛있기로 유명한 점포들뿐. 또한 어린이들이 즐길 간단한 것에서부터 본격적인 도박까지, 다종다양한 게임이 곳곳에서 축제에 열기를 더해 주고 있었다.

무엇보다도, 붉은 달마저 빛바래게 한다는『불꽃놀이』——.

동부연합이 자랑하는 고도한 화약기술의 결정이 하늘에 꽃을 피운다…….

소문 이상의, 상상조차 할 수 없었던 절경을 보며 스테프는 깊이 숨을 내쉬었다.

——종족 간 대립이 격렬한 이 세계에서 '가장 아름다운 축제 중 하나'로 칭송받는 제전.

한 번이라도 좋으니 꼭 보고 싶다고 옛날부터 생각했다.

무엇을 감추리오, 동부연합이 에르키아 연방에 가맹한 올해는 직권남용도 불사하며 『시찰』을 가고자 마음먹고 선박 준비도 마쳐놓았던── 그 광경이, 페어리에 의해 만들어졌다고는 하지만, 지금, 눈앞에 있었다.

있었, 지만──.

"지금은 그럴 상황이 아~니라고요오오?! 에르키아가 멸망할 지경이라는 말을 듣고 무슨 정신머리로 축제예요?! 느긋하게 즐길 때냐고요오오?!"

원래 같으면 눈을 빛냈을 스테프는, 어젯밤에 들은 현재의 상황에 머리를 감싸며 부르짖었다.

소라가 이르기를, 현재 에르키아는── 여러 종족과 함께 존망의 위기에 처했다는 것이다.

그런데도──.

"아~ 진정해 스테프. 멸망할 지경이라고 확실하게 결론이 난 것도 아니잖아."

조바심을 내는 스테프의 뒤에서 포개져 들려온 것은, 딸각딸각 돌계단을 밟는 가벼운 발소리.

느긋하게 들려온 그 말에, 스테프는 질끈 이를 악물고 숨을 쉬었다.

"큭…… 그, 그렇……지요. 그걸 저지하기 위해 이렇게──."

"【긍정】: 추정 재료, 경과 시간으로 산출. '이미 멸망했을' 가능성. 52.3퍼센트."

"새삼스레 소란을 피우신들 말 그대로 '잔치가 끝난 뒤' —— 하다못해 눈앞의 축제를 즐기심이 어떠실는지요?"

"워어어어여기서꺼내줘요오오?! 나라가!! 조국이!! 이마니티가아아!!"

위로조차 되지 않는 냉엄한 말에 스테프는 돌바닥을 이마로 찧어대며 울부짖었다.

——역시 느긋하게 놀고 있을 때가 아니다.

하다못해 자신만이라도 이 공간에서 탈출해 에르키아로 달려가야 하지 않을까?

이 게임에서—— 아니, 솔직히 무슨 게임인들 자신이 도움이 되리라고는 생각할 수 없다. 슬프게도 게임에 관해서는 자신이 항상 전력에서 제외된다는 정도의 자각은 그녀에게도 있었다.

도움이 되는 분야라면 게임판 밖—— 다시 말해 국정밖에 없다.

자신이 에르키아로 돌아가면, 멸망을 늦추는 정도는, 할 수 있지 않을까?

그렇다면 자신만이라도 냉큼 누군가와 커플이 되어 탈출해야 하지 않을까?

다행히 소라도 말했듯—— 이 게임은 네 명만이라면 탈출하기가 쉽다.

단순히 한 명만 남으면 오도 가도 못하게 되니 그러지 않을 뿐.

그러나 둘이 나가도 셋은 남는다—— 연애 방송을 계속하기에는 충분하지 않을까?

이마니티 최후의 국가 에르키아의── 이마니티의 존망이 걸린 위기다.

이제는 소녀의 연심이 어쩌고저쩌고, 사적인 감상에 젖어 있을 때가 아닐 것이다.

맹약에 맹세한 승부조작(게임)으로 누군가에게 강제로 반하는 한이 있더라도──!!

그런 비장한 결의를 가슴에 품고 홱 돌아본 스테프는.

"오~ 역시 돈값 하는걸. 굉장한 광경이야."

"……빠, 빠야…… 소, 손…… 노노, 놓지, 마……?"

"────."

그곳에 있던 두 사람, 소라와 시로의── 아니, 소라의 모습을 보자마자, 숨을 멈추고 굳어버렸다.

자신과 마찬가지로, 동부연합의 축제 의상을 입고 여동생 시로의 손을 잡고 선 모습.

평소의 한심한 차림과는 달리, 어딘가 늠름한 분위기──.

지나치게 마른 몸은 결코 다부지지는 않지만. 의상의 앞섶에서 엿보이는 단단한 가슴팍은…….

아아, 역시, 자신과는 다른 『남자』라는 것을 느끼고──.

──찌잉…….

찡해지는 가슴이 스테프의 뇌리에 달콤하게 속삭인다.

——이젠 괜찮지 않겠어요? 솔직해져도.

이곳을 나가려면, 소라와 커플이 될 수밖에 없다.

조국을 구하려면, 소라와 커플이 될 수밖에 없다.

그렇다면 당신에게는 그 의무가 있는 거예요, 스테파니 도라.

이 얼마나 완벽하고도 멋진 구실인가—— 당신도 사실은 알고 있잖아요.

처음에는 억지로 심어졌던 사랑이라도, 지금, 이 두근거림은, 진짜————.

"——라고 두근거리고 있을 때는 더더욱 아니라고요?! 마음 단단히 먹어야 해요 스테파니 도라!! 그거야말로 사적인 감정이고 심지어 착각이란 말이에요?!"

자신의 이성을 찾아 헤매는지, 혹은 땅을 파 출구를 찾으려는 것인지.

쾅쾅쾅 돌바닥을 굴착할 기세로 이마를 찧어대며 외치는 스테프는.

"【제시】: 도님의 SAN치. 현저한 감소를 확인. 가급적 신속한 휴양을 권장. 구체안을 제시. 번외개체와 짝이 되어 본 게임에서 이탈. 강하게 권장. 명안. 구테이데(좋은 생각)."

"마스터, 저도 간청하옵니다. 짐은 적은 편이—— 다시 말해 도라이양과 저 대형 쓰레기는 한꺼번에 밖으로 내보냄이 좋지 않겠나이까♪"

그렇게 서로를 견제하는 듯한 대화에, 번쩍 고개를 들었다.

그렇다, 그런 것이다. 딱히 소라가 아니더라도, 지브릴이나 이미르아인이어도 되는 것이다.

두 사람의 의도는 둘째 치더라도, 어느 한쪽과 함께 이곳을 탈출하면——.

하지만 그런 스테프의 생각은.

"————."

두 사람의 모습을 보자마자 다시 끓어올라 날아가버렸다.

화사한 유카타를 입은, 아름다운 천사와 가련한 인형…….

얇은 천 한 장으로 이루어진 의상은 이 세상의 것이라고는 여겨지지 않는 두 사람의 매력을 북돋워주고 있다.

하물며 그 천 한 장 너머에 있는 피부의 감촉을—— 스테프는 알고 있다.

겨우 하루, 강요당했다고는 하지만, 마음을 태웠던 열정은 지금도 여전히 기억에 있었으며——.

——찌잉…….

아아…… 하지만 누구와 커플이 되면 좋단 말인가요……?

누구 하나를 선택하면 다른 사람에 대한 마음은 끊어야 하는데, 그런 건——.

"——이 아니라고요오오오오?! 이거야말로 남이 심어서 증폭한 감정——이라기보다 뭘 자연스럽게 '사랑 많은 소녀☆' 같은 생각을 하는 거예요 스테파니 도라?! 사랑 많은 소녀란 요컨대 『누구든 좋다』는 썩을여자일뿐이잖아요오호오워어어엉?!"

쿠콰콰콰콰콰콰콰콰앙——.

하고 돌바닥에 머리를 찧어대는 스테프의 모습에, 연민의 눈빛을 보내며 시로는 중얼거렸다.

"……빠야…… 스테프, 정말, 쉬게 하는, 게…… 좋지, 않을까……."

"유감이다만 기각이다. 스테프야말로 이 연애 게임에 가장 필요한 인재야. 그리고 생각하기에 따라서는 스테프가 제일 평소대로라고 할 수 있어. 어떻게든 되겠지. 개그 보정 같은 걸로."

——스테프는 망가져야 정상이다.

그렇게, 어떤 의미에서는 전폭적인 신뢰를 기울이며 말하는 소라에게, 신기하게도 납득하고 일동은 고개를 끄덕였다.

그리고 축제의 소란이 울려 퍼지는 가운데, 지브릴이 하늘을 노려보며 입을 열었다.

"그래서……? 왜 이처럼 대규모로 공간을 교체하면서까지 정원에 『성어제』를 재현했는지—— 언제쯤 되어야 설명을 들을 수 있을는지요?"

일부러 의상까지 마련해서.

그렇게 언짢은 목소리로 물었다.

답을 기다릴 것도 없이—— 이곳이 오늘 『게임』의 '무대' 인 것이다.

그리고 이만한 무대에서 할 일이, 어제까지의 '간단한 게임' 일리는 없으리라.

지브릴만이 아니라 이미르아인까지도 경계하며 눈을 가늘게 뜨는 가운데——.

"크크크—— 하~~~앗핫핫하지롱!! 보라고!! 날 밑바닥 스트리머라고 부르던 어중이떠중이가 줄줄이! 빗자루로 쓸어다놓은 쓰레기처럼 대기실에 옹기종기 모여 있어!! 이줴~에는그누구도밑바닥이라고못할걸정점에설날도머지않은초☆인기 스트리머!! 그게 바로 나야!! 호구들이 숭상하고 떠받들며 고개를 깊이 조아릴 거야!! 무릎을 꿇을거야꺄~~~악꺅꺅꺄!! 퓹꺄아~~~앗싸아아아!!"

겨우 모습을 나타낸 포에니크람은, 화면 앞에서 포복절도했다.

날이 갈수록 시청자가 늘어난다는 사실이 매우 기분 좋은 모양이지만.

그 화면에 비친, 댓글란 같은 것을 흘끔 본 소라가 말했다…….

"아——…… 난 엘프어 못 읽으니까 댓글 내용도 모르겠지만 말이야."

"뭐야 뭐?! 내 자존감 향상 타임을 방해하는 거야?!"

"댓글 흘러가는 속도로 봤을 때—— 대기실에 음성 새나가고 있는 거 아녀?"

"안녕하세요~✽ 영원한 슈퍼 밑바닥 스트리머 포에니크람이야✽ 아잉~ 소라 군도 참 신성한 시청자님을 쓰레기라고 부르면 '떽' 이지✽ 호구는 킹 오브 더 호구인 나만의 호칭! 아, 시청자 여러분 신발이 더러워졌네핥아드릴게할짝할짝할짝할짝——우갸악화면꽉차게타오른다아?!"

——그렇게 아광속 태세 전환도 허무하게.

“아니, 잠깐, 왜 방송 전 대기실부터 불판 되고 있는데?! 불, 불꺼! 불을 꺼야—— 5분내로시작하는거야방송으로전환해서댓글을흘려버리는거야?!”

그 전에 음성을 끄는 게 좋을 텐데.

그렇게 모두가 생각하는 가운데.

그렇게 지브릴의 질문은 물론이고.

돌바닥을 이마로 분쇄해 가며 계속 갈등하는 스테프도 무시당한 채.

허겁지겁 8일째 방송이 시작되었다………….

■ ■ ■

“하~이✽ 포에니크람 채널 대인기 방송 기획!! 『커플이 되기 전에는 나갈 수 없는 공간』 제8회!! 오늘도 신나게 가 봅——.”

이제는 익숙해진 가성으로, 포에니크람이 분위기를 바꾸고자 한 선언은.

모두 허사였다.

“——아, 잠깐, 대기실 로그 가져오지 말라구?! 스샷도 블락이거든?! 아? 뭐야 이건——뭐야편집동영상?! 2분도 안 됐는데 이렇게까지 해?! 손 너무 빠른 거 아냐!? 너네 진짜 할 일 없구나?!”

노도와도 같이 타오르는 방송에 포에니크람이 절규했다.

그러나 그것도 당연한 일이다. 설령 다른 세계, 다른 종족이라

하더라도.

불판 안건이란 섣불리 끄려고 할수록 더 잘 타오르는 법이니까.

"——어, 어~…… 아, 아무튼!! 오늘도 겁나 밑바닥 스트리머인 내가 보내드리겠지만서도!! 오, 오늘은, 이, 이제까지하곤 좀 다를걸?!"

그렇다—— 불을 끄는 유일하고도 효과적인 방법은.

더 센세이셔널한 화제를 제시하는 데 있다. 그것은 곧——.

"다들 듣고 보고 놀라라고?! 오늘의 게임은—— 짜~안!! 『성어제』를 본뜬 이 스테이지에서!! 놀랍게도—— 『　』(공백)의 전면 기획 협력으로 보내드릴 거야!!"

"……안, 녕…… 브이……."

"하아이 페어리 여러분 안녕하세요!! 오늘 게임의 이그젝티브 프로듀서, 『　』(공백)의 오빠 쪽인 소라 동정남 18세!! 좋아하는 건 속은 녀석이 『에에엥?!』이라고 외칠 때의 얼빠진 낯짝!! 취미와 특기는 남 속이기!! 영원히 여친 모집 중임다♪"

"예~이!! 정말 영원해질 멋진 인사였어✽ 다들 박수~~!!"

"에에엥?!"

그리하여 포에니크람의 노림수대로, 시청자만이 아니라.

소리를 지른 스테프, 나아가서는 지브릴과 이미르아인까지도 경악하며 허덕였다.

으음~ 이거야 이거. 이 얼굴이 진짜 좋다니깐.

소라는 곱씹으며 생각했다——.

——그렇다, 무엇을 감추리오.

이런 대규모 무대를 준비해서 무엇을 시킬 생각인가……?

지브릴의 물음에 대한 해답을, 소라와 시로는 처음부터 가지고 있었던 것이다.

왜냐면 오늘 아침, 포에니크람에게 소라와 시로가 제안했던 게임 기획이었기에!!

"참고로 무대랑 의상도 두 사람의 자기부담—— '후원(과금)'을 1340만이나 소비해서 준비해 준 거야! 통도 큰 두 사람에게 다시 한번 큰 박수를 보내주자고~!"

"뭐, 뭐라고요?! 어떻게 된 일인가요, 끼야아아악?! 잔고가 0이에요오?!"

포에니크람의 말에 황급히 태블릿을 확인한 스테프가 다시 비명을 질렀다.

——그렇다, 역시 무엇을 감추리오.

이 『성어제』—— 무대부터 시작해 인파(NPC), 축제 의상, 하나에서 열까지 모두.

포에니크람이 준비한 무대 장치가 아니었던 것이다.

스테프가 정원에 우물을 만들고 거실을 주방으로 개장했던 것과 마찬가지로.

소라가 '후원(과금)'을 소비해—— 평범하게 '구입'한 것이다!

덕분에 잔고는 진짜로 【0】…… 오늘 저녁 식비조차 없는 셈이지만 그건 둘째 치고——.

"자, 이렇게 모두가 똑같이 품은 의문—— 다시 말해 '이렇게까지 해서 뭘 하려는 거냐' —— 그 답을!! 다시 말해 오늘의 게임 내용을—— 발표하겠어?!"

이렇게 잇따른 서프라이즈에 완전히 불길은 가라앉고.

시청자는 물론 스테프와 지브릴, 이미르아인까지도 침묵하며 이어질 말을 기다렸다.

그리고 꼬박 10초—— 드럼 롤로 조바심을 자극하고는,

"——『제1회. 치키치키!
절대로 두근거려서는 안 되는 여름 축제 2 Hours』!!"

한층 커다란 폭죽이 연달아 터지고, 포에니크람은 드높이 선언했다.

소라와 시로, 포에니크람 이외의 모두가 머리 위에 물음표를 띄우는 가운데.

포에니크람은 상관할 바 아니라는 듯이 혼자 신나서 축제 북소리에 맞춰 요란하게 말을 이었다.

"규칙은 간단!! 다섯 사람은 이 『성어제』에서 2시간을 보낸다 —— 그게 다야!!"

참고로 포에니크람의 말에 맞춰 커진 폭죽은, 1발에 1만이다.

나중에 내역을 보면 스테프가 무슨 표정을 지을지 내심 기대하는 소라. 그러거나 말거나——

"단!! 그동안 '절대로 두근거려서는 안 되는' 거야아?!"

포에니크람의 말과 동시에, 다섯 명의 오른손에 손목시계 같은 것이 출현하고,

"다섯 명의 오른팔에는 『두근두근 센서』를 달았어! 세이프라인을 넘어버리면 아웃!! 곧장 '벌칙 게임' 이 실행될 거야?!"

이어서 벌칙 게임의 내용이 공개되었다.

" '벌칙 게임' 은―― 『90초 동안 나에게 신체의 모든 조작권을 맡긴다』는 거야!! 아, 물론 위해를 가할 수는 없어―― 정확하게는 맹약 때문에 불가능하니까 그건 안심해도 돼✽"

다시 말해, 두근거린 사람은 포에니크람이 마음대로 몸을 움직일 수 있다는 것이다. 그리고――.

"2시간 동안 '한 번도 두근거리지 않으면' 승리! 몇 명이든 승자의 수만큼 '상품' 을 줄 거야! 그리고―― '가장 많이 두근거린 사람' 은 두 번째로 많이 두근거린 사람하고 다들 좋아하는―― 1일 한정 임시 커플이 된다―― 이상이야!!"

그리하여, 설명을 마친 포에니크람.

하지만――.

어――? 그게 다야? 하고.

화면 너머에서 시청자가 고개를 갸웃거리는 모습을, 소라는 손에 잡힐 듯이 알 수 있었다.

두근거리면, 벌칙으로 90초 동안 포에니크람이 몸을 조작한다.

그렇구나? 몸의 자유를 빼앗긴다. 무슨 짓을 당할지 모르지.

하지만―― 그래도 역시 『그게 다야?』 하고 생각하지 않을 수

없으리라.

적어도, 시청자는 그렇게 생각했을 것이다.

"………………."

그러나—— 스테프와 지브릴, 이미르아인은—— 그렇게는 생각하지 않았다.

다른 이도 아닌 소라와 시로가 기획했다는 게임이—— '그것뿐일 리가 없다' 고.

지브릴과 이미르아인은 경의와 신뢰, 혹은 신앙으로 대담하게 웃었으며.

심지어 스테프는 '게다가 글러먹은 내용일 것' 이라는 확신으로 소라와 시로를 노려보았다.

그러나 그러한 시선을 진심으로 기분 좋게, 만면의 미소와 함께 받아들인 소라는 내심으로 대답했다.

그래, 신뢰해 줘서 고마워. 물론 그게 다일 리가 없지—— 하고.

"그러면!! 5분 후부터 게임을 시작할 거야! 그동안 나는 댓글을 건지러 가 볼까~✽——아 뭐냐고 진짜 집요하게?! 언제까지 대기실 얘기 쑤석거리고 있을 거야 좀 미래지향적으로—— 죄송합니다잘못했어요오체투지로사죄할게요, 네."

화면에 대고 머리를 조아리는 포에니크람은 무시한 채, 스테프는 여전히 흘겨보는 눈으로 소라에게 물었다.

“……뭔가 할 말은 없나요?”

“응? 아~ 그치…… 워비스트의 축제 의상—— 우리 원래 세계에 있는 유카타도 그랬지만 말야, ‘속옷은 입지 않는다’ 는 그거, 거짓말이야. 옛날에도 입었고 지금도 다들 입으니까.”

“네에에에?! 잠까, 갈아입으러 가게 해 주세요——아니그게아니고요?!”

얼굴을 새빨갛게 물들이며 안짱다리로 선 스테프는, 이내 고개를 가로저으며 외쳤다.

“무슨 생각으로 『주최자』 측에 붙었는지 묻는 건데요?!”

“무슨 생각이고 자시고도 없잖아. 포에니크람은 아군이야——그럼 ‘함께 싸워야’ 하잖아?”

다시 말해,

“정말로 50억을 벌기 위한 기획—— ‘수금장치(시스템)’ 를 우리가 제안했을 뿐이지.”

그렇다—— 이 게임은 포에니크람이 적이 아니라 아군이며.

그 공통 승리 조건이 50억을 버는 것이라면—— 이야기는 완전히 달라지는 것이다.

——처음에, 이 게임의 목적은 『자신들에게 연애를 시키는 것』이라고, 소라는 생각했다.

연애가 목적인 게임…… 완전히 문외한이다. 완전히 의미불명이어서 동의할 수 있을 리 만무한 게임. 그렇기에 부끄럽지만 소라는 며칠에 걸쳐 이를 단순한 패배의 결과로 강요된 벌칙 게임이라 인식하고 실의에 빠졌던 것이다── 그러나.
──연애가 '목적' 이 아니라.
단순한 '수단' 이라면── 이야기는 달라진다.
다시 말해 이 게임은 단순히 '후원(과금)' ── 다시 말해 『영혼(돈)』을 버는 것이 목적이며.
시청자── 페어리에게 돈을 내게 만드는 소재로 연애를 선택했을 뿐인 것이다!
그렇다면 이제는 이 게임에 동의한 것도 말이 된다── 왜냐하면!!

"연애사에 관해서는 딱 잘라 말해 비전문!! 깔끔쌈빡하게 앞도 뒤도 모르는 동정왕인 나 소라는── 벗뜨 그러나!! 단순히 돈을 벌기만 하면 된다고── 다시 말해 '사기꾼' 의 실력이 필요한 것이라면!! 그럭저럭 '전문가' 라고 자부하고 있기에 말이지?!"
이리도 명료하게 설명을 마친 소라에게, 스테프는 수긍했는지 일단은 고개를 끄덕였다.
"──그렇군요. 그걸 우리에게 의논도 없이, 심지어 무단으로 1340만이나 되는 '후원(과금)' 을 소비했던 건 지금 와서 아무 말도 하지 않겠어요. 늘 있었던 일이니까요. 익숙해졌어요. 굳이 따지자면, 이런 낭비가 용납될 거라면 돌아간 후에 즉각 욕실을 구입하겠어요."
"그러엄. 이해심 있는 동료는 정말 좋아♪"
"하지만 가장 중요한 설명을 아직 못 들었어요."

"허어? 아직도 설명할 게 남았던가?"

"이 게임의 숨겨진 뜻 말이에요! 두근거리면 안 되는 여름 축제?! 뭔 소린지 모르겠거든요?!"

최대의 의문은 얼버무리고 있음을, 의외로 눈치 빠르게 알아차린 스테프가 부르짖었다.

"에르키아만이 아니라 여러 종족이 멸망의 위기에 직면했다면서 이런 일이나 하고 있을 때가 아니잖아요?! 무슨 정신머리로 두근거리란 거예요?"

——지금 막 두근거려서 죽을 뻔했던 녀석이 무슨 소릴…….

그런 의미로 시로와 지브릴, 이미르아인은 스테프를 흘겨보았으나—— 소라는 털털하게 대답했다.

"그럼 '두근거리지 않으면 돼'. 우리가 아무도 두근거리지 않으면 '상품' —— 질문권이 5개나 나와. 5개나 있으면 수수께끼를 다 벗겨버릴 수 있거든? 힘내서 2시간 때우면 그만이야."

"——어, 어라? 그, 그것도 그런……가요?"

2시간 동안 두근거리지 않는다.

그거야말로 지금의 스테프에게는 불가능한 일임을, 당사자인 스테프는 깨닫지 못한 듯했다.

그러나 스테프 이외에는—— 지브릴과 이미르아인은, 그렇기에 알아차렸다.

소라가 '아무도 두근거리지 않는' 것을 상정조차 하지 못할 리가 없다, 고…… 그렇기에——.

"뭐, 안심해. 이 게임으로—— 투자한 원금 정도는 순식간에 되찾을 수 있으니까."

그렇게 선언한 소라에게, 스테프만이 고개를 갸웃하고—— 그리하여.

"그러면~ 시작할게!! ——준비…… 스타아트야~~!!"

마침내 5분이 지났는지—— 포에니크람이 선언하자마자.

갑자기 비눗방울에 싸인 다섯 사람은—— 다음 순간, 일제히 사라졌다…….

■ ■ ■

"그러네요…… 『전부 같은 곳에서 스타트』란 말은, 그야, 어디에도 없었죠……."

——게임 개시 선언 직후, 축제장 어딘가로 전이되었음을.

웬일로 금방 파악하고, 스테프는 축제로 북적거리는 참배길을 걸으며 생각했다.

아까는 소라의 말에 넘어가버렸지만, 이렇게 축제장에서 2시간을 보내면 끝인가……?

소라와 시로가 기획한 게임이—— 그렇게 간단할 리가 없기에.

방심하면 두근거릴 것 같은 '활기(유혹)' 에서, 필사적으로 의식을 돌리려 하면서——.

——세계에서도 손꼽힌다는 『성어제』의 활기.

시각만으로도 감동할 것 같은 그 열기가, 지금은 후각까지도 폭력적으로 자극해댄다.

동부연합 전국에서 모여든 일류 솜씨의 노점이 늘어선 참배길…… ‘후원(과금)’ —— 다시 말해 페어리의 힘으로 소라와 시로가 창조한 것이라고는 하지만, 그런 노점에서 팔고 있는 것들은 틀림없는 진짜였으며, 실제로 먹을 수 있는 것이었다. 그 압도적인 향기의 폭력에 스테프는 맹렬히 저항하고 있었다.

——이 손목시계, 두근두근 센서가 반응하는 ‘두근거림’ 의 기준을 알 수 없기 때문이다!

절경에 가슴이 뜨거워지거나, 맛있는 음식에 입맛을 다시는 것도 아웃일지 모른다!

역시 그 두 사람이 기획한 게임이야—— 이건 완전히 고문 아닌가요……?!

‘아니죠!! 조국을 걱정하는 마음이 있다면 어떤 고문이라도 견딜 수 있을 거예요?!’

그렇다—— 지금은 에르키아의, 이마니티의 위기인 것이다.

그런 지금 상황을 생각하면 애초에 두근거릴 리가 없는 것이다!

2시간 동안 하염없이 마음을 무(無)로 만들어 넘어서리라.

그것이 에르키아를 구하기 위해—— 지금의 내가 할 수 있는 유일한 행동인걸요!! 하고.

자신의 마음을 강철로 만들고자 단단하게 굳혔던 스테프의 결의는——.

“……후우~♥”

“으햐앙?!”

갑자기 뒤에서 귓가에 날아온 숨결에 덧없이 부서졌다.

“잠깐, 왜── 무, 무슨 생각이에요 지브릴?!”

어느새 등 뒤에 있던 지브릴에게 대드는 스테프.

그러나 당사자인 지브릴은 당당하게, 그저 고개를 갸웃하며,

“어라……? 지금 도라이양의 심박수가 급상승했을 텐데도 센서에는 반응이 없군요. 역시 이 게임에서 ‘두근거림’ 이란 연애감정에 의한 것에 한정된 듯합니다. 그렇다면, 허어, 어떻게 해야 도라이양을 두근거리게 만들 수 있을지…… 어려운걸요.”

──스테프를 두근거리게 만들 생각으로, 라고 선선히 웃으며 고백했다.

“어, 어째서죠?! 이 게임에선 모두가 두근거리지 않고 질문권을 5개 얻어야──.”

“아니지요, 도라이양. 그럴 리가 없답니다── 근거는 두 가지.”

혼란에 빠진 스테프의 항의. 그러나 지브릴은 손가락을 두 개 세우며 부정했다.

“우선 첫째. 마스터는 이 게임을 ‘수금장치’ 라고 하셨습니다. 우리 전원이 두근거리지 않고 그저 2시간을 보내는 것만으로는 이 투자를 회수할 ‘후원(과금)’ 은 얻을 수 없습니다.”

──그, 그건 그렇, 지만요…….

"그리고 둘째. 한 번도 두근거리지 않고 2시간—— 도라이양에게는 절대로 불가능하지요. 마스터는 물론이고 저의 축제의상에조차 설레는 지금의 도라이양이 2시간이나 두근거리지 않는다니…… 그야말로 기절해서 보내는 것 말고는 방법이 없습니다."

반론할 틈도 주지 않고 지브릴은 담담히 말했다.

"다시 말해 이 게임에서—— 마스터의 심모원려를 저 따위가 감히 해명할 방법은 없겠사오나, 적어도 '가장 많이 두근거린 자' ——최하위가 도라이양이란 것은 자명하지요."

자, 자명하다고까지 할 정도인가요……?

"아니지요, 자명하다기보다는 확정? 필정? ——제 어휘력으로는 적절한 말이 떠오르질 않는군요……『'과거' 와 마찬가지로 이미 변경이 불가능한 결정사항』이라고나 할까요."

지, 지브릴의 어휘력을 넘어설 정도인가요……?!

눈을 허옇게 뜬 스테프.

그러나 지브릴은 근심하는 표정으로 말을 이었다.

"하오나 그렇게 되면 이 게임에서의 '전략' 이—— 난감해지지 않겠습니까?"

"저……전략, 요?"

"모두가 노리려 하는 부분—— 다시 말해『자신과 마스터를 가장 많이 두근거린 두 사람으로 만들어서』얻을 수 있는 1일 한정 임시 커플링. 이 노림수가 근본적으로 성립되지 않습니다."

"그런가요?!"

아니, 하지만 정말로—— 가령 지브릴의 지적대로, 자신의 최

하위가 약속된 것이라고 한다면, 필연적으로—— 커플링이 가능한 것은 『스테프×누군가』밖에 없으니까……?!

"그러므로 차선책—— 누구를 두 번째로 많이 두근거리게 할지의 승부가 되는 것이지요♪ 다시 말해 '누구를 도라이양과 붙여서 마스터 쟁탈전에서 탈락시킬지' 랍니다♪"

즉…… 지브릴이 말하는 전략이란.

"저는 도라이양과 그 고철을 최대한 많이 두근거리게 한다—— 이상이 마스터가 바라시는 게임의 취지, 저의 최적해라 판단했습니다. 어떠신지요♥"

그렇게 자신의 추리를 마무리하며——.

요컨대.

——2시간 동안 최선을 다해 유혹해 두근거리게 만들겠습니다, 라고.

우아하게 고개 숙여 선전 포고하는 지브릴을 보며, 스테프는 등골이 오싹해지는 것 같았다.

——큰일났다.

아마도 지브릴의 예상이 옳을 거라고, 스테프는 내심 인정했다.

조금 전 귀에 바람을 불었던 것도, 사전에 지브릴임을 알았더라면 아마 그 시점에서 '두근거려서' —— 아웃이었을 정도로, 지금의 자신은 약하다!

그도 그럴 것이—— 『자, 어떻게 도라이양을 공략할까요』 하고 즐겁게 생각에 잠긴 지브릴의 모습, 그 전개에, 이미 센서의 바늘이 아웃 직전까지 흔들리고 있었으므로!!

큰일났다. 큰일났다큰일났다. 큰일났다고요?!

이 기획을 입안한 소라와 시로의 의도가 지브릴의 예상대로라고 해도.

그래도 스테프는 절대로 두근거려서는 안 되는 것이다!

지금 두근거리면, 그것은 『한 번도 두근거리지 않고 질문권을 얻는다』는—— 에르키아를 구할 의지와 자신의 연애 감정을 저울질해 후자로 기울었음을 의미하는 것이기에!!

'그것만은 절대로 인정할 수 없어요————?!'

어떻게든 지브릴에게서 도망쳐야만 한다.

그러나—— 어떻게?

지금의 지브릴은 마법을 쓸 수 없다. 그러나 과거—— 마법이 금지되었던 게임에서도 물리적 한계에 육박한 워비스트와 호각의 신체능력을 보였던 실적이 있다. 이 혼잡한 축제에서 순식간에 스테프를 찾아낸 것을 봐도—— 도망칠 수 있으리라고는 생각할 수 없었다.

'그렇다면…… 제가 지브릴을 두근거리게 만들 수밖에 없어요!'

그렇다—— '두근거리면 벌칙 게임' 이라는 규칙.

90초 동안, 포에니크람에게 몸의 자유를 빼앗긴다는 규칙!!

90초라면—— 적어도 지브릴 앞에서 도망치는 것은 가능할 터!

그동안 어딘가에서 2시간 동안 몸을 숨겨버리면————?!

그러나 그 내심을 꿰뚫어 본 지브릴의 말 한마디에, 스테프는 너무나도 빠르게 절망했다.

"도라이양에게 제가 가슴이 두근거리는 일 따위는 만에 하나라도 없답니다. 포기하시지요♥"

끝났다—— 아니, 그보다도.

지브릴이 자신에게는 절대로 두근거리지 않는다고 단언했다.

생각보다도 강한 충격에 자기도 모르게 눈물을 글썽이는 스테프의 눈.

하지만 그 눈은——.

"——【낭보】: 번외개체의 의도는 실패함. 왜냐고? 본 기체가 저지할 거니까."

선드러지게, 자신을 지키듯 나타난 이미르아인의 등을 보며, 다시 빛났다.

아아, 그랬죠! 지브릴이 이미르아인과 저를 붙여 주려고 해도!

그것을 당사자인 이미르아인이 용납할 리가 없으니까요!!

그렇다면 이미르아인은 자기 편—— 이 얼마나 든든한가요?! 하고.

환희에 눈을 빛내는 스테프는.

잘 생각해 보지 않아도 깨달을 수 있는 사실을 놓치고 있었다.

그렇다. 실제로 이미르아인은 지브릴의 적이다…… 그러나.

딱히 그것이 반드시 스테프의 편임을 의미하지는 않는다.

그렇다——.

"【선언】: 번외개체의 의도—— 주인님과 커플이 되는 것. 그 후 『성교섭이 끝난 다음 '아직도 있었냐? 하고 싶어지면 부를 테니까 끝났으면 냉큼 꺼져. 여친 행세 하지 마.' 라고. 난폭한 취급을 받고 싶다』는 왜곡된 선망. 모두 본 기체가 확고히 저지함."

————.

————…………뭐?

스테프와 지브릴이, 나란히 아연실색한—— 직후.

『**땡**—!! 지브릴 & 스테파니!! 아웃이야아아?!』

포에니크람의 멘트가 드높이 축제장에 울려 퍼졌다.

『아, 참고로 스테파니는 이미르아인이 멋있게 등장한 시점에서 이미 아웃이었어✽ 분위기 파악하고 재빨리 이용했던 내 진행을 칭찬해 줘?!』

그 목소리에, 스테프와 지브릴은 황급히 센서를 확인하고.

정말로 끝까지 올라간 바늘에, 나란히 비명을 질렀다.

"끼야아아아아아질문권이사라졌어요?! 아, 아니에요 전, 결코 에르키아보다도 이미르아인을 택한 것이—— 아니그보다지브릴?! 그, 그런 선망이 있었나요?!"

"아, 아니오?! 차차, 창졸간에 상상하고 말았을 뿐…… 이, 이 고철이——?!"

"【긍정】: 번외개체의 추리. 본 기체의 추측과 대체로 일치. 본 게임은 도님과 누구를 맺어 주느냐 하는 게임—— 그러나 결론은 다름. 도님과 맺어질 것은 번외개체. 너다~."

그렇다, 이미르아인은 스테프와 지브릴 두 사람을 한꺼번에 두근거리게 만드는 적이었으며.

그리고—— 지브릴을 자신에게 두근거리게 만들 필요도 없다며 조소했다.

—— '소라에게' 두근거리게 만들면 그만이라며.

그리하여…… 고스란히 이미르아인의 의도대로 두근거리고 만 지브릴의 분노도, 스테프의 탄식도, 무표정하게 비웃는 이미르아인도—— 이 모든 것을 무시한 채.

『자~아?! 그러면— '벌칙 게임' 시간이다아?!』

포에니크람의 멘트와 동시에—— 지브릴과 스테프는 멈췄다.

——…….

자신의 의지로는 눈꺼풀 하나 움직일 수 없게 된 지브릴과 스테프.

그리고 이미르아인도 경계심을 높이며 신중하게, 포에니크람의 말을 기다렸다.

소라와 시로가 기획했던 이 게임의, 아직까지도 의도를 알 수 없는 벌칙(규칙).

이 '벌칙 게임'에 바로 두 사람의 진의가 있는 것은 틀림없기 때문이다.

——『90초 동안 포에니크람에게 몸의 모든 조작권을 맡긴다』.

의도를 알 수 없는 이 ‘벌칙 게임’ 이 과연 무엇을 의미하는가.

그러나 포에니크람은, 세 사람이 아니라—— 시청자를 향해 답을 밝혔다.

그것은 곧——.

『지브릴 및 스테파니에게 30초 동안 무엇을 시킬지—— ‘시청자 리퀘스트로 결정’ 할 거야! 『가장 많이 지지를 받은 ‘후원(과금)’ 코멘트』를 채용하겠어!! 모집 시간 60초!! 자~ 열심히 리퀘스트 컴온이야아아아——!!!!』

————?

그게 무슨 소리? 라고 세 사람은 한순간 나란히 의문에 물들고.

그 중에서 지브릴과 이미르아인은 이해에 이르러, 경악에 허덕였다.

실제로, 포에니크람이 자신들의 몸을 90초 동안 움직인다는 데에 동의했다.

그렇다면—— ‘어떻게 움직일까’ ——.

그 구체적인 아이디어를, 포에니크람이 『경매』에 걸어도 문제는 없는 것이다!!

이것이—— 『투자한 원금 정도는 순식간에 벌 수 있다』고 소라가 단언했던 진의였는가!! 하고.

세 사람은 노도와도 같은 ‘후원(과금)’ 소리가 짤랑짤랑 울려 퍼지는 가운데, 마침내 이해했다—— 그와 동시에.

60초에 걸친 과금의 폭풍이 가라앉은 순간.

"———읏?!"

이미르아인은 신의 속도로 자신에게 달려든 지브릴을 간신히 시인할 수 있었다.

그러나 반응은 한발 늦어, 속절없이 붙잡혀—— 덮치러 온 지브릴의, 상기된 요염한 웃음과 입맛 다시는 표정, 피부의 온기에, 이미르아인은 자신의 성능을 저주했다.

——치명적으로 판단이 늦어졌다. 상정할 수 있는 위기 상황 시뮬레이션을 게을리했다.

엑스마키나로서 너무나도 부끄러운 대응 지연.

지브릴과 스테프, 두 사람을 두근거리게 만드는 데는 성공했다.

그리고 '벌칙 게임'의 내용을 파악한—— 그 순간, 철수해야(도망쳐야) 했다!!

시청자가—— 페어리들이 지브릴과 스테프를 조작해 시킬 만한 일 따위.

이번에는 '본 기체를 두근거리게 만드는' 무언가의 행위 말고는—— 있을 수 없었으므로!!

그리하여 페어리들의 지시에 따라, 완벽하게 도주를 저지당한 이미르아인은—— 그래도 생각했다.

자신을 자빠뜨리고 몸을 밀착하는 번외개체—— 이런 것으로 본 기체가 두근거릴 줄 알았나?

"【보고】: 헛수고. 본 기체가 번외개체에게 연애적으로 두근거릴 확률—— 구태여 단언. 제로."

과연. 대응이 늦어져, 도주로를 차단당한 것은 인정한다.

그렇다 해도, 시청자의 획책은 무의미하다고 선언하는 이미르아인. 그러나.

"흐응……? 그렇다면 이미르아인은 왜 쓰러진 건가요……?"

이번에는 스테프가, 그렇게 귓가에서, 달콤한 목소리로 속삭이는 것을 들었다.

…………?

어째서 쓰러졌냐고? 번외개체가 본 기체를 밀어서 자빠뜨렸기 때문이다.

의미를 알 수 없는 물음에 곤혹스러워하는 이미르아인. 그러나 스테프가——아니.

스테프에게 그 말을 시킨 시청자가, 다시 말해 페어리들이, 지적했다.

"상대가 진심으로 거부하는 행위—— '위해'는 맹약에 의해 불가능하죠. 그러면 지브릴은, 어떻게 이미르아인을 자빠뜨릴 수 있었는지, 이해할 수 없네요~♥"

"————————."

그 순간—— 이미르아인은 셧다운할 것 같은 공포를 인식했다.

설마…… 연애 감정이 증폭되는 이 공간 내에서의 시간 경과에 따라서.

무의식적으로—— 번외개체가 자신에게 거리를 좁히는 것을 용인할 정도의 호의가 발생하고 있었다——?

"【부정】【거부】【반론】: 해당 지적은 궤변. 【가설】: 본 기체는 해의를 검출하지 못했음. 그러므로 쓰러지는 것을 거부하지 않았음. 그것뿐. 실제로 본 기체의 두근두근 센서는 무반응. 본 기체의 사랑은 주인님만의 것. 【필연】: 본 기체는 주인님의 것——부끄."

그러나, 이러한 이미르아인의 반론도 감정의 흐름에 이르기까지, 모두——.

『**땡**—!! 오케이!! 모두의 예상대로 이미르아인도 아웃~이야!!』

——모두, 페어리(시청자)가 간파하고 꾸민 계략이었다고.

그렇게 선언한 포에니크람의 멘트에…… 이미르아인만이 아니라, 30초가 경과해 자유를 되찾은 스테프와 지브릴까지도, 나란히 그저 전율하며 말을 잇지 못했다.

이미르아인에게—— '지브릴을 의식하고 있다' 는 자각을 심어 주고.

이를 전제로 현시점에서 바랄 수 있는 '소라에 대한 두근거림' —— 자멸로도 이르게 만들었다.

이처럼 신의 한 수와도 같은 계략을, 겨우 60초 만에 짜낼 수 있었던 시청자들에게, 심지어——.

『자, 이번에는 이미르아인에게 무엇을 시킬까?! 60초 동안 리퀘스트 타임이야?!』

다시, 그 신의 한 수를 요구하는 포에니크람의 목소리에——.

“잠까, 지브릴?! 소, 손을 놓아 주시어요?!”

“도라이양…… 부디 침착하십시오…….”

——조작당한 이미르아인이 다음으로 노린 것은 당연히, 자신들이다.

그리고 반드시 두근거리게 된다는 것을 깨달은 스테프는, 리퀘스트가 정해질 60초 동안 도망칠 수밖에 없다고 판단했다. ——그러나 냉정함을 되찾은 지브릴에게 저지당했다.

“이미 저와 도라이양, 그리고 저 고철은 나란히 『원아웃』——질문권은 이미 없습니다. 지금 와서 도망친들 늦었습니다. 무의미하지요.”

그건…… 분명 그렇지만.

제일 먼저 자신의 질문권을 없애려고 덤벼들었던 사람에게 그런 말을 듣는 건 이상하다고 눈을 흘기며 대꾸하는 스테프. 그러나——.

“이것이 이 기획의, 두 분 마스터의 뜻—— 저희가 서로에게 두근거리면서 ‘후원(과금)’을 버는 것. 그렇다면 저는 이에 따를 뿐. 애초에 도망친다는 선택지는 없었습니다.”

지브릴은 결연히—— 말을 이었다.

“하물며 제가 저 폐급 쓰레기에게 두근거릴 것을 두려워해 도망친다고요?——있을 수 없지요.”

있을 수 없다, 있어서는 안 된다고.

그리하여, 리퀘스트 결정까지의—— 60초.

꼼짝하지 못하는 이미르아인과 대치한 지브릴.

『위전』과 『천격』을 마주 쏘아대는 것과도 같은 긴장에 대기는 진동하고 땅은 흔들렸다.

——이미르아인이 어떻게 움직이더라도, 상관없다.

결단코 두근거리지 않고, 오히려 반격하리라(두근거리게 하리라). 그렇게 지브릴은 날개를 펼치며 준비했다.

"그건 지브릴 마음이고요?! 저는 도망쳐도 되잖아요?!"

"아니오, 놓치지 않을 겁니다."

그렇게 다시 도망치려 하는 스테프의 손을 더더욱 꽉 잡으며 지브릴은 말을 이었다.

"저 고철과 제가 가장 많은 두근거림 워스트 2명으로서 강제 커플링—— 그것은 도망치는 것 이상의 극악무도인 바. 최하위는 도라이양. 이것은 결정사항입니다."

"지브릴이 '더는 절대로 두근거리지 않겠다' 고 진짜로 생각하면 필요 없는 보험이잖아요?! 아아아놔주세요오오!! 이 이상 연심을 희롱당하고 싶지 않아요오오오?!"

그렇게 외치는 스테프는—— 문득 생각했다.

어라? 그렇다기보다 지브릴…… 그건——.

이미르아인보다는, 그나마 저와 커플이 되고 싶다는…… 그런 뜻——?

『**땡**—!! 스테파니 왠진 모르겠지만 두 번째 아웃~이야아!!』

"거봐요내가뭐랬어요오오아아이젠싫어요으아아아아아앙!!"

■ ■ ■

그리하여 엑스마키나와 플뤼겔…… 과거 천지를 가르며 서로를 살육하던 천적끼리.

이제는—— 서로를, 더불어 이마니티 소녀를, 유혹하고 있다.

역사를 아는 자라면 예외 없이 눈을 의심할 그 전개에, 시청자의 수도 '후원(과금)' 도 무한대로 늘어난다.

그러나 포에니크람은 웃지 않은 채. 전율에 몸을 떨며 그 광경을 바라보고 있었다…….

————…………….

"시청자에게 돈을 내게 만드는 것뿐이라면 간단해. 시청자도 참가시키면 돼."

그것은 오늘 아침에 있었던 일.

포에니크람을 불러낸 소라는 갑자기 그 기획을 들려주었다.

"요컨대 시청자 참가형 게임. '후원(과금)' 을 조건으로 캐릭터나 전개에 관여할 수 있게 해 준다는 거지. 예를 들면—— 가장 많은 돈을 낸 녀석의 리퀘스트로 전개를 결정하는 형태로 말이야."

"응……~? 하지만 그러다간 헤비 과금러 말곤 다 떨어져 나갈걸?"

“맞아. 그러니까 라이트 과금러라도 무리를 지으면 헤비 과금러를 타도할 수 있는 시스템으로 만들어야 해.”

그렇다, 구체적으로는——.

“리퀘스트를 ‘후원(과금)’의 대가로 삼아서, 총액이 가장 많은 리퀘스트를 채용하는 거야. 『100만을 투자한 1명』보다도 『100을 투자한 1만 1명』의 리퀘스트가 통과되는 시스템을.”

이러면 가장 많은 시청자가 바라는 전개를, 시청자 자신이 영혼(돈)을 지불해 결정할 수 있다.

자신이 미는 전개를 채용시키기 위해서는 하염없이 ‘후원(과금)’을 쌓아야 하며, 그러려면 같은 전개를 바라는 동지를—— 과금러의 머릿수를 조금이라도 늘려야 하고——.

그렇게 시청자는 필사적으로 친구를 불러 구독자를 늘려 준다.

분모가 늘어나면 수익도 비례해 늘어간다—— 이렇게 해서.

——단지 이것만으로.

50억도 벌 수 있을 ‘수금장치(시스템)’가 완성된다고.

아연실색하는 포에니크람을 아랑곳하지 않고 말한 소라는, 이렇게 말을 맺었다.

“애초에 남의 연애를 누구보다도 잘 아는 페어리의 집단지성에서 나오는 리퀘스트야. 우리가 머리를 쥐어짜서 생각하는 것보다도 훨씬 재미난 연애극을 연출해 주지 않겠어?”

——————………….

——그리하여, 그야말로 소라가 꾸미고 선언한 대로.

구독자는 리얼타임으로 격증하고.

투자한 액수를 순식간에 회수하는—— 어제까지와 자릿수가 다른 '후원(과금)' 이 몰려들었다.

당연한 노릇이다…… 애초에 엑스마키나와 플뤼겔—— 심지어 바로 그 지브릴에게.

무엇을 시킬지, 재미나고도 웃기는 결정을 내릴 수 있다…… 그것만으로도 영혼(돈)을 낼 가치가 있다!

게다가 서로를 유혹하게 만들고, 두근거리게 만들어, 결과에 따라선 정말로 사랑에 빠뜨릴 수 있다면.

시청자도 뜨겁게 의논하고, 온갖 지시(리퀘스트)가 오가고, 파벌마저 생겨나—— 후원 전쟁에 이른다.

그 모습에, 포에니크람은 웃음을 넘어 전율할 수밖에 없었다.

이 구상을 말해 주는 소라의 얼굴이 사악하게 일그러져 있어서——는 아니다. 오히려 반대.

——이처럼 악마 같은 발상을, 마치 숨을 쉬듯.

물이 위에서 아래로 흐르는 자연의 섭리라도 설파하듯.

아무 감회도 없이, 별것 아니라는 듯 말했기 때문에——!!

'역시 애들은 최고야!! 정말로 모든 걸 걸었던 보람이 있어!!'

그러나—— 그건 그렇다 치고.

포에니크람은 생각한다.

'하지만 소라 군? 너는 스스로 말한 대로—— 연애 쪽으로는 완전히 문외한이네?'

소라 군의 기획으로 실현되고 있는 이 모든 것은—— 그래 봤자 겨우 '오픈게임'…….
'덤으로 딸려온 여흥'이나 마찬가지거든. 메인이벤트는 이제부터 시작이야……! 라고.
다른 모니터에 소라와 시로의 모습을 비추며, 포에니크람은 이번에야말로 사악하게 웃었다.

■ ■ ■

애초에──『여름 축제』란 무엇일까…….

신에게 오곡풍요와 천하태평을 비는 날일까?
혹은 선조의 영혼에 감사하며 공양을 하는 날일까?
뭐, '기원'으로 보면 전부 옳을 수도 있다.
그러나 애초에 여름 축제란 무엇이냐를 물은 것이라면, 소라는 전부 틀렸다고 단언한다.
여름 축제란, 커플이 유카타 코스프레 차림으로 손잡고 꽁냥거리는 이벤트다!!
혹은 친구 이상 연인 미만인 것들이! 다시 말해 커플 후보들이! 요컨대 리얼충 놈들 전용 이벤트라는 데에는, 아무런 의심의 여지도 없는 것이다!
미안하지만 이의는 접수하지 않는다.
이의를 제창하겠다면, 겁나 북적거리는 인파에 시달리며, 냉정하게 생각해 별로 맛있지도 않은 노점 음식이나 솜사탕이 800엔이라는, 머리를 의심할 만한 축제 상술에 돈을 지불하고, 심지어 표적이 쓰러지지 않는 사격 게임, 당첨도 없는 뽑기 같은 사악한 사기의 견본시장을, 웃으며 용서하는 이유를―― '커플끼리 꺄꺄 우후후 즐기는 것이니까' 이외의 설명으로 답할 것을 요구한다!

이리도 자명하게, 여친 없는 경력=추정 수명인 소라는 옛날부터 여름 축제를 싫어했다.

오히려 싫지 않을 이유를 찾을 수 없는, 부유한 자가 더욱 부유해지고 가난한 자는 더욱 가난해지는 격차 사회의 축소판―― 시정되어야 할 사악이라고 확신했다.

그러나, 어느 날―― 시로가, 여름 축제에 가고 싶다고 졸랐다.

그것은 잊을 수도 없는 2년 전…… 소라 16세, 시로 9세의 여름 어느 날이었다.

이미 등교거부 & 골방지기 생활을 이어나간 지 오래되어, 둘이 좁은 감옥(방)에 틀어박혀 있던 무렵이다.

그런 시로가, 밖에 나가고 싶다고 스스로 말했다. 하필이면 여름 축제에―― 인파 속에.

왜냐고 물어도 이유는 말해 주지 않던 시로의, 상당한 결의가 필요했던 것으로 보이는 요망에.

소라도 결의하고, 몇 년 만인지 모를…… 동네 여름 축제장으로, 시로와 손을 잡고 향했다.

――그리고 놓쳤다.

인파에 휩쓸려, 분통하게도 한순간 손을 놓친 소라는, 시로의 모습을 잃어버렸다.

그리고 꼴사납게 울고 떨면서, 인파에 휩쓸린 시로를 찾아 하염없이 뛰어다녔다.

주저앉고 싶어지는 충동을—— '시로도 울고 있을 테니까' 란 생각 하나로 억누르고, 뛰어다녔다.

겨우 시로를 발견한 것은, 축제가 다 끝나, 인기척이 사라진 신사 경내의 구석.

그림자 속에 숨어, 무릎을 끌어안고 몸을 웅크린 채, 소리를 죽이고 울며 떠는, 시로의 모습이었다.

얼른 달려온 소라에게 안긴 시로는, 품안에서 계속 울었다.

"……불꽃, 놀이…… 다 끝나버렸, 어……." 라며…….

불꽃놀이 같은 거 언제든 볼 수 있으니까, 어디서도 볼 수 있으니까.

그렇게 필사적으로 달래는 소라에게. 시로는 계속…… 그저, 흐느끼기만 했다…………

——————………….

그리하여 소라의 여름 축제에 대한 마음이 '혐오' 에서 '증오' 로 격상된 지 2년.

설마 또 『여름 축제』에 참가할 날이 올 줄은…….

——『성어제』가 한눈에 내려다보이는 야트막한 언덕 꼭대기.

이번에는 절대로 놓치지 않도록, 처음부터 뒷산 꼭대기로 전이해 달라고 했던 소라와 시로는.
‘후원(과금)’ 으로 구입한 사과 사탕을 손에 들고, 쓰러진 나무에 앉아 『여름 축제 게임』을 전망하고 있었다.
그렇다―― 구경꾼으로서.
『**땡**―!! 스테파니 14번째!! 지브릴 8번째 아웃이야!!』
멘트가 울릴 때마다, 스마트폰에 표시되는 ‘후원(과금)’ 의 잔액이 노도와 같은 기세로 늘어간다――.
그 추이로 보건대, 연애 이벤트가 순조롭게 과열되고 있음을 확인하고, 소라는 흐뭇하게 웃었다.

그렇다―― 소라와 시로는 처음부터 축제장에 없었다.
몇 번이고 말하지만, 소라는 연애는 문외한―― 연애 게임에서는 외야였다.
그렇다면 문자 그대로 외야에 몸을 둔 채, 서포트에 전념하면 그만이다.
애초에 시로와 떨어져 스타트하는 것은 있을 수 없는 일이고.
하물며 저런 인파 속에서―― 2년 전처럼 시로를 놓친다면? 농담하지 말라고 그래.
그리하여 포에니크람에게 기획을 타진하면서―― 소라와 시로는 산꼭대기로 전이해 달라고 거래했다.
그 후에는 이대로 유유히 게임이 끝나기를 기다리면, 막대한 수익과 질문권 2개를 얻게 된다.
뭐, 지금 와서 질문권 따위는 스테프를 우스꽝스럽게 뛰어다니

도록 만들 구실 정도밖에는 안 되지만…….

아무튼 시로와 둘이 함께, 유유히 나무에 앉아 있던 소라는……
문득.

여느 때와 같은 정위치—— 자신의 무릎 위가 아닌, 옆에 앉아 있던 시로에게 물었다.

"그러고 보니 시로. 왜 『여름 축제』 같은 걸 제안했어?"

그렇다. 이 게임을 기획했던 것은 소라지만—— 무대를 선택한 것은 시로였다.

그도 그럴 것이 소라에게 『연애』 따위 야겜이나 만화의 지식밖에 없는 것이다.

시청자의 반응이 좋을, 화려하고 분위기가 뜰 만한 무대—— 해수욕, 캠프, 유원지—— 여러 가지를 생각해 봤지만, 하나같이 결정타가 부족했을 때. 시로가 제안한 것이 『여름 축제』였다.

소라에게는, 동생을 울린 기피해야 할 이벤트.

시로에게도 트라우마였을 텐데…… 하고 생각하는 소라에게, 고개를 숙였던 시로가 살짝 중얼거렸다.

"빠야, 하고…… 불꽃놀이…… 보고 싶었, 으니까……."

——펴엉…….

하늘 가득, 몇 번째인지 모를 커다란 불꽃이 작렬했다.

한순간, 그 눈부신 섬광에 비친 시로의 옆얼굴에, 문득 소라는 기억을 떠올렸다.

그러고 보니 2년 전에도 그렇게 말하며 계속 울었지, 하고.
딱히, 불꽃놀이 같은 건 언제든…… 감옥[방] 베란다에서도 볼 수 있을 텐데——.
"……빠야, 왜 여름 축제, 싫어……했더라?"
"응? 옛날부터 말했던 것 같은데——? 여름 축제 따위 커플 전용 이벤트니까 그렇지."
"……응, 알고 있었어……."
다시, 밤하늘에 소리와 빛이 피어났다.
"……이 불꽃…… 예쁘, 다고…… 생각해……?"
그 말과는 달리, 시로는 고개를 숙인 채, 불꽃 따위 보고 있지 않았다.
"뭐…… 예쁘지. 하지만 역시 불꽃놀이 같은 건 어디서 봐도 똑같잖아?"
이런 자신이라도 최소한의 감성은 있다. 평범하게 불꽃놀이는 예쁘다고 생각한다.
그러나 자택 베란다에서 보든, 모니터 너머로 보든 역시 예쁠 것이다.
소라는 어째서인지 고개를 숙이고 있는 시로의 얼굴을 들게 하려고 일부러 오버하며—— 말했다.

"축제장에서 보는 불꽃놀이에 왜 가치가 있는 것 같을까?! 그건 커플 놈들은 불꽃놀이 같은 건 보지 않기 때문이야!! 놈들은 축제장에서 같이 불꽃놀이를 보는—— 서로를 보고 있을 뿐이라고!!"

그렇다—— 그렇기에 여름 축제를 즐길 수 있는 것이다. 다시 말해!

"여름 축제에 제아무리 부당한 착취를 당하든! 아니, 착취당하기에! 최종적으로 둘이 손을 잡고『불꽃놀이가 아름다워』『네가 더 아름다워』『아잉~ 좋아해♥』『하하 나도』라든가?! 언리얼충, 다시 말해 나에게 입법권이 있다면 '발견 즉시 현행범 사살'을 제정할 꽁냥꽁냥—— 거기에 가치가 자연발생하는 것뿐이다아!! 빌어먹을전부다모조리폭발해버려!!"

"……빠야…… 에르키아…… 왕정, 인데……?"

"음?! 그러고 보니 그렇잖아?! 끝내준다, 왕으로 돌아가면 당장 법 정비해야겠다?!"

밤하늘에 울려 퍼지는—— 불꽃놀이 소리와 먼 축제의 북소리.

소란 속의 묘한 침묵. 시로는 여전히 고개를 숙인 채여서 역시 표정은 보이지 않은 채.

갈라진 목소리로, 말했다.

"……이 불꽃놀이, 도…… 어디서 봐도…… 똑같아?"

갑자기. 시로가 소라의 손을 잡았다. 놀랄 정도로 힘차게, 꽉.

어렴풋한 떨림이 전해지는 그 감촉에—— 소라는, 처음으로 밤하늘을 똑바로 올려다보고.

"——————."

찬란하게 빛나는 별들조차도 단역으로 만들며 축제의 밤에 울려 퍼지는 현란한 광채에, 눈을 크게 떴다.

——동부연합의 화약 기술은 소라네의 원래 세계를 능가하는 걸까……?

어째서인지, 이제까지 본 어떤 불꽃놀이보다도 아름답게 느껴지는 광경에, 소라는 자기도 모르게 숨을 멈추고——.

"……불꽃놀이, 예쁘……지."

"응…… 그러네. 뭐~ 시로만은 못하지만?"

"……빠야…… 좋아, 해."

"그래. 오빠도 시로를 진짜 좋아한다?"

"……이걸…… 2년 전에, 듣고 싶었어……."

————아아, 그렇구나…… 하고 소라는 자신의 얄팍한 생각을 부끄러워했다.

여름 축제는 딱히 커플 전용 이벤트는 아니었던 것이다.

사랑하는 동생과 둘이 올려다보는 불꽃놀이에는, 분명 유일무이한 가치가 생겨났으니까.

하지만, 깊이 납득하고 시선을 떨군 소라를 올려다본 것은.

"……응…… 이걸…… 듣고, 싶었어……."

——숨결이 닿을 정도로 가까이 있었던, 시로의 얼굴이었다.

밤하늘에 피어난 빛에, 젖은 눈이 반짝이고 있었다.

어둠 너머로, 뺨의 열기를 느꼈다.

떨리는 입술이 조그맣게 움직이며, 말을 흘리는 것을 또렷이 들을 수 있었다.

그 목소리는, 덧없을 정도로 작고 희미했지만——.

뒤늦게 울려 퍼진 굉음 속에서도, 이상할 정도로 또렷하게 들을 수 있었다.

그것은 2년 전—— 결의하고 여름 축제에 가고 싶다고 말했던, 그 진의.

오빠와 둘이서, 불꽃놀이를 올려다보며 묻고 싶었다는, 그 물음에——.

"……빠야—— 시로, 는…… 안 돼?"

————.

시로가 미인인 것은 누구보다도 잘 안다……. 안다고, 생각했다.

그러나 유카타를 입고, 불꽃놀이의 빛을 받으며, 애원하듯 입술을 움직이는 시로의 모습은…….

무엇보다도 아름다워서. 아아—— 어떤 절경도 당해내지 못한다고, 그런 생각이 들어서.

한순간, 소라는 자신의 심장이 멎은 줄 알았다.

그리고——.

『땡—!! 우왓싸아야떴다아~~~ 소라 아우우우웃이야아아?!』

갑자기 울려 퍼진 멘트에, 이번에는 뇌가 멈추는 것을 느꼈다.

『잘했어 시로!! 나머진 우리한테 맡겨어?!』

…………….

……………………………어?

에, 잠까…… 기다…… 무슨 일이 일어난 거야?

그렇게 꼬박 몇 초의 사고정지를 거쳐, 황급히 시선을 돌린 소라가 본 것은.

자신이 오른팔에 찬 손목시계—— 두근두근 센서의, 확실하게 끝을 친 바늘과.

조금 전까지 뺨을 붉히며 불안스레 떨던 소녀——가 아니었다.

그곳에 있던 것은, 그저 여느 때와 같이 무표정하며. 그러나 살짝 입가를 올리고 미소를 짓는—— 그렇기에 사악함이 두드러지는—— 배신(시로)자의 모습이었다.

"……미안해…… 빠야. 하지만 '속은 사람이 잘못' 이지?"

"————읏?!"

가면이 떨어지듯 변모한 시로의 그 말과 함께.

'벌칙 게임' 에 의해 눈 하나 깜빡할 수 없게 된 소라는, 이해하고 말았다.

——함정에 빠졌다——!!

이제까지의 모든 것—— 모든 것이 '연기' 였다!!

이 게임에서, 소라는 자신과 시로를 외야로 두었지만, 시로는 달랐다!!

아마도 포에니크람과 내통하고—— 그러고 나서.

무대를 여름 축제로 고른 것도, 그 표정도, 질문도── 전부!!
나를 두근거리게 만들어서── '벌칙 게임' 을 시키기 위해서였다……?!

하지만── 무엇을 위해서?!
겨우 30초 동안 시청자에게 나를 움직이게 만드는…… 이것에 무슨 의미가 있지?!
이렇게까지 해서 자신을 두근거리게 만드는 것에, 대체 무슨 의도가…….
그렇게.
그 해답에만은 결국 도달하지 못한 채, 소라는 속으로 의문에 허덕였다──.

■ ■ ■

눈썹 하나 움직일 수 없게 된 소라의 표정에서는 이제 아무것도 읽을 수 없었다.
그러나 소라의 생각을 짚은 시로는 그 속내를 훤히 알 수 있다.
소라는, 시로가 포에니크람과 내통해 자신을 함정에 빠뜨렸다고, 순식간에 이해했을 것이다.
그러나── '착각' 과 '의문' 을 하나씩 품고 있으리라 확신하고, 시로는 희미하게 웃었다.
우선 '착각' 은── 시로의 행동이 전부 연기였다고 생각하고 있으리라는 것.
연기일 리가 있나. 견딜 수 없이 불안했다. 진심으로 떨었다.
자칫하면 울음을 터뜨리고, 전부 내팽개칠 것 같아, 두려웠다.

그렇다── 오빠가 기획한 이 게임. 이 여름 축제…….
시로는 분명 포에니크람과 내통해, 소라와 단둘이 남는 상황을 만들었다.
분위기를 꾸미고, 무드를 자아냈다── 전부 소라를 단 한 번 두근거리게 만들기 위해!
그러나── 그뿐이었던 것이다.
이만큼 했는데도── 오빠가 두근거려 주지 않는다면……?
연애 감정이 증폭되는 공간에서 일주일을 보내고── 그래도 오빠가 아무것도 느끼지 않는다면.
── '오빠는 자신에게 0.1의 연애 감정도 없었다' 는 것을, 증명하고 말지도 모른다.
그런 일이 생긴다면…… 도저히 회복할 자신이 없었다.
그렇기에 이것은 시로에게도 일생일대의 도박이었다.
그러나 이겨서 얻을 수 있는 것을 생각하면, 그 위험성을 지불할 가치가 있는 도박이었다!!
그렇다, 분명 오빠는 풀 수 없을 '의문'.
그것은 바로── 무엇을 위해서?
그러나 그 해답은, 오빠 말고는 모두가 이해하는, 뻔한 것이다.
『자~~ 다들 고대하던!! 오늘의 메이~~인 이벤트야아아?!』

그렇다—— 그것이 이 여름 축제의 진정한 취지였으므로!!

오빠가 기획한 이 게임—— 과연, 역시 오빠다.
사람을 부추기고 유도하고 싸우게 하는—— 선동가(애디테이터), 사기꾼(컨게이머) 실력은 초일류.
그러나 오빠 자신이 호언장담했듯, 그래도 오빠는, 연애에 관해서는 완전히 문외한.
——『커플이 되기 전에는 나갈 수 없는 공간』, 이 게임에서는 완전히 초짜인 것이다!

그렇다—— 이 게임의 중심은, 철저하게 오빠였다.
시로는 당연하고 스테프, 이미르아인은 말할 것도 없고.
지브릴까지도 오빠에 대한 연모를 전제로 삼고 있음은 누구의 눈으로 보아도 명백했다.
그러나 단 한 사람, 오빠만이 그 사실을 이해하지 못한 채—— 자신을 게임 밖에 두고 있었다.
그런 상황에서 시청자가 전개에 참여하는 구조를 만든다면.
시청자가 가장 바라는 것—— 그런 건, 뻔하지 않은가?
그렇다——.
『자, 짜식들아 알고들 있겠지?! '소라 군의 연애를 진행시킬 리퀘스트' 를 내놔!! 집단지성의 힘으로, 사랑의 종족 페어리의 진수를 보여주는 거다?! 얼른 '후원(과금)' 날려 날려!! 히얏하~~~~~!!』
자신을 게임판 밖에 두었던 주역을, 게임판 위에 떨어뜨리는 것이다——!!

이 게임에서 가장 많이 벌 수 있는 것은—— 소라가 두근거린, 바로 이 순간이다.

즉, 『소라에게 시로에 대한 연애 감정을 자각시키는 행동을 지시할 수 있는』—— 바로 이 순간이다!!

——그 리퀘스트가 결정되기까지, 겨우 60초.

그러나 그 60초를 영원처럼 느끼는 가운데, 시로는 몰래 생각했다.

정말로, 그런 일이 가능할까, 하고…….

——자신은, 이 세상 누구보다도 오빠를 가장 좋아하며.

이 세상 누구보다도, 자신이야말로 오빠를 가장 좋아한다고 단언할 수 있다.

오빠도 그렇다고 생각한다. 생각하고 싶다. 다만 자각이 없을 뿐이라고, 믿고 싶다.

그렇기에, 한순간이라도 자신에게 연애 감정 때문에 두근거렸다고 믿고 싶다.

하지만, 그것이 어느 정도의 감정인지…… 진실은, 알 수 없다.

두렵다. 이 자리에서 도망쳐 버리고 싶어진다.

그러나 시로는 그런 자신을 필사적으로 붙들어맸다.

포에니크람은 '뒷일은 맡겨라' 라고. 즉, 이건 된다고 했다.

이 세계에서 가장 연애에 정통한 종족—— 페어리가 이건 된다고 했다!

오빠가 같은 편이라고 믿었던, 자신들의 운명을 맡겨도 될 상대라고 믿었던 포에니크람이, 이건 된다고 했다. 오빠가 믿었던 상대—— 그렇다면 자신도 믿을 수밖에!!

'……자, 일은, 했어…….'

다음을. 상상도 할 수 없는 한 수를—— 보여 봐.

오빠에게 연애 감정을 자각시키고, 시로를 연애대상으로 인식시키는—— 겨우 30초의 행동.

그런 한 수가, 정말로 존재한다면—— 어디 보여줘봐.

비교하면 체스 같은 건 애들 장난과도 같아지는, 복잡하고 난해하기 그지없는 연애(게임)의, 신의 한 수.

정확무비하며 무적 무쌍인. 시로에게는 보이지 않는—— 신의 영역에 이른 그 해답을!!

"시로…… 난, 시로에게 고백해야 할 게 있어."

그리하여 60초가 경과한 오빠는—— 아니.

시청자의 지시대로 움직이기 시작한 소라는, 천천히 고했다.

"난—— 사실은 로리콘이야."

응, 아는데?

누구나 아는 사실을 말하게 된 소라는, 과장되게.

"그래, 난 로리 캐릭터로 자가발전하는 남자. 그러나 그건 시로 탓이야!! 시로를 연인으로—— 성적인 눈으로 보고 자가발전하는 사이에 로리 캐릭터로 꼴리게 됐어!! ……시로는 안 되느냐고 물었지?"

그리고 시로의 손을 잡고.

눈을 똑바로 들여다보며, 매우 진지한 얼굴로—— 부르짖었다.

"안 될 리가 있나. 자, 시로. 진정으로 둘이서 하나가 되자. 합체다!!"

『시청자 이것들 전부 아웃이야아아아?! 이 상황에서 장난이나 치다니 제정신이야?!』

여기서 터진 저질 개그에, 포에니크람은 그렇게 울부짖으나.

시로의 이성은—— 그저 전율하며, 감동에 떨고 있었다.

이것이—— 연애에 가장 정통한 종족이구나, 하고. 이 무슨 신의 한 수냐고!!

그렇다—— 오빠는 적어도 2차원 한정으로, 로리콘이다.

좋아하는 캐릭터의 평균연령은『12.344…세』, 여동생 비율은『48.4퍼센트』다.

그런 취향이—— 시로가 있어서 그런 것이 아니라고는, 아무도 증명할 수 없는 것이다!!

물론, 남이 시킨 말이다. 오빠의 본심은 아니다. 그러나 어쨌거나 그 대사를 말하고 만 오빠는, 앞으로 '정말로 시로를 성적인 대상으로 봤던 것은 아닌지' 끝없이 자문하게 되는 것이다——!!

한순간이라도—— '시로에게 연애 감정으로 두근거렸던' 사실이 있기에!!

——페어리, 이 얼마나 무시무시한 종족인가…… 참으로 훌륭한 『체크』였다.

어떻게 하더라도 몇 수 후에는 오빠에게 『체크메이트』가 들어갈, 필살의 한 수였다.

얼티밋 굿잡, 시청자 여러분.

이제는 시로가 '여동생' 이 아니라 '연인' 처럼 대하면 그만.

그것만으로도 오빠는 시로를 연인으로 의식할 수밖에——.

그렇게 고속으로 회전하던 시로의 이성.

하지만.

훗날, 자신 또한 인식이 어중간했음을 통감하고 만다.

——이 세계에서 가장 연애에 정통한 종족, 페어리에게는.

시로 또한 연애에서는 소라와 같은 수준, 완전히 초짜일 뿐이며. 그만한 압도적 상급자를 자기 마음대로 움직일 수 있으리라 생각했던 것은—— 어마무시한 오만이었음을.

다시 말해—— '이성' 과 달리, 시로가 말할 수 있었던 것은,

"……………………………………흐에, 에?"

얼굴을 사과 사탕처럼 새빨갛게 물들이고, 고작 한마디.

그리고 그것을 마지막으로 사고가 동결되고, 머릿속이 통째로 날아간 시로는——.

『땡—!! 앗싸아 시로, 아웃이야아!! 어쨌거나 결과는 잘 나왔다 이것들아!! 그래, 소라 군은 정말 연애 감정을 모르지…… 하지만 그건 시로도 마찬가지였어?! 자~ 후끈 달아오른다아~~~ 다음은 시로의 행동이라구 컴온이야?!』

그렇게 울려 퍼진 포에니크람의 멘트도, 그리고 그 다음도.

전부 다 멀게만 들려…… 시로의 귀에는 닿지 않았다…….

—————………….

——…….

그 뒤로도, 게임은 이어졌다——는 것 같다.

시청자 리퀘스트로 스테프와 지브릴, 이미르아인이 소라와 시로에게 합류하고.

소라와 시로가 두 번째 아웃을 당하는 일은, 결국 없었으나. 두 사람이 있기에 다른 세 사람에게 내릴 수 있는 리퀘스트 폭이 넓어져——특히 스테프의 아웃 양산을 촉진하고 게임은 한층 달아올랐으며, 최종적인 ‘후원(과금)’ 은 소라의 상정조차 대폭으로 넘어서 대박을 쳤다——고 한다…….

그러나…… 그러한 모든 것을, 시로는 이튿날 듣고서 알았다.

시로의 기억은 머릿속이 날아간 시점에서 완전히 끊겼었고.

가까스로 남은 기억은—— 그저.

하염없이, 오빠에게 들은 말을 반복한 것이었다.

‘시로를 연인으로 보고 있었다’ 는—— 그 말을………….

■ ■ ■

10일차——아침.

그저께 여름 축제를 마치고, 하루가 경과하고—— 다시 하룻밤이 지나서.

자기 방에서 거실로 나온 소라는, 통한의 표정으로 내심 탄식하고 있었다.

여름 축제 게임은—— 대실패였다고…….

그래…… 겨우 2시간 동안, 소라 일행은【14억】이 넘는 ‘후원(과금)’을 벌었다.

포에니크람의 말에 따르면—— 구독자도 소라가 노렸던 대로, 격증.

97만이 넘을 정도로 부풀어 오른 시청자의 ‘후원(과금)’은, 그 숫자에 비례해 증가해서.

어젯밤 하이라이트 방송만으로도 추가로【2억】넘게 벌었고.

그리하여 현재, 소라의 스마트폰에 표시된 ‘후원(과금)’ 총액은——【16억】이상…….

불가능으로 여겨졌던 50억——『열쇠』구입도 현실적인 위치까지 왔다.

예정대로—— 아니. 소라의 예정도 대폭 웃도는 성과였다.

그러나 예상을 뛰어넘은 성과는, 마찬가지로 예상을 뛰어넘는

'대가' 를 같이 초래했다…….

우선, 여름 축제 게임의 결과—— 최종적인 아웃 카운트가 예상을 넘어선 결말을 초래했다.

다시 말해—— 소라 1, 시로 1, 스테프 32, 지브릴 18, 이미르아인 18…….

워스트 1위는 예정대로. 그러나 지브릴과 이미르아인이 '동률 2위' 가 되었다.

다시 말해 『가장 많이 두근거린 사람이 두 번째로 많이 두근거린 사람과 1일 한정 임시 커플이 된다』는 규칙에 따르면…… 당연히 커플은 '두 팀' 이 탄생한다. 다시 말해——.

——『스테프의 지브릴과 이미르아인 양다리 커플』이…….

그 뒤로 하루는, 최대한 살살 표현해서—— 지옥이었다.

스테프가 하필이면 지브릴과 이미르아인, 두 사람 몰래 동시에 사귀고 있었다는 사실이 발각된 아수라장…… 시로와 함께 방으로 피난해, 문을 닫고 이불을 뒤집어쓴 채 덜덜 떨며 보냈던 소라에게는 그 뒤에 무슨 일이 있었는지, 문조차 꿰뚫고 오가는 살의 말고는 알 방법이 없었다.

그러나 『십조맹약』이 없었더라면 그 여파만으로도 인류는 멸망했을, 신도 두려워하지 않는 양다리.

그 결과만은—— 마침내 하루가 지난, 이튿날 아침.

다시 말해 현재, 거실로 나온 소라의 눈앞에 펼쳐진 광경이 말해 주고 있었다. 그렇다——.

“후후, 저기~ 스테파니? 고민이 있답니다. 들어주시겠어요?”
먼저, 거울에 비친 자신에게 말을 거는 스테프의 모습.
“지브릴과 이미르아인…… 두 사람에게 『누굴 좋아해?』라고 종용당해서 『둘 다 좋아해』라고 당신은 지껄였죠. 네에, 알아요. 애초에 강요당했던 감정인걸요. 깊이 고민할 것도 없어요—— 네에, 그럼요. 하지만—— 거울에 비친 당신은—— 지금도 ‘사랑에 빠진 처녀’의 얼굴을 하고 있네요?”
그리고 마침내 거울을 후려치며——.
“사랑에 빠진 처녀 같은 낯짝 집어치우란 말이에요?! 『어쩔 수 없는걸요. 논리가 아니라 그게 사랑이에요』라느니 그딴 건 생각이 아니라 사고정지라고하는거예요노땡큐예요오오오오!! 스테파니, 당신 혹시 망할년인가요?!”
이처럼 하루가 경과해, 제정신으로 돌아왔어야 할 지금도 여전히, 그때의 감정을 부정하지 못한 채 이제는 거울에 비친 자신과 싸움을 시작한, 제정신과는 거리가 먼, 마음에 병이 든 듯한 스테프가 있었으며.
한쪽에는——.

“그러면 판돈은 『서로의 목숨』이면 문제없겠군요.”
“【우려】: 번외개체는 두 주인님의 소유물. 무단으로 목숨을 걸 수 없다고 추정. 어떡하지.”

"난감하군요……. 아, 마스터. 마침 잘 오셨나이다. 지금 잠깐 『서로를 죽일 권리』를 건 게임을 하고 싶사온데 승낙해 주실 수 있겠나이까♪"

"【사죄】: 본 기체가 승리하면 주인님의 것을 파괴하게 됨. 용서해 줘. 하지만 괜찮음. 양자 사이에 '괴로워하지 않게 죽인다' 는 합의는 이미 체결됨. 안 아프게 할게. 약속."

——살의란 곧, 죽이겠다는 의지다.

죽이겠다는 것은 이미 결정사항이며 흔들리는 일은 없다. '죽였다' 라는 과거형과 같을 지경에 이른 인식을 앞에 두고, 살의 따위는 이제 끼어들 여지도 없다고 말하듯.

냉정하게, 서로를 죽이기 위한 정규수속을 담담히 검토하는 두 병기의 모습에.

다시금 소라는 단언했다—— 여름 축제 게임은 대실패였다.

예상을 넘어서 착란한 일동…… 그러나 그것조차 '예상을 넘어선 손해' 에 불과하다.

예상을 넘어선 성과를 생각하면, 허용 범위라고 받아들일 수도 있었으리라.

그러나 어떤 성과를 들이대도 허용할 수 없는—— 제2의 실패.

그것 때문에 소라는 여름 축제 게임을 '실패' 가 아니라 '대실패' 라 단언하는 것이다.

그것은 곧——.

"……저, 저기 시로……. 자, 잠깐만 여기, 수습하는 거 좀 도와 주지 않을래?"

그렇게 소라가 시선을 돌려── 방에서 고개만 내밀고 있던 시로에게 묻자,

"……?!"

시로는 그저 어깨를 흠칫 움츠리더니, 겁먹은 것처럼 몸을 떨며 들어가버렸다.

──그렇다. 여름 축제가 끝난 후로 시로와 한마디도 대화를 나누지 못하고 있다는 문제.

이것이, 다른 모든 것을 아무렴 어떠냐고 일축할 만한── 죽고 싶어지는 대문제였다.

원인은 명백하다.

소라가 시로를 연인으로── 성적인 눈으로 보고 자가발전했다는 말을 하도록 강요당한 사건이다.

그 직후, 시로는 망연자실에 빠져 게임 중에도, 끝나고 방에 틀어박힌 후로도, 한마디 말도 안 해 주고, 심지어 같은 침대에서 자는 것조차 거부해, 소라는 이틀 밤을 바닥에서 잤다.

당연하다. 당연하지 않은가.

계속 오빠로 대했던 남자가, 사실은 그동안 자신을 성적으로 노리고 있었던 것이다.

쇼크 정도가 아닐 것이다. 아예 사이코 호러의 영역이다. 그것도 자신처럼 징그러운 남자가.

트라우마라는 표현도 미적지근한 상처가 됐으리라.

물론 그것은 페어리가 시켜서 한 말이고, 사실이 아니다.
몇 번이고 그렇게 변명하려 했지만—— 그때마다 소라는 자문했다.

——정말로 그럴까? 하고.
여기서 시로에게 거짓말을 하는 것은 절대로 용서받을 수 없는 짓이다. 누가 용서하든 내가 용서하지 않는다.
이를 전제로, 정말로, 전혀, 시로를 그런 눈으로 본 적이 없다고 말할 수 있는가, 소라.
——그렇다면 네놈은 왜 그때 시로에게 두근거렸지?!?!

그리하여 갈등하는 소라는 여름 축제 게임이 대실패였다고 총괄했다.
'——그러나, 그렇다 해도!!'
그렇게 갈등에 꺾일 것 같은 마음에 기운을 불어넣고, 소라는 이를 악물고 고개를 들었다.
모든 것은 여름 축제를 기획했던 자신의 실패. 자신의 실책이 초래한 것이다.
자신의 실책으로 시로가 겁을 내고 있다는—— 그 사실을 앞에 두고 마음이 꺾일 때가 아니다!
우선 시로에게 사과해야만 한다. 그리고 차분하게 이야기를 나누어야만 한다.
그 결과로 용서받지 못하고 모든 것을 잃게 되더라도, 절대로 이대로 둘 수는 없다!!

"저기, 시로. 들어줘. 나는――."

그렇게 결연히 각오하며 시로에게 사과하려고 다가갔던 소라의 진지한 표정에.

시로는 어깨를 흠칫 움츠리더니, 새빨개진 얼굴에 눈물을 머금고―― 힘껏, 외쳤다.

"――읏?! 시……싫어…… 가까이, 오지 마……!!"

――――…………….

"안녀엉~!! 이야~ 어젯밤의 막장 상황극 방송도 진짜 끝내줬어?! 이대로 가면 앞으로 며칠 안에 50억도 꿈이 아니라구헤헤…… 그런고로!! 오늘 밤 게임 기획 말인데, 소라 군의 의견을 듣고―――― 아~ 이거 뭔가 제대로 망해버린 듯?"

텐션도 드높이 나타난 포에니크람.

그러나 시체와도 같이 바닥에 널브러진 소라와.

"……아, 아냐…… 빠야, 그게, 아니고……!"

울면서도 소라에게 다가가지 못하고 있는 시로와.

"그래요~ 맞아요?! 내가 '평생 연애하지 않겠다' 고 맹약에 맹세코 게임하면 되는 거였어요!! 어차피 질 거니까!! 그러면 사악한 정신을 이 세상에서 말살할 수 있잖아요?"

"……어라? 호오, 도라이양의 생각. 혹시 명안 아닌지요?"

"【동의】: 물리 파괴를 포기하고 정신을 파괴. 번외개체도 자아는 걸 수 있음. 굉장해."

마침내 자신들의 말살법을 발견한 듯, 무제한의 혼돈으로 날아가는 세 사람.

"어, 저기, 10일차, 게임……은, 할 수 있————을 것 같지가 않네. 응."

그런 모습을 둘러보고 중얼거린 포에니크람에게, 소라는 시체답게 대답 없이 대답했다.

시끄러워. 이젠 몰라. 전부 다 상관없어…….

시로의 신뢰와, 인연을, 잃었다——.

실패밖에 없는 듯한 인생에서도, 이것만은 하지 않으리라 생각했던 최악의 실패.

회복할 수가 없다. 회복할 의미도 없다. 눈을 다시 뜰 이유가 없다……. 이 심장도 폐도 가증스럽다. 이 상황에서도 왜 아직 움직이는 걸까. 이 별의 귀중한 산소와 자원과 생명을 소비하면서 움직일 자격이 네놈들한테 있다고 생각하는 거냐. 이 무슨 오만인가.

아아—— 그렇다, 흙으로 돌아가자.

하다못해 이 주검이 대지를 비옥하게 해 어느 정도는 세계에 기여하기를 빌며——.

그렇게 소라가 통곡하거나 말거나, 포에니크람은.

"…………응! 그럼 오늘은 방송 중지! '휴식' 인 걸로 할게!"

어째서인지 시로를 바라보며 생긋 웃더니 말했다.

"참가자가 망가지면~ 본전도 못 찾으니까? 다행히 지난 이틀

동안 '후원(과금)' 은 듬뿍 벌었는걸. 다들 원하는 거 사고, 먹고 쉬고, 마음을 달래는 날로 하자!!"

그렇게 말하는 포에니크람의 의미심장한 웃음을.

알아차릴 여유 따위, 그 누구에게도 남아있지 않았다…….

■ ■ ■

그리하여—— 게임 개시로부터 10일.

처음으로 휴가 통지를 받은 일동은, 잠시 해산하게 되었다.

시로를 데리고 방으로 돌아간 소라는, 이불을 붙들자마자 문 쪽 구석으로 향해.

"우우우…… 시, 시로오…… 오, 오빠를 용서해 줘어어……."

이불을 뒤집어쓴 채 울면서 떨리는 목소리로 하염없이 사과하고 또 사과했으며.

그리고 시로는——.

"…………."

그 사과에 대답하지도 못하고, 꼼짝도 않고, 그저 가만히 굳어버린 채.

창가 구석에 멍하니 서서—— 목소리도 내지 않고 필사적으로 생각을 거듭했다…….

진정해라…… 논리적 사고가 자신의 유일한 특기 아닌가.

자신의 몸에 무슨 일이 일어났는지는, 이틀 밤을 생각해 봐도 알 수 없다.

그러나 논리적으로, 냉정하게 상황을 정리하면—— 어떻게 해야 할지는 보일 것이다.

그렇다, 모든 것은 그저 예정대로 진행되는 거니까——!!

예정대로—— 여름 축제에서, 오빠가 자신을 연인으로 의식하게 하는 데 성공했다.

예정대로—— 오빠는 그것을 한순간의 헛소리라 부정하지 못하고 있다.

그렇다면 지금 해야 할 일은, 적어도 떨면서 가만히 서 있는 것은 아닐 터!

예정대로—— '동생' 이 아니라 '연인' 처럼 대한다!

그것만으로도 오빠와 커플이 될 수 있다—— 체크메이트인 것이다!!

아아…… 역시 논리는 훌륭해.

1+1은 항상 2고, 감정이 뭐라 지껄이든 3이나 4는 되지 않는다.

논리는 배신하지 않는다. 어떤 순간에도 무기질적으로, 무감정하게 정답을 제시해 준다……!

"우우우우…… 시로오오빠를미워하지말아줘어어……."

그러므로, 울고만 있는 오빠에게 무어라 대답해야 할지도, 논리적으로는 명백한 것이다.

——시로가, 빠야를 미워해? 있을 수 없다.

그런 있을 수 없는 착각으로 오빠는 상처받고, 울고 있다.

지금 당장, 이 바보 같은 오해를 바로잡고, 그리고 자신의 마음도 전해야 한다.

시로는 빠야를 좋아한다. 누구보다도 좋아한다—— '남녀 관계의 의미로 좋아한다' ——고!

자, 말해라. 그렇게 명령하는 이성에 따라, 시로는 입을 열었다.

"……빠야, 아니야. 싫어, 하다니…… 그럴 리가 없어. 시로는, 빠야를………….”

————그러나.

목이 꽉 잠긴 것처럼, 그 다음 말이 나오질 않았다.

……어째서? 왜 다음 말을 할 수 없어?!

"빼애애애앵역시시로한테미움받았어어어어망할~이젠다싫어날죽여어어!!"

"……아, 아냐—— 빠야, 아니, 고…… 아, 아——."

명백히 좋아한다는 말을 거부하는 시로에게, 마침내 구체적 죽음을 바라며.

미친듯이 벽에 이마를 들이박는 오빠——.

그러나 정정의 말조차 입에 담지 못해, 다가갈 수도 없었다.

자신의 이상에, 시로는 혼란을 거듭하던 사고 속에서, 필사적으로 이성을 움직이고자 사고했다.

그렇다, 논리는 배신하지 않는다.

그러나 전제조건이 틀린 논리는 틀린 답만을 낸다.

——자신의 몸에 무슨 일이 일어나고 있는가.

이제는 보류할 수 없는 그 의문에, 시로는 다시금 논리적으로 마주 섰다.

그렇다—— '언제부터', '무엇이', '왜' 자신의 몸에 일어나고 있는가를——.

우선—— 언제부터인가? 명백하다.

오빠가, 시로를 연인으로서—— 성적인 눈으로 보고 있었다고 강제로 말했던 순간부터다.

그러면—— 무엇이 일어났는가? 역시 명백하다.

심박수가 증가했다. 체온이 상승했다. 숨을 쉴 수 없고, 몸이 떨리기 시작했다.

그 후의 모든 기억이 끊길 때까지—— 사고가 완전히 얼어붙었다.

그러면—— 왜 그렇게 되었는가? ……모르겠다.

예정하고 기대했던 일이 일어났을 뿐—— 분명 그럴 텐데도.

실제로는, 그 순간부터—— 현재까지, 그 상태가 이어지고 있다.

아니—— 악화일변도를 걷고 있다.

——오빠의 얼굴을 직시할 수 없게 되었다.

계속 심장이 경종을 울려대듯 뛰고 있다. 얼굴이 뜨겁다. 호흡이 가쁘다.

그래도 그날 밤은 억지로 잤다. 오빠와 같은 침대는 무리여도, 피곤하기도 해서 억지로 기절하듯 잤다. 일어나면 진정될 거라고 기대하며.

그러나 눈을 뜨고 처음 눈에 들어온 것—— 여느 때와 같은 것.

8년 동안 다를 바 없었던 것—— 그러나 그날 아침은 명확하게 다르게 보였던 것——.

다시 말해 오빠의 얼굴에, 눈을 뜬 직후에 의식이 날아갈 뻔했다. 호흡이 멎었다.

이제는 오빠가 다가오기만 해도 몸이 뜨거워져서 도망치고 싶어진다.

이렇게 같은 방에 단둘이 있는—— 그것만으로도 마치 칼날을 들이대고 있는 것처럼 몸이 굳어버려서, 떨려서, 꼼짝할 수가 없었다.

다시금 묻는다—— 자신의 몸에, 대체 무슨 일이 일어나고 있는가?

'……나도, 몰……라! ……그런, 건……!'

그리하여 논리로는—— 이성으로는 정답을 도출하지 못하는 문제에.

영문을 알지 못한 채, 마침내 흐느껴 울기 시작한 시로와는—— 반대로.

뚝 하고, 소라의 울음소리가 그쳤다.

"——시로, 미안해. 하지만 난——."

그리고 결심한 듯, 그렇게 일어나 다가오던 소라의—— 진지한 얼굴에.

"……힉?! ……시, 싫어…… 빠야, 저리, 가아!"

더 올라갈 심박수가 있었느냐고, 공포마저 느끼며.

마침내 견디다 못한 시로는, 비명을 지르며 창문을 통해 정원으로 도망치려 했다.

그러나 창문에 손을 댄 것과 동시에—— 오빠에게서 떨어진다는 이미지에——.

"……싫어어…… 빠야…… 시로, 혼자, 놔두지 마아……!"

"에에에?! 안 놔둬! 아니 그보다 결국 난 어떡하면 좋아?!"

상상한 것만으로도 공포에 떨며 시로는 마침내 오열하기 시작했다.

——이젠 뭐가 뭔지 알 수 없었다.

자신에게 무슨 일이 일어나고 있는지, 무엇을 하고 싶은지.

모든 것이 불명확한 가운데, 울고 또 울던 시로…….

하지만, 문득.

유리창에 비친 자신의 얼굴을 보고—— 문득, 생각했다.

————누구야, 이 인간은.

창문에 반사되어 비친 그 얼굴은, 잘 아는 자신의 얼굴이 아니었다.

그러나 모르는 얼굴도 아니며—— 낯익은 얼굴이었다.

바로 최근에도—— 그것도 지극히 가까운 곳에서 본 적이 있는…… 이 얼굴은, 누구냐고.

그리고 그 의문에, 영상 기억 능력을 가진 시로의 뇌는, 순식간에 답을 제시했다.

——그것은 스테프와 같은 얼굴이었다.

조금 전에도 스테프가 거울에 대고 '사랑에 빠진 처녀의 얼굴'이라고 불렀던—— 그 얼굴이었다.

하지만 그 답은, 시로에게 더 큰 의문을 주었다.

—— '사랑에 빠진 처녀의 얼굴' ……? 새삼스럽게 무슨.

당연하지 않은가. 자신은 쭉 오빠를 사랑했다.

처음 봤을 때—— 혹은 태어났을 때, 어쩌면 그 이전부터, 이미.

그러나. 그렇다면. 창문에 비친 이 인간은—— 누구지? 아니, 아니야. 그게 아니야.

——이 인간이 아니었던 자신.

이제까지의 낯익은 자신은—— 뭐였지?

혼란에 빠져, 의문에 허덕이는 감정을 내버려 둔 채—— 그래도 논리적으로 기능한 이성은.

무기질적으로, 무감정하게, 무자비하게 기능하던 뇌는, 마침내 한 가지 가설을 이끌어냈다.

그것은 혼란의 원인과 정체를 설명할 수 있는—— 설명해 버리는 가설이었다.

즉—— 이것이, 지금 막 하고 있는 이것이야말로 '사랑' 이며.

——이제까지의 자신은…… 아직——.
————사랑을 몰랐던 것은 아닐까……? 라고————.

■ ■ ■

“왔다왔다왔다아아아아!! 분위기 확 뜨기 시작했다아아아?!”
한편, 그 모습을 몰래 찍어 방송하던 포에니크람은.
시청자와 함께, 지금 막 흥분이 최고조에 달하려 하고 있었다.

——방송 중지? 이 타이밍에 그럴 리가 있나?!
앞으로 며칠—— 예정한 게임이 잘 꽂히면 오늘 밤 중에도 50억을 벌 수 있었는데?!
하물며 이렇게 입맛 도는 전개에 카메라를 돌리지 않고 언제 돌리라고?!
두 사람에게는 미안하지만, 사태가 이 지경에 이르면 사생활 따위 인정하지 않겠어!! 라며.
그렇게—— 거실에서 시로를 보고, 이 전개를 쉽게 예상했던 포에니크람은.
강의 흐름과도 같이 자연스럽게, 몰래 카메라 방송을 하며 입맛을 다시고, 생각했다…….

시로는, 소라에게 연애 감정을 의식하게 하면 된다고 생각했던 모양이지만.

안타깝지만, 그 이해력은 너무 부족하다고 말할 수밖에 없다.
사랑의 신이 창조해 (남의) 연애에 관해서는 종족적 천재인 페어리가 보기에, 누가 보기에도 '시로야말로 소라를 연애 대상으로 본 적이 없었던' 것은 명백했기에!
물론, 포에니크람은, 두 사람의 과거를 모른다.
겨우 열흘 알고 지내면서, 그것으로 무엇을 알 수 있겠는가.
그러나 그래도── 포에니크람은, 시청자는, 확신할 수 있었던 것이다.
시로는── 저 아이는, 분명, 틀림없이.
이제까지 몇 번이고 소라에게 '남매 이상의 관계' 가 되고자 다가서기는 했겠지만──.

자신이 오빠의 연인이 된다고, 생각해 본 적은 없겠지──!!

단순히 어려서인지, 아니면 지나치게 가까운 관계 때문인지.
그러나 뭐가 됐든, 여름 축제 때 소라를 두근거리게 만들고자 시로가 제시한 히든카드──.
──『시로, 는…… 안 돼?』라는 대사에, 그 모든 것이 드러나 있었다.
시로는──『시로가 여친이면 안 돼?』라고는 말하지 않는다.
말할 수 없는 것이다!!
이제껏 한 번도 그런 제안을 해 본 적이 없을 것이다. 상상해 본 적도 없었으리라.

그 말 하나로 모든 것을 알아차린 시청자는, 그렇기에, 소라에게 그 언동을 취하게 했던 것이다.

왜냐하면, 소라에게, 시로를 연인으로서 의식시키는—— 그것은 소라가 시로에게 두근거렸던 시점에서 이미 달성했던 것이므로. 그렇다면, 흔들어야 할 쪽은—— 소라가 아니겠지?

——오히려 시로에게 소라를 연인으로 의식시킨다.

그것이 당연히 더 달아오를 테니까!!

소설도 영화도 현실도—— 연애가 가장 달아오르는 것은 맺어지는 순간이 아니다.

그 과정—— 사랑이 싹트고, 이리저리 마음이 흔들리고, 결실을 보기까지의 여정인 것이다!

그리하여 8년 동안 축적된, 조그만 소녀의 몸에는 지나치게 큰 마음의 불꽃이—— 흔들리는 모습.

포에니크람과 시청자의 의도에 따라—— 처음으로 '연애 감정' 에 흔들리는 시로의 모습에.

여기까지 완벽하게 모두 상정한—— 시로가 바란 것 이상으로 '신의 한 수' 를 둔 페어리는, 이번에는 자신들도 예상할 수 없는 전개를 기대하며, 뚫어지라 화면을 노려보고 있었다.

그러나…… 그렇게 무책임한 기대가 쏠린다는 사실은 조금도 모르고——.

『……빠야, 시로…… 살짝 제정신이 아니었나, 봐…… 이젠 괜찮아…….』

『그, 그렇구나…… 어마무지 제정신이 아니었다만…… 아니, 하지만 나 때문──.』

『……조금, 피곤해…… 목욕, 하자……?』

『그──그, 그래, 좋고말고!! 시로가 스스로 목욕하고 싶다는 말을 꺼냈다는 데 어색한 기분을 지울 수 없는 이 오빠다만?! 덧붙이자면 그걸 무표정하게 말하는데도 불안을 씻을 수 없다만!! 오빠를 거부하지 않고 그렇게 말해 준다면 전부 모조리 신경 쓰지 않을게?!』

──조금 전까지의 착란에서, 일변.

감정이 깃들지 않은 목소리로 말하며, 소라의 손을 잡고 목욕탕을 향해 걸어가기 시작한 시로에게,

"어~이쿠우? ……아, 아무리 그래도 목욕탕 무단 방송은…… 좀 그런데……?"

포에니크람은 갈등했다.

애초에 멋대로 몰래 카메라 방송을 하는 시점에서 이미 세이프인지 아닌지 아슬아슬하다.

어쩔까, 방송을 중지할까? 한순간 고민하는 포에니크람. 그러나──.

"~~~~여, 여기서부터는 사운드 온리야!! 그리고 혹시나 19금으로 흘러간다 싶으면 방송은 즉시 중지, 난입해서 말리고──아슬아슬한 선까지는 이대로 방송할게!!"

자칫 잘못하면 한 방에 강종(BAN)당할지도 모르는 위험한 줄타기.

그러나 여기서 물러나면 페어리가 아니라고!!

다음 전개를 갈망하는 뜨겁고도 후한 ‘후원(과금)’ 에—— 포에니크람은 방송을 계속한다는 영단을 내렸다.

■ ■ ■

“카아~~~~!! 열흘 만의 샤워는 역시 좋구만. 그치, 시로?!”

“……응. 그럴, 지도…….”

“스테프한테 감사해야겠다! 역시 인간은 목욕을 해야지?!”

“……응. 그럴, 지도…….”

이틀 전—— 여름 축제 개시 전, 스테프가 선언한 대로 ‘후원(과금)’을 써서 구입한 욕탕.

칸막이 너머에서, 몸을 씻으며 이상하게 밝은 목소리로 말하는 소라.

그러나 욕조에 잠긴 시로는, 건성으로 대답하며—— 그저 생각을 거듭하고 있었다.

——이게 사랑? 바보 같은 소리.

이런 것이 사랑일 리가 없다.

이런 것은—— 단순한 착란이다.

그렇다, 뭐가 원인이 돼서 착란을 일으켰는지, 다시금 고찰해 볼 필요가 있다.

그러나 지금 해야 할 일은 예정대로—— 오빠에게 『체크메이트』를 거는 것. 그뿐이다.

그것을 방해하는 것—— 착란을 일으킨 감정 따위, 이성으로 잠재우면 그만이다.

그래서? 어떻게 『체크메이트』를 거느냐—— 그것도 이미 답은 나왔다.
알몸으로 끌어안고 『시로도 빠야를 사랑해』라고 말하면 된다.
오빠도 그럴 거라고 완전히 부정하지는 못하는 지금은, 그것으로 승리——!!
"……빠야도, 욕조…… 들어올래?"
"엉? 아니아니, 미성년자의 누드는 NG라고 매번 말한 건 시로잖아."
그거야 당연히 목욕을 하기 싫어하는 시로의 방편이지……?
그런 시로가 들어오라고 하잖아. 냉큼 들어와, 라는 생각은 억누르고——.
"……괜찮아. 수건, 몸에 감고 있어…… 빠야도, 수건 감고, 같이 들어올래?"
"음. 뭐~ 그렇다면야 기꺼이. 그럼 실례합니다~."
그렇게 말한 소라가 일어나서, 이쪽으로 오기를, 기다리고 있는 시로는.

물론—— 수건 따위 감고 있지 않았다. 새빨간 거짓말이었다.
욕탕에 자욱한 수증기는 짙다. 무엇보다 시로는 욕조에 몸을 담그고 있다.

시로가 정말로 수건으로 몸을 가렸다 해도, 오빠는 욕조에 같이 들어오기 전까지 알아차리지 못할 것이다.

알아차린다 한들 끌어안고 키스하면 그만. 그것으로 목표 달성, 게임 셋이다——!!

——칸막이 너머에서, 수증기 속에 소라의 실루엣이 보인다.

두근두근 뛰는 심장. 그러나 시로는 이성으로 이를 잠재우고, 기다린다.

소라가 한 걸음 내디딜 때마다 윤곽이 또렷해진다.

체온이 상승하고, 생각이 하얗게 물들어가는 것을, 시로는 계속해서 이성으로 억누르며, 기다린다.

그리고 마침내 수증기가 틈새로 소라의 얼굴이 또렷하게 보이고——동시에.

"——————여, 역시, 안 돼에에에에!"

이성의 사슬이 부서지는 환청을 들은 시로는.

후다닥 욕조에서 뛰쳐나가, 소라에게 달려들어선 두 눈을 가리며 외쳤다.

"에에에엥?! 에, 뭡니까요?! 내가 또 무슨 사고쳤습니까요?!"

——무리무리무리!! 무리인걸?!

좋아하는 사람에게 알몸으로 다가가서 고백——?! 그런 걸 어떻게 해!!

그런 건 머리가 이상한 애나, 아니면 그냥 변태야?!

하지만 한편으로는—— 아직 간신히 숨이 붙어있는 이성이, 묻는다.

——왜?

이제까지도, 소라에게 알몸으로 다가선 적은 있었잖아?

지브릴과의 게임에서도, 순환호흡이라고 하면서 키스했잖아?

이미 해 봤던 일이잖아…… 왜 그게 지금 와서 안 돼?

하지만 이성 따위 엿이나 먹으라고, 감정이 울부짖는다.

'——모르겠, 어…… 모르겠어, 하지만, 무리야!!'

그리고 여전히 가속하는 혼란에 결정타를 꽂듯—— 시로는 현재의 상황을 깨달았다.

다시 말해, 오빠를 자빠뜨리고 알몸으로 깔고 앉아 눈을 가리고 있다는, 이 상황을.

엉덩이에서 전해지는 오빠의 체온—— 예정했던 것보다도 더욱 부끄러운 상황을——

"~~~~~~~~빠, 빠야—— 에로쟁이!! 벼, 변태……!!"

"느닷없이 떠밀려 자빠진 데다 눈도 가려진 오빠가 변태 소리를 들어야 해?!"

시로는 의식을 잃을 것 같으면서도 쥐어짜내듯 외쳤다.

"……무, 무리이…… 역시, 무리! 빠야, 시로, 한테서…… 떨어져."

"그, 그래! 알았어!! 즉시 떨어지고말고요!! 시로한테 깔려 있는 오빠가 비켜야 하나?! 하는 의문은 꿀꺽 삼키고, 뭔지 전혀 모르겠지만 일단은 알았어!!"

——아니, 잠깐만.

떨어지면 오빠의 눈을 가릴 수가 없다. 시로가, 알몸인 걸, 보이……게——?!

"……역시 움직이지, 마?! 누, 눈, 감고서…… 저리, 가!"

"움직이지 않고 저리 가는 건 불가능하지 않을까?! 눈 감고 저리 가면 될까?!"

그리하여 눈을 감은 소라를 칸막이 건너편으로 쫓아내며, 시로는 생각했다.

——역시, 뭐가 뭔지 모르겠어.

자신에게 무슨 일이 일어나고 있는지, 무엇을 하고 싶은지……아무것도.

그러나 무자비하게 기능하고만 있는 이성은 변함없이, 담담히 고한다.

논리적으로 생각하면, 답은 뻔하다고.

——정말로…… 이것이야말로, 사랑이라고…….

전에는 왜 오빠에게 알몸을 보이고도 태연할 수 있었는가.

왜 태연히 키스까지 할 수 있었는가. 아무 생각도 없이 좋아한다고 말할 수 있었는가.

——연인으로서, 의식했던 적이 없었기 때문이다…….

아무렇지 않게 키스하고, 알몸을 보면서, 싫다고 생각하지는 않을까, 하고.

억지로 들이대는 이상한 애라고 생각하진 않을까. 실망하지는 않을까…… 싫어하는 건 아닐까.

그런 생각이—— 불안이 없었던…… 남매였기에 가능한 일이었음을.

물론—— 이미 알고 있었다마다.

분명 이것이, 사랑이며. 자신은 지금, 첫사랑을 경험하고 있는 것이다.

——알고 있어. 알고 있었어! 하지만——!

오빠의 얼굴을 보고 있기만 해도, 마음이 놓였다.

오빠가 머리를 쓰다듬기만 해도, 언짢은 일을 잊을 수 있었다.

오빠의 가슴에 얼굴을 묻기만 해도, 어디든 잠들 수 있었다.

오빠의 목소리를 듣기만 해도—— 그것만으로도, 행복하다고 생각할 수 있었다.

——그랬던 것이, 지금은 오빠에게 얼굴을 보이기만 해도, 미움받지는 않을까 불안해진다.

오빠가 건드리기만 해도, 이 심장 고동이 전해지진 않을까 겁을 먹는다.

오빠가 말을 걸기만 해도—— 이 마음을, 불쾌하게 여기지 않을까 두려워진다.

이렇게 되는 것이 '연인이 된다' 는 것?

이런 것이—— '사랑' 이란 거야?!

'……이런, 게『사랑』이라면…… 이런, 게……『연인이 된다』는, 거라면── 시로, 사랑 같은 거, 필요 없어. 하고 싶지 않아!! 연인 같은 거, 되고 싶지, 않아──!!'

감정의 절규. 그러나 이성은──논리적 사고는 여전히 묻는다.

──그렇구나. 그럼 어떻게 할래?

'……이렇게, 될 거라면…… 여동생이면 돼!! 이렇게 괴로운 거, 필요 없어!'

──정말? 정말 여동생으로 남아도 돼?

그러면 가령── 사랑을 알아버린 지금이라도, 원래대로, 여동생으로 돌아갈 수 있다고 치자.

그러면? 오빠에게 연인이 생겼을 때. 여동생으로서── 축하해 줄 수 있을까?

'……무리, 야…… 무리라고!! 그런 건──!!'

오빠가, 자신이 아닌 누군가와, 행복하게 손잡고 웃는다──.

무리다. 견딜 수 없다.

상상만 해도 눈물이 흘러나온다. 핏기가 가시고 몸이 부서질 것 같다.

──그렇게 될 바에는.

모든 것을 부수는 것이, 차라리 나아────!!

'……아아…… 이렇게 징그러운, 아이…… 당연히, 미워할…… 거야…….'

연인이 되는 것도, 동생으로 돌아가는 것도, 더는 불가능하다.

이젠…… 어떻게 할 수도, 없다…….

"——흐……윽…… 아아…… 으아아아……앙……."

그렇게 해서 마침내 큰 소리로—— 나이에 어울리는, 아이 같은 울음소리를 낸 시로.

그러나——.

"——미안하다, 시로. 솔직히, 난, 시로에게 무슨 일이 일어났는지, 모르겠어."

다짜고짜 자신을 품에 안는 힘찬 온기와 목소리를 느꼈다.

"나 때문인 건 알겠어. 하지만 잘은 모르겠어. 그러니까 무책임하게 진정하라고는 말 못해. 그래도—— 시로를 혼자 울게 하는 건, 무조건 잘못된 거야.'

——아니야, 빠야. 빠야 잘못이 아닌데…….

"그러니까, 말해 줘. 뭐든 좋아. 화내도 좋고, 때려도 좋아. 반성해야 할 건 전부 반성할게. 개선할 수 있는 거라면 온 힘을 다해 고칠게. 그래도 용서할 수 없다면, 그렇게 말해도 돼. 그러니까 —— 부탁이니까, 혼자 울지는 마."

그런데도—— 왜 이렇게 다정하게 대해 줘?

이렇게 막무가내고, 징그러운 애한테, 그렇게 말해 줄 수 있어?

가슴이 아파. 숨이 답답해. 무서워. 하다못해 화내 준다면, 차라리——.

하지만 그렇게 혼란과 불안에 박차를 가하는 가운데.

구원을 청하며 뜬 눈—— 눈물로 젖은 눈에 비친 광경에.
——시로는, 문득…… 어떤 사실을, 깨달았다.
느닷없이—— 냉정하게——인지는 모르겠지만, 깨달았다.

……저기. 빠야…… 시로, 지금…… 알몸, 인데……?
에……? 알몸인 시로를 끌어안고, 그런 반응?
얼굴을 붉힌다거나, 뭐…… 그런 거, 없어?
시로, 이렇게 됐는데? 어, 뭔가—— 뭔가…….

————확 울컥하는데…………?

그 순간, 시로는 노이즈에 물들어 혼선에 빠진 사고가 맑게 걷히는 것을 느꼈다.
아아…… 그래. 그렇구나…… 빠야의 말이 맞아…….
자신이 이렇게 마음이 아픈 것도.
불안해지는 것도.
겁내는 것도.
우는 것도.

"……그러, 네…… 전~부—— 빠야 때문, 이구나♡"
그렇게 말한 시로는, 반쯤 무의식중에 목욕탕에 가져왔던 스마트폰을 조작하고 있었다.
그리고 다음 찰나—— 모든 것이 날아가고, 경치가 급변했다.

제3장 평행사고
Point at Infinity

——《낙원(洛園)》이, 돌변하고 있었다.

안뜰만이 아니라 집까지도—— 폭음과 함께 전부 사라졌다.

욕탕에 있던 소라도, 각자 자기 방에서 쉬고 있었을 나머지 셋도—— 방이 소멸하고, 시야 끝에서 끝까지 허허벌판으로 변한 경치에 내팽개쳐져, 하나같이 넋을 잃고 우두커니 서 있었다.

"어어? 어, 어……? 무, 무슨 일이 일어난 건가요……?"

스테프가 얼빠진 목소리로 중얼거린 그 질문의 해답은, 스테프를 제외한 모두가 알고 있었다.

포에니크람이 만든 공간——《스프라퉅》이 통째로 재구축되었다.

다시 말해, 누군가가 '후원'을 소비해서 집과 함께 무대를 다시 만든 것이다.

아니, 정확하게는 지금도 '다시 만드는 중'일 것이다.

그리고 그것이 누구인지도, 스테프를 제외한 전원이 올려다본 곳에 답이 있었다.

“……모르겠어. 모르겠어. 아무것도 모르겠어…….”

소라 일행의 시선 너머—— 검은색 비눗방울 소용돌이를 두르고, 하늘 높이 떠 있는 존재.

스마트폰에서 대량의 검은색 비눗방울을 만들어내며, 고개를 숙이고 헛소리처럼 중얼거리는, 시로.

입에서 말이 한 번 나올 때마다—— 검은색 비눗방울이 터지고, 경치가 변하는 모습을 보면.

시로가 막대한 ‘후원(과금)’ 을 소비해 다른 세계를 구입하고 있다는 것은 명백했다.

그러나『무슨 일이 일어났는가』하는 스테프의 질문——의 다음 의문.

다시 말해『무슨 일이 일어나려 하는가』라는 의문에는, 아무도 대답할 수 없었다.

그저—— 이 세계의 끝을 알리는 것과도 같이.

보는 이 모두를 가차 없이 불안으로 떠밀어버리는, 으스스한 위압감을 수반하고.

지금 막 자신과 함께 세계를 다시 만들고 있는—— 당사자인 시로 외에는, 아무도…….

“모르겠어, 모르겠어, 모르겠어모르겠어모르겠어——.”

집도 정원도 무로 돌아가고, 허허벌판으로 변한 세계를, 이번에는 황폐한 대지로.

자기 자신은 길고 하얀 머리카락을—— 더욱 길게. 끄트머리부터 검게 물들여 바꾸며, 시로는 생각한다.

——아아. 하나도. 하나도. 하나도 모르겠어.

"연애도. 사랑도. 연인도. 여동생도—— 하나도…… 하나도 모르겠어——."

그 한마디 한마디에 거품이 터지고 천지가 호응하듯 바뀌어간다.

공간위상경계 《낙원(스프라툴)》—— 페어리의 영역세계.

그 세계 내에 한해서는, 신의 영역에마저 이른다고 하는, 페어리의 창조 권능에 의해.

황야에 산이, 계곡이 태어나고, 핏빛으로 물든 하늘은 시로를 중심으로 번개구름이 소용돌이쳤으며.

그 분위기에 어울리는—— 사위스러운 검은색 의상을 두른 채, 시로는 "하지만."이라며 말을 이었다.

"그래도—— 한 가지 아는 것…… 명확한 것이 있어……."

애초에, 이 세계는 원래부터 이해할 수 없었다. 알 수 있는 것은 얼마 되지 않는다.

그렇기에 사람은 그 얼마 안 되는, 한정된, 알 수 있는 것—— 명확한 것을.

하나라도 찾아내서 매달리고, 그것을 기둥으로 삼아 사고할 수밖에 없는 것이다.

그렇다—— 유일하게 알 수 있는 것. 그것은 '가장 알 수 없는 것' 이다.

그 최대의 의문에――『울컥한다』는, 가장 명확한 감정에 몸을 맡기고.

마침내 마계를 방불케 하는 모양으로 경치를 다시 만들며, 스스로도 마왕과도 같이 변모한 시로는.

고개를 들고, 입꼬리를 올리고. 소라를 내려다보고, 노래하듯――말했다.

"――있잖아. 빠야 주제에, 뭐가 그렇게 잘났어?"

다시 말해―― '자신을 울컥하게 만든 오빠가 전부 잘못했다' 고――.

"애초에 왜 시로가 고민해야 돼? 이상하지? 후후, 후후후―― 아아, 기분이 좋아. 사고가 맑아지고 있어. 이렇게나 사고가 깨끗한 건 태어나서 처음. 지금이라면 이 우주의 수수께끼도 전부 풀 수 있을 것 같아! 후후, 후후후…… 아하하하하!!"

본 적이 없을 정도로 빠르게 말하며, 기분 좋다는 듯, 하늘을 쩌렁쩌렁 울리며 시로가 웃는다.

――평소, 시로가 말을 잘 하지 못하는 것은 사고 속도를 발성이 따라잡지 못하기 때문이다.

따라서, 느닷없이 말이 빨라졌다는 것은, 사고가 멈춰 있다는 확실한 증거이며.

사고가 맑아졌다고 느낀 것은―― 오히려 사고를 포기한 결과의 착각이지만…….

시로 자신을 포함해, 아무도 알 방법이 없는 그 변모는—— 뭐, 그러니까 쉽게 말하자면.

요컨대——.

"나는 '블랙 시로'—— 빠야를 단죄하는 존재야♡"

그런 말을 떠들어댈 정도로.

시로는 완전히, 제정신이 아닐 정도로 빡쳤다는 뜻이었다…….

■ ■ ■

"좋아요! 상황 변화가 일단락된 것 같으니? 다시 한번 물어볼게요♪"

누구보다도 상황을 이해할 수 없었기에 가능했는지.

누구보다도 빠르게 망연자실에서 회복된 스테프는 그렇게 웃으며 말했다—— 부르짖었다.

"질문 1! 어~떻게 하면 시로가 저렇게 될 수준으로 빡칠 수 있나요?! 질문 2! 블랙 시로가 뭐예요?! 까만 거예요 하얀 거예요 확실히 해 주세요?! 그리고 질문 3! ——왜 소라는 알몸이에요?! 옷 좀 입으세요오오오?!"

"답 1! 내가 알고 싶다!! 답 2도 마찬가지로 내가 알고 싶다!! 그리고 답 3! 목욕하고 있었어!! 그리고 알몸은 무슨! 허리에 수건 감은 거 안 보여?! 이거 하나가 있고 없고를 언급하지 않았다간

법에 걸릴 수 있으니 발언 조심하자고?!"

"'99퍼센트 벗음' 은 그냥 발가벗은 거나 마찬가지죠?!"

"1퍼센트를 잘라버려도 된다면 이 세상에 부자는 하나도 없어!! 고작 1퍼센트가 세계의 부를 절반 넘게 보유한 것도 모르냐?!"

"알몸으로 다가오면서 말하지 말아줄래요?! 돼, 됐으니까 옷이나 입어요!!"

"알몸 아니랬지?! 근데뭐야집까지날아갔잖아내옷어딨어?!"

심상찮은 분위기를 경계하며 말없이 긴장감을 높이는 지브릴과 이미르아인을 내버려 둔 채.

혼란에 빠져 자기도 모르게 스테프와 옥신각신 만담을 하던 소라——.

그러나.

"——그거. 바로 그거야, 빠야♡"

시로의—— 아니, 자칭 블랙 시로의 목소리가 울려 퍼진 것과 동시에.

발밑에서 비눗방울이 터지자마자, 발판이 하늘 높이 솟아올랐다.

"우오오오오~~~ 이번엔 또 뭡니까요오오오오?!"

"마, 마스터?! 즉시 구하겠사옵———— 아니?!"

"【보고】: 이동 불가능. 【해석】: ——【추정】: 인식이 불가능한 벽을 구입했어?!"

하늘로 밀려 올라가는 소라의 비명에, 재빨리 다가서려던 지브릴과 이미르아인. 그러나.

시로가 '후원(과금)'을 소비해 만들었는지, 보이지 않는 벽에 사방이 차단당해 말문이 막혀버렸다.

그리하여 상공에서 떠도는 블랙 시로의 눈앞까지 솟아올라간 발판.

낙하하면 목숨이 없을 높이에서 떠는, 허리에 수건 한 장만 걸친 소라에게——.

"그런 게, 울컥한다는 거야. 빠야 주제에♡"

칠흑의 옷을 두른 시로는 웃으며 힐책했다.

"커뮤니케이션 장애 주제에, 멘탈도 피지컬도 인간성도 전부 허접쓰레기인 주제에. 그렇게 미소녀하고 러브코미디 찍으면서 어중간하게 플래그 세우는 게 짜증 나서 참을 수가 없다고♡"

으스스할 정도로 환하게 웃고, 말했다.

"'회수할 마음도 없는 플래그'는 세우면 안 된다고 의무교육에서 안 배웠어? 아, 배울 리가 없겠네. 왜냐면 빠야는 허접 날백수니깐♡"

"아니, 너도 학교는 안 다녔을 텐——아닙니다! 아무 말도 안 했어요!!"

척수반사로 반론하려는 소라의 입을 막아버리는 멋진 미소와 함께—— 묻는다.

"있잖아, 빠야? 빠야는── 정말로 여친 만들고 싶어?"

"…………어, 네……?"

진심으로 생각한다. 갈망한다. 미치도록.

하지만 그렇게 대답해도 좋을지 망설이던 소라는, 이윽고 이어진 시로의 말에,

"여동생이 없으면 여자애하고 얘기는커녕 숨도 못 쉬는 허접쓰레기 주제에?"

"──."

"정말로 여친을 원한다면── 여친 만들어서 뭘 하고 싶은지, 한번 말해 봐?"

"────."

"말 못 하지?. 나도 알아. 빠야를 전~부 아니까♡"

"──────."

"응, 알아. 빠야에 대해선 뭐든 알고 있어. 빠야는, 있지──?"

"────────잠까, 기다──."

용서를 구하듯, 말을 가로막듯이 입을 여는 소라. 하지만…….

"원리적으로 모쏠이고. 인격은 파탄났고. 게임 말고는 뭐 하나 잘하는 것도 없고. 그 게임도 정공법으로는 시로를 못 이기니까 야바위랑 속임수만 늘었고. 혼자선 엉금엉금 기지 못하는 생후 8개월 아기만도 못한. 이 삼천대천세계에서 가장 열등한── 모든 생물의 서열 공동 최하위인. 끝~내주는 허접쓰레기란 걸. 아무리 꾸며도 전~부 알거든? 그치? 허접♡ 허~접♡ 자, 반론해

봐? 허~접허접~♡ 아하하하하하하하하♡ 허~접♡”

“…………태어나서, 정말로, 죄송……합니다…….”

그렇게. 조금도 반론할 수 없는 사실을 열거하는 바람에, 그저 삼라만상에게 사죄했다.

“그런 허접쓰레기가 미소녀랑 러브코미디—— 그것도 여럿이랑? 심지어 연인이 되고 싶어? 안 웃겨? 짚신벌레가 국민 아이돌 여러 명하고 연인이 되고 싶다고 몽상하고 있으면, 분수를 알라는 소리도 안 나올 거 같지? 말야…… 내가 뭐 잘못 말했어? …… 질문하잖아? 냉큼 대답해, 허접♡”

“저의 존재 말고!! 그 무엇도!! 잘못된 것이!! 없사옵니다!!”

“아~ 울컥거리네♡ 빠야의 모든 것에 울컥울컥해♡”

그러나 경례하며 눈물을 흘리는 소라에게조차 울컥한다면서, 여전히 스마트폰을 조작하며.

“하지만 안심해? 빠야, 괜찮으니까♡”

다시 방대한 ‘후원(과금)’을 소비해—— 비눗방울 폭풍을 발생시키며…… 멀리.

——『커플이 되기 전에는 나갈 수 없는 공간』이라는 팻말이 걸린 『게이트』를 뒤덮듯.

“이 블랙 시로가, 아무도 없는 곳에서, 찬찬히—— 빠야를 ‘조교’ 해 줄게♡”

——우뚝 솟은, 거대한 『성』을 만들어낸 시로는.

소라를 부드럽게 감싸듯 안고—— 온화한 웃음으로,

“주제를 알아. 쓸데없는 플래그 세우지 마. 여친도 꿈 깨. 허접쓰레기는 여자애하고 눈만 마주쳐도 잘못했습니다~ 하고 진심으로 생각하도록 길들여 줄게♡ 그러면 적어도 ‘분수를 아는 허접쓰레기’ 는 될 수 있을 테니까. 그치♡”

그렇게 말하자마자―― 날개를 한 차례 퍼덕여, 하늘을 달려나갔다.

그리하여, 시로가 소라를 데리고, 멀리 우뚝 솟은 『성』으로 날아가버린 그 자리에는.

그저 즐거워하는 웃음소리만이 남았다――.

■ ■ ■

“――좋아요! 무슨 일이 일어났는지 이젠 묻지 않을게요? 상황은 명백하니까요♪”

사방이 눈에 보이지 않는 벽에 막혀 꼼짝도 못하게 된 세 사람.

그리고 이어지는 노도와도 같은 전개에 다시 망연자실에 빠져버린 세 사람은.

다시 한번 빠르게 회복된 스테프의 비명에――.

“두 사람이 『러브호텔』로 가버렸어요오오오오?! 무조건 아웃이잖아요오오!!”

“ “――――헉!!” ”

더없이 심플한, 위기적 상황 요약에, 흠칫 놀라 부활했다.

그렇다—— 블랙 시로가, 소라를 끌고 날아간 곳은—— 그야말로 『성』이었다.

거대한 하트 모양 오브제를 쌓고, 핑크색과 보라색으로 형형히 요사스럽게 빛나는 『성』이었으며.

말인즉슨 온 힘을 다해 저속함을 주장하는 그곳은…… 까놓고 말해.

어딜 봐도 완전히 야한 목적으로 가는 전용 호텔이었다…….

“【반성】: ‘후원(과금)’ 을 써서 경합 상대를 다짜고짜 무력화. 그렇게 한 후에 주인님을 조교, 세뇌, 농락—— 본 기체도 그렇게 했으면 좋았을 텐데. 왜 그 생각을 못 했지? 본 기체 바보.”

“반성할 부분은 그게 아니잖아요?!”

“과연 시로 님. 혼란에 빠졌어도 멋진 전략. 감복했나이다.”

“감복할 부분도 아니잖아요오오오?! 어떻게든 두 사람을 데리고 돌아와서 말리지 않으면 세계의 질서가—— 윤리가 붕괴된다고요오오오오?!”

“하오나 도라이양, 태블릿도 보이지 않습니다—— 어떻게 하면 좋을지요?”

“그—— 그건……!”

——자, 셋이서 갇힌 투명 벽을, 어떻게 돌파할까?

지브릴도, 이미르아인도, 《스프라툴》 내부에서는 마법을 전혀 쓸 수 없다.

‘후원(과금)’ 을 쓰려고 해도 소라와 시로의 스마트폰이나 태블릿이 필요하며—— 이 모든 것은 블랙 시로가 집을 날렸을 때 약삭빠르게 회수했는지—— 보이지 않는다.

다시 말해—— '방법이 없다'.

그렇게 말하는 듯한 침묵은.

"우오~~~실수했다아?! 너무 급전개라 영상 ON으로 돌려놓는 거 깜빡했어?! 계속 사운드 온리였다아?! 아, 시청자 여러분~ 안심해✽ 녹화는 했으니까! 시로의 흑화 다음부터는 나중에 보여줄게✽"

새삼스럽게 소란을 떨며 나타난 포에니크람에 의해 깨졌다.

"다, 당신 이제까지 어디 있었던 거예요?! 아니, 말하는 거 들어보니 계속 구경하고 있었던—— 정도가 아니라 방송까지 했던 건가요?! 어~째서 시로를 말리지 않았어요?!"

무단 방송, 상황 방관을 규탄하는 스테프. 그러나.

"말려?! 내가?! 그거야말로 어~째서라고 묻고 싶은데?! 후끈후끈하게 달아오르고 있는데?! 하물며 최고의 전개—— 상정을 넘어서는 이상적인 상황인데?!"

포에니크람은 같은 질문을 되풀이하며 야비한 웃음을 지었다.

"그웨헤헤, 이 정도라면 10일차 게임에서 기획했던 대로—— '페어리 본연의 게임'을 살짝 어레인지해 단숨에 대박으로 갈 수 있겠어—— 이름하여!!"

이렇게, 포에니크람은 장엄한 BGM과 함께—— 선언했다.

**"——『마왕에게 잡혀간 공주님을 구출, 탈환하라!!
그리고 두 사람은 영원히 맺어졌습니다 게임』——!!"**

——페어리 본연의 게임…….

지브릴이 예전에 슬쩍 언급했던 땅따먹기—— '공간 덧칠 게임' …….

포에니크람이 선언한 타이틀에서는, 전혀 상상할 수 없는 그 게임이.

그리고 지금부터 시작될 게임의 규칙이 무엇일지 눈에 힘을 주는 세 사람의 경계심은 아랑곳 않고.

"규칙은 간단!! 이제부터 '후원(과금)' 은 참가자 개인 앞으로 10퍼센트씩 보내질 거야!!"

포에니크람이 말한 순간—— 퐁 하는 소리와 함께.

스테프와 지브릴, 이미르아인의 옆에 조그만 꽃이 출현해 허공에 떴다.

그리고 꽃에서 평면형의 빛—— UI(사용자 조작) 화면이 투영되었다.

"플레이어—— 소라 군을 제외한 네 명은 자기한테 온 '후원(과금)' 으로 『병사(유닛)』를 구입할 수 있어! 초회 서비스로 각자 100 정도 구입할 액수를 넣었어. 당장 시험해 봐?"

그 말에, 지브릴과 이미르아인이 경계하듯 서로를 바라보았다.

한편으로 스테프는 잘 이해하지 못하겠다는 표정으로, 시키는 대로.

투영된 조작 화면의 『보병』이라는 항목에, 손가락을 댔다(탭).
그 직후 스테프의 꽃—— 단말에서 힘차게 비눗방울이 솟아나와 지면에 파고들더니——.

“히이이익?! 머, 머리에 커다란 꽃을 단 제가 대량으로 나왔어요오오?!”
지면에서 차례차례 스테프가 솟아나는 모습에, 스테프는 비명을 지르고.
““““우——…… 아——…….””””
“심지어 『우~』랑 『아~』 소리밖에 못해요?! 뭔가요 이거 무섭잖아요?!”
“『병사』보다는 뇌에 꽃이 기생하는 장르의 좀비……에 가까운 게 아닐는지요.”
“【지적】: 도님은 평소에도 머리에 꽃장식을 달고 있음. 『우~』 및 『아~』 소리밖에 못하는 지능지수도 도님과 오차 범위 내. 【결론】: 도님의 복제 대량 출현. 호러.”
저마다 제각각—— 특히 이미르아인의 실례되는 감상에 스테프가 분개할 틈도 주지 않고.
“뭐, 어차피 ‘후원(과금)’—— 『영혼』을 발사하기 위한 『NPC』니까. 절약 사양이야. 그건 넘어가! 아무튼 이 『유닛』의 머리에 달린 꽃에는 『영혼(탄환)』이 어느 정도 실려 있어. 그걸 쏴서 블랙 시로가 만든 공간을 원래대로 덧칠하는 거야?!”
그렇게 말한 포에니크람이 눈앞의 화면을 조작한다.

그러자 실제로 시범을 보이듯, 꽃 좀비 스태프 하나가 손가락을 들더니—— 뽀용, 하고 사격하고.

튀어나간 비눗방울은 주위의 보이지 않는 벽에 착탄하자 소리를 내며 파열했다.

그 직후 모종의 페인트를 끼얹은 것처럼—— 세계가 덧칠되었다.

보이지 않는 벽은 빛이 되어 부서져나가고, 흉물스럽던 경치가 그곳만 원래의 꽃밭으로 바뀌었다.

"블랙 시로는 저 『성』이 있으니까—— 세 사람한테도 『거점』을 줄게!!"

그리고 포에니크람의 외침에 맞춰 블랙 시로의 『성』처럼——.

다만—— 역방향으로 자란, 커다란 『꽃봉오리』가 세 개 출현했다.

"요컨대 각자 거점에서 『유닛』을 구입하고 배치해서 진격! 지형을 덧칠해 행군 루트를 만들고 상대의 『유닛』도 덧칠로 소멸시키고! 영혼을 플레이어에게 쏴서 전투불능으로 만든다!! 게임 시간은 2시간! 시간 내에 다른 플레이어를 전투불능으로 만들고 소라 군을 탈환!! 손을 잡고 게임 종료를 맞이한 사람은 이제까지처럼 하루 강제 임시 커플이 된다—— 이상이야!!"

그렇게 빠른 속도로 시청자에게 규칙 설명을 마치고,

"그러면!! 블랙 시로를 포함한 모두의 동의도 받아야 하고 준비도 필요하니까, 시청자 여러분은 일단 시로의 흑화부터 시작되는 녹화 영상을 즐겨줘✽"

영상을 틀고, 마이크와 카메라 오프를 확인한 다음.

포에니크람은 다시금 스테프와 지브릴, 이미르아인을 돌아보며, 물었다.

"그렇게 됐는데 이 게임, 당연히 할 거지?"

"일단 묻겠는데, 거부권은 있나요?"

"물론 있지?! 내가 너희에게 뭔가를 강요한 적이 있었어?!"

——호오. 이 공간에 가둬놓았던 것을 비롯해.

지난 열흘 내내 강요당했던 것은 설마 기분 탓이라고 말하는 건가요?

그렇게 눈을 흘기며 항의하는 스테프. 그러나 포에니크람은 전혀 상관하지 않고——.

"원래 오늘은 휴일—— 자유롭게 보내도 되는 날인걸? 하지만 그 경우 『게이트』를 내포한 저 『성』에서 블랙 시로가 자유롭게 지낸 결과도 난 전혀 관여하지 않을 거야✽"

저곳에서 무슨 일이 벌어지고 무슨 일이 일어날 수 있는지, 희미한 웃음과 함께 암시했다.

다시 말해—— 거부권? 그런 게 있을 리 있냐? 하는 암묵적인 선고에.

세 사람은 서로를 노려보고—— 담담히.

맹약에 맹세하고자, 손을 들었다………….

■ ■ ■

소라가 시로에게 끌려간, 요사스러운 핑크색 성의—— 마찬가지로 요사스러운 핑크색 방.

옥좌의 방으로 보이는 그곳은, 탈출용 『게이트』를 등진 하트 모양 옥좌와.

마찬가지로 하트 모양 침대—— 그리고 차분한 모습으로 우리에 갇힌 소라의 모습이 있었다.

"오케이~ 시로? 오빠가 이제 무슨 일을 당하게 될지 질문해도 될까?"

"빠야? 뻔히 아는 걸 질문하니까 허접쓰레기인 거야♡"

우리의 쇠창살 너머로 요사스럽게 웃는 시로에게, 소라는 "그렇구나." 하고 고개를 끄덕인 후—— 말을 이었다.

"그러면 나는 뻔히 아는 일을—— 다시 말해 보이는 그대로를 당하려 한다고 이해하면 된다는 거구나. 그렇다면 오빠는 스스로가 허접쓰레기라는 걸 거듭거듭 전제하면서…… 그래도 여전히, 당당하게 선언해야만 하겠는걸…… 잘 들어다오, 동생아."

똑바로 시로의—— 빛 없는 눈동자를 바라보며, 말한다.

"그런 짓을 해 봤자 소용없어."

"————♡"

그러나 소라의 진지한 눈빛도, 말도, 개의치 않고 한 걸음.

"네가 하려는 일은 명백히 잘못됐어."

"————♡"

다시 한 걸음 다가오는 시로의 모습에, 소라는 내심의 공포를 억누르며 말을 이었다.

"나를 '조교' 한다—— 그 자체에는 반대하지 않아. 조교당해서 용서받을 수 있다면 기꺼이 받아들일게. 그걸로 조금이라도 참인간에 다가갈 수 있다면, 오히려 내가 애원할게."

그러나——라고 덧붙이며,

다시 한 걸음을 다가오는 시로에게 의연히 말을 잇는다.

"'그 물건' 은 열한 살짜리 여자아이가 들고 있을 만한 게 아니야. 바닥에 내려놓으렴."

그렇다, 시로에게—— 정확하게는 시로의 손에 들린 추악한 '그것' 에.

"그리고 이게 가장 중요한데—— 인간의 엉덩이는『출구』지 결코『입구』가 아니야!! 그런 수단으로 인격을 교정하는 이야기는 에로 매체 한정이고!! 당연히 19금인 그것은 시로가 떠올리는 것조차도 NG다!! 그리고 마지막으로—— 허접쓰레기에게도 최소한은 있을 기본적 인권을 호소하게 해 줘…… 요컨대 진짜그만두세요제바아아알!!"

마침내 견디다 못해 설득을 애원으로 바꾸며.

소라는 자신의 '순결' 을 빼앗고자 다가오는 시로에게, 눈물을 머금으며 비명을 질렀다.

“하이하~이✽ 즐기는 데 실례해서 강제 종료할게✽”

그러나 소라를 궁지에서 구해 준 것은 여느 때처럼 갑자기 울려 퍼진 목소리.

“아쉽게도 이 방송은 전연령 대상이야. 19금 전개는 NG——라기보다 블랙 시로, 진짜 장난으로 넘어갈 수 없으니까 그 물건은 없애버릴게? 생방송에서 모자이크 씌우는 거 진짜 힘들거든?”

그렇게 말하며 허공에서 출현하자마자, 시로의 손에서 사악을 압수한 포에니크람이었다.

“소라 군도 언제까지 알몸으로 있을 거야? 시청자 서비스도 정도껏 해야지, 안 그러면 천박해?”

“알몸 아니거든? 옷이 없어졌다고 내가 몇 번을 말해야 돼?!”

“그래그래. 폭풍에 날아갔던 너희 옷 회수해 왔어.”

“오오!! 사라진 게 아니었구나 내 단벌옷?!”

“너희 개인 물품은 ‘후원(우리 힘)’ 으로 없애지 못해. 얼른 입어.”

그렇게 말하며 포에니크람이 우리 속으로 던진 옷을, 소라는 서둘러 입고.

그리고 다음 순간—— 시로에게서 부풀어오른 기척에 둘이 나란히 숨을 멈추었다.

“무슨 볼일……? 설마—— 너도 시로를 방해하려는 걸까♡”

——이것은 과연 열한 살짜리 이마니티 여자애가 뿜어도 되는 살기일까.

성이 뒤흔들리는 착각마저 수반한 시로의 시선은 포에니크람의 얼굴에 경련을 일으키고.

"아, 아안심하라고?! 바, 방해라니 말도 안 되지—— 난 오히려 블랙 시로한테 '협력' 하러 왔는걸?! 물론 전연령 게임으로, 말이지?!"

허둥지둥 해명하면서, 게임의 규칙을 설명하기 시작했다.

…………——————.

"——그런 게임을 하는 거야?! 어때, 동의할 거야?!"

이러쿵저러쿵.

스테프와 지브릴, 이미르아인이 이미 동의했다는 게임의 설명을 들은 소라는, 자기도 모르게 목소리를 높였다.

"저기 말이야. 《스프라툴》이라든가 『스프라이트 툰』 같은 네이밍 때문에 계속 그런 기분은 들었는데, 너희 진짜 우리 원래 세계 모르는 거 맞아? *엄~청 기시감 드는 설정인데? 구태여 말하진 않겠지만!! 구태여 말하진 않겠지만?!"

그러나 소라의 절규 따위 아무도 들어주지 않았으며,

"안 해♡ 그딴 게임, 시로는 안 해에♡"

시로는 그저 관심 없다는 듯, 딱 잘라 웃으며 대답했다.

"어라, 왜? 블랙 시로가 이기면 소라랑 커플이——."

---

* 엄청 기시감 드는 설정 : 닌텐도의 슈팅 액션 게임 「스플래툰(일본어 발음은 스프라툰)」. 페인트 같은 탄을 쏴서 적을 맞히거나, 바닥을 덧칠해서 색깔이 다른 적을 물리치는 방식이다.

"커플 같은 것도 이젠 다 상관없어. 시로는 빠야가 두 번 다시 여친 만들겠다는 생각만 안 하면 돼. 지금부터 빠야를 그렇게 조교할 거야. 그러니까 게임 같은 거 안~ 해♡ 꺄하하♡"

다시금 소라의 조교를 개시하고자 짓궂은 웃음을 지으며 몸을 돌렸던 시로는——.

"그렇구나! 그럼~ 승리 상품을 하나 추가해 줄게!!"

이어진 포에니크람의 제안에—— 걸음을 딱 멈추었다.

"소라 군에게는—— 블랙 시로가 소라 군을 2시간 동안 지킬 경우 『평생 여친을 만들지 않겠다』고 이 자리에서 맹약에 맹세하게 할게!! 이 조건이라면 어때?!"

"뭐어어어어어어어?!"

"……………………."

그리고 소라의 비명은 아랑곳 않고, 꼬박 10초 정도 숙고한 끝에—— 시로는 쾌히 승낙했다.

"응. 그거라면 오케이. 좋아—— 가볍게 놀아 줄게♡"

"좋지 않거든?! 왜 내 평생을 결정하는 내기가 내 동의도 없이 시작——아잉?!"

견디지 못하고 항의하려던 소라의 목소리는 우리를 넘어 날아든 시로의 채찍에 차단당했다.

"——빠야, 미안? 잘 안 들렸어. 다시 말해 줄래? 설마—— 허접쓰레기 주제에 아직도 여친 만들겠다는 생각을 하는 걸까? ……기분 탓일까~ 기분 탓이겠지~♡ 빠야는—— 뭐라고?"

"허접쓰레기입니다—!! 허접, 인간, 쓰레기, 입니다!! 이의없나이다빌어먹을~!!"

그리하여 소라가 눈물을 머금고 자신의 인권을 여동생에게 위탁하겠다는 뜻을 밝히자마자——.

"앗싸아!! 그럼~ 다시 세 사람에게 규칙을 설명하고 올게?! 아, 그리고 이 게임 중에는『개인 앞으로 오는 '후원(과금)'』말고는 사용금지니까 그렇게 알고?! 잘해 봐아?!"

그렇게 스마트폰과 태블릿의 구입 기능을 봉인하자마자, 포에니크람은 허공으로 사라졌으며.

그 대신 시로의 옆에는 하늘에 뜬 조그만 꽃과—— 평면형 UI 화면이 출현했다.

그리고 화면을 마주 보고 눈을 감은 시로를 보며, 소라도 머릿속으로 규칙을 검토했다.

——시청자에게서 '후원(과금)'을 받아 구입할 수 있는『유닛』을 배치하고.

소라를 빼앗기지 않도록 자기 거점을 방어하며 적군을 궤멸시킨다는, 그것은——.

"요컨대 RTS(실시간 전략 게임)—— '타워 디펜스' 같은 게임이네. 여유지~♡"

그렇게 웃으며, 망설임 없이 화면에 손가락을 놀리기 시작하는 시로의 모습을, 소라는 잘 알고 있었다.

——승리로 가는 길을 완벽히 그려내고, 그 후에는 그저 확정하

는 작업만 남았을 때의 얼굴이다.

같은 편일 때 무엇보다도 든든하게 여겨지는 시로의 그 얼굴.

그러나 대전 상대일 때는 필패를 의미하는 절망적인 그 얼굴을 보고.

이번에는 그 어느 쪽도 아니었지만, 소라는 몰래 눈물을 흘리고, 내심 중얼거렸다.

아아—— '여친이 있었던 적이 있는 소라' 여…… 영원히 안녕, 이라고…….

■ ■ ■

붉게 물든 하늘에 천둥소리가 쩌렁쩌렁 울려 퍼지고, 황폐한 대지와 폐허만이 지평선까지 펼쳐진——.

마치 세계가 종말을 맞은 것과도 같은 괴이한 광경 속에서.

머리에 커다란 꽃을 피운 5,000 스테프 군단이라는, 더욱 괴이한 행진이 이루어지고 있었다.

일직선으로 지평선의 끝—— 블랙 시로의 거점, 핑크색 『성』으로 향하는 행군.

스테프는 그 모습을 자신의 『거점』—— 거대한 꽃봉오리 속에서 화면 너머로 바라보며, 게임의 개요를 파악하고자 애쓰고 있었다.

——보아하니 『유닛』은, 별다른 지시가 없는 한 길을 따라 전진하는 모양이다.

블랙 시로가 만든 진행불가 지형—— 협곡이나 폐허, 혹은 적 『유닛』과 만나면 자동적으로 영혼의 탄환—— 비눗방울을 쏘는 사양인지, 그 비눗방울이 하나 터질 때마다 반경 1미터 정도의 꽃밭이 발생했다—— 다시 말해 원래 경치로 돌아가는 것 같았다.

화면에는 선택된 『유닛』의 부감 시점 또는 주관 시점을 투영할 수 있으며,

나아가 진행 방향의 변경이나 사격 지시 등은 여러 개체를 선택해 일괄적으로 내릴 수도 있다.

그러나 설명된 규칙대로, 일정량의 『영혼(탄환)』을 발사한 『유닛』은 소멸한다.

따라서 생각 없이 경치를 덧칠하면서 가면 아군을 소모하고 마는데——.

대협곡으로 접어든 자신의 군단을, 거점에 있는 스테프는 딱히 지시도 내리지 않고 지켜보았다.

『유닛』들이 비눗방울을 쏘자, 협곡에 다리가 걸린 것처럼 꽃밭이 나타나기 시작한다.

이것으로 협곡을 건너는 것이 가능해진 셈이다.

——『유닛』의 소모를 줄이려면 우회하는 편이 나을 수도 있다.

그러나 게임의 사양을 완전히 파악한 스테프는—— 이를 전제로, 생각했다.

‘서둘러…… 서둘러…… 서둘러야 해요!! 스테파니 도라!!’

규칙은 2시간 이내에 블랙 시로를 격파하고 소라를 탈환하는 것——이지만!!

“11세 여자아이가 남자—— 그것도 오빠와 러브호텔에 들어가는 걸 목격하고도 2시간이 어쩌고 느긋한 소리를 할 수는 없잖아요?! 1초라도 빨리—— 더 늦기 전에 데리고 돌아와야 해요!!”

그리하여 스테프는 『짤그랑』 소리가 울릴 때마다 들어오는 ‘후원(과금)’ 을 전액 투입하고.

망설이지 않고 『유닛』으로 바꾸어, 소모를 도외시하고—— 최단거리로 핑크색 성으로 향했다.

다리를 만들며 계곡을 건너가는 전체 5000의 스테프 군단.

그들의 제일 뒷줄이—— 갑자기 사라져 버렸다.

“————아? 에, 무슨 일이 일어난 거예요?!”

순식간에 격감하는 자기 군단의 숫자에, 스테프는 황급히 『유닛』의 시점을 전환했다.

그러자 협곡을 건너는 군단의 후방 부대—— 『유닛』보다 더 뒤에서.

머리에 활짝 핀 꽃을 단 ‘까만 시로’ 가 일직선으로 무언가를 발사하는 것을 본 후—— 소멸.

“저건 뭐예요?! 비눗방울이 아닌 탄환이 날아오고 있잖아요?! 저래도 돼요?!”

후방의 『유닛』들이 차례차례 터져 날아가고 소멸하는 참극에 비명을 지르는 스테프.

그런 스테프에게 대답한 것은, 화면 너머로 울린 포에니크람의 목소리였다.

『저래도 돼!! 아니 그보다 평범한 '장비의 사양' 인데? 화면 좀 확인하라고?!』

황급히 조작 패널을 열어보니―― 과연, 그곳에는 정말로.

스테프가 양산했던 『보병: 10』 아래에 『저격병: 30』, 『비행병: 50』 등등…… 코스트와 능력이 다른 것으로 보이는 『유닛』를 선택해 구입할 수 있는 모양이었다.

다시 말해 계곡 앞에 숨어서 기습을 가했던 블랙 시로의 『유닛』은 저격병이며.

모든 부대를 보병으로 맞춘 스테프는 이에 맞설 수가 없어――.

"하지만 그런 규칙은 못 들었다고요?! 설명 부족 아니에요?!"

『그건 모두 마찬가지야!! 넌 설명서에 깨알같이 안 적으면 망겜이라고 하는 타입이야?! 얼마나 빨리 게임의 사양을 장악하는가도 게이머의 실력이야!!』

"그래요어차피게임실력은삼류라고요미안하게됐네요?!"

스테프가 소리를 지르는 동안에도―― 밀집한 스테프의 『유닛』은 시원시원하게 날아가고 있었다.

그리고 날아간 『유닛』은 『영혼』을 흩뿌리면서―― 주위를 피색깔의 세계로 덧칠했다.

필연적으로, 스테프 군단이 만든 다리는 녹아버리듯 소멸하고, 『유닛』은 계곡 밑바닥으로 떨어졌다.

한편── 그 머리 위를 유유히 넘어가는 그림자가──.

"──잠까, 에엑?! 브, 블랙 시로의 군대가 여기까지 온 거 아니에요?!"

『그야 거점을 텅 비워놓고 병력을 총동원해 침공하면 그렇게 되지?!』

소수지만 고속으로 밀려오는 블랙 시로의 비행병 부대를 보고 스테프는 비명을 질렀다.

"어, 어, 비행병은 어떻게 요격하죠?! 저격병을 구입하면 되나요──는 자금이 없잖아요오오?! 보병을 다시 불러서──는 블랙 시로의 저격병이 있어서 안 되고요?! ……에? 혹시 이거 벌써 망한 건가요?"

『너 게임 진짜 너무 못한다?! 그러고도 용케 한 나라의 재상 자리를 맡을 수 있었네?!』

"저는 내정 전문이라고요!! 이 게임에 내정 요소는 없어요?!"

『군자금하고 병력 관리는 어엿한 내정이지?! 그 내정이 파탄 났다고!!』

그리하여, 말도 안 될 정도로 순식간에.

스테프의 거점에, 블랙 시로의 비행병이 쏘는 영혼[탄환]이 쏟아졌다.

영혼[탄환]이 명중할 때마다 거점에 구멍이 뚫리고, 마침내 블랙 시로의 비행병이 눈으로 보일 정도가 되었다.

이제 곧, 그 영혼[탄환]은 스테프 자신에게도 도달해── 전투불능[패배].

피할 수 없는 미래를 확신한 스테프는 먼 곳을 보는 눈으로 슬쩍 웃었다…….

"후…… 잘 생각해 보니 제가 시로한테 이길 리가 없었네요."

『아니그이전의문제거든?! 너 게임으로 모든 것이 결판나는 이 세계에서 그 못난 실력으로 용케 오늘까지 살아남았다?! 얼마나 운이 좋았던 거야?!』

이해를 초월할 정도의 실력에, 숫제 공포마저 느낀 포에니크람의 목소리가 이어졌다.

『까놓고 말해 블랙 시로도 이걸로 거점이 함락될 거라고는 아마 생각하지도 못했을걸?! 위력정찰로 거점이 함락되다니 누구보다도 블랙 시로가 놀라고 있을걸?!』

"후. 그 점은 괜찮아요. 시로라면 지금쯤 『역시』라고 어이없어하고 있을 거예요."

『——지금 잠깐 그쪽 보고 왔는데 완전 정답이었어…… 그 자각은 훌륭해.』

그리하여 게임 개시로부터 약 14분.

자신치고는 그럭저럭 오래 살아남은 편이리라.

눈가에 한 줄기 눈물을 빛내며, 패배를 받아들이고 하늘을 올려다본 스테프—— 그러나.

그 시선 너머에서, 느닷없이 블랙 시로의 비행병이 터져나가는 모습에 눈을 크게 떴다.

——이번에는 무슨 일이 일어난 걸까.

그 답은, 저격병의 탄막을 뚫고 돌아온 『유닛』의 시야에 비치고 있었다.

"아아…… 그랬죠?! 왜 저는 혼자 싸우려고 했던 걸까요?!"

머리에 꽃을 피운 지브릴—— 저격병의 군단이.

블랙 시로의 비행대를 차례차례 격파하는 광경에, 스테프는 환희로 목소리를 높였다.

그랬어요. 이 게임의 목적은 블랙 시로를 쓰러뜨리는 것—— 팀전이었죠?!

지브릴과 이미르아인이 아군이라면 너무나도 든든——.

"——할리가없죠네에에에에?! 네~ 네~ 알고 있었고말고요?! 슬슬 저도 소라네가 자주 말하는 '플래그' 가 뭔지 이해할 것 같네요오오!!"

——그리하여, 시로의 비행병을 섬멸하자마자 곧바로 방향을 틀고.

스테프의 거점과 보병에게 포화를 퍼붓는 지브릴 군단을 보며, 스테프는 탄식했다.

"아아…… 어째서인가요?! 공통의 적이 있어도 결국은 서로 싸울 수밖에 없다는 건가요……?! 왜…… 어째서 다들 뜻을 모아서 손을 잡지 않나요?!"

『아니이…… 너도 새치기하려고 했잖아?』

"새치기……? 에, 저는 그런 짓 안 했는데요?!"

『그럼 왜 처음부터 같이 싸우려고 안 했어?』

——어……?

『블랙 시로를 막는 것만이 목적이라면, 동맹을 맺는 편이 낫다는 건 명백하잖아? 그러지 않았던 건 '자신이 소라 군과 커플이 되기 위해서' 아니야?』

————.

『이번 게임은 이제까지의 게임과는 결정적으로 달라. 소라 군을 탈환해서 손을 잡고 나가면—— 적어도 한 사람은 확실하게 소라 군과 커플이 될 수 있고—— 전원이 그 한 사람이 되고자 하는 한, 동맹은 불가능해—— 너도 그렇잖아?』

——그렇다.

지난 열흘 동안의 게임에서, 아무도 이루지 못했던—— 소라와의 커플링.

그것을 바라고 서둘렀던 것은 아닌지? 하는 포에니크람의 지적에, 스테프는 갈등했다.

자신은, 소라와 시로가 윤리의 저편으로 가버리는 것을 저지하기 위해 서둘렀다…… 이것은 거짓이 아니다.

그러나 소라와 커플이 된다—— 그런 선망이 털끝만큼도 없었다고 단언할 수 있을까?

그 마음을 인정할지, 아니면——.

"——제가 삼류 게이머라 생각을 못했을 뿐——인데요?!"

단순히 자신이 못나서라고 인정할지, 망설임 끝에 스테프는 시원시원하게 후자를 골랐다.

결국 그렇게 소리친 스테프의 눈앞에, 마침내 지브릴의 『유닛』이 육박했다.

돌입한 그들이 총구를 들이대기 전에, 스테프는 그저 두 팔을 벌리고.

"후후…… 좋아요. 자, 쏘세요…… 하지만 약속해 주세요."

패배를 인정한, 산뜻한 미소를 지으며 말했다.

"——반드시 지키겠다고. 이 세계의 윤리(평화)를. 지브릴, 당신에게 맡기겠어요……."

그런 비장한 바람을 남기고, 죽음을 받아들이고자 눈을 감은 스테프에게——.

"아니오. 안 쏠 겁니다만……."

대답한 것은 낭랑한—— 그러나 어이없다는 목소리였다.

"그보다 맡기셔도 곤란합니다. 저 혼자서는 블랙 시로 님께 이길 수 없는지라."

그 목소리는, 머리에 꽃을 피운 지브릴의 군단 속에서.

자세히 보니 그 중 딱 하나, 머리에 꽃이 없는 자에게서.

다시 말해 플레이어 자신에게서 들려온 말임을 깨닫고, 스테프는 경악해 소리를 질렀다.

"에엥——?! 지브릴 본인인가요?! 어, 어째서 여기 있어요?!"

"'플레이어는 거점에서 나가면 안 된다'는 규칙은 없는지라♪"

——피탄한 플레이어는 전투불능, 패배 처리가 된다.

그러나 플레이어가 자신의 거점에서 움직여서는 안 된다는 규칙은 없다.

하물며 스테프의 거점 따위—— 행군 도중의 반격조차 경계할 필요가 없으니 유유히 이동할 수 있다며.

지브릴은 여유만만하게 웃음을 짓고,

"그리고…… 잠깐 들렸기에 반론을—— 동맹은 가능합니다."

"네……?"

그거야말로 이곳에 온 이유라고 말을 이었다.

"착란에 빠지신 시로 님—— 블랙 시로 님이라면, 잘하면 이길 수 있을지도 모른다고 살짝 기대했으나 역시 그렇지 않았고…… 오히려 평소 이상으로 날카로우십니다."

그렇게 말하며 지브릴은 자신의 조작 화면을 스테프에게 돌려주었다.

——그곳에 비친 것은, 폐허 속을 종횡무진 뛰어다니는 블랙 시로의 『유닛』——.

적은 숫자로, 비할 데 없이 정확하게 지브릴 군단의 동선을 읽고 각개격파해나가는 모습에,

"이 압도적인 기량을 뒤집으려면 '압도적 물량' —— 동맹이 불가피합니다."

"하, 하지만……."

"네. 거기 페어리가 말한 대로, 모두가 마스터와 커플이 되겠다는 목적이 있는 한 그것은 불가능하지요. 그렇다면—— 그 목적을 포기하면 그만입니다."

그렇게 결론을 내리고, 지브릴은 동맹의 수단을 제시했다. 그것은——.

"저는 마스터를 탈환하여도 마스터와 손을 잡고 나가지 않겠다고—— 맹약에 맹세하겠습니다."

"————?!"

"도라이양도 그렇게 맹세해 주시면—— 동맹은 가능하지 않겠습니까?"

——그, 그건 그래! 소라와의 커플링 권리를 다투니까 동맹을 맺을 수 없는 거야.

그렇다면 그 권리를 포기하면 동맹은 가능해진다——!

이미르아인이 포기할 것 같지는 않지만…… 그렇다 해도.

스테프와 지브릴이 포기한다면 동맹을 거절할 이유도 사라지고——.

"하, 하지만…… 그렇다면, 지브릴은 뭘 위해 싸우죠……?"

지브릴의 이익은 어디에 있는가, 그 목적을 묻는 스테프에게.

"시로 님은—— 블랙 시로 님은 분명 제정신이 아니십니다."

지브릴은 고뇌하는 표정으로 대답했다.

"블랙 시로 님이 이대로 승리하신다면 마스터는 누구와도 커플이 되실 수 없습니다. 이 게임에서만이 아니라 '평생' —— 물론 시로 님과도."

"————!"

"연애 감정에 관해서는 아직까지 이해가 부족한 못난 몸이오나, 적어도 그것이 시로 님의 본심에서 우러나온 희망이라고는, 저는 도저히 생각할 수 없습니다."

——연애 감정을 이해하지 못한다고 말하는 플뤼겔. 그러나.

"따라서, 저는 마스터의—— 네, 시로 님 또한 저의 마스터시지요. 그렇다면 그 본의와 다른 결말로 끝내는 것만은, 결단코 저지해야만 합니다."

그렇다 해도 자신의 감정보다 존중하는 그것을.

소중한—— 사랑스러운 자들을 위한 마음을 우선하겠다고 선언하는 모습에.

"블랙 시로 님의 승리 저지. 그 유일한 목표에, 도라이양의 힘을 빌려주십시오."

그렇게 머리를 숙이는 모습에, 스테프의 가슴이 '콩닥' 했다.

그렇다—— 애초에 자신은 시로와 소라를 러브호텔에서 끄집어내는 것이 목적이었다.

하물며, 다른 이도 아닌 지브릴이, 이 늠름하고도 고결한 미소녀가—— 자신을 원하고 있다.

거절할 이유가 어디 있으리오. 있을 리가 없지 않은가!

"아, 알았어요!! 그, 그런 거라면, 기꺼이 동맹——."

사랑에 빠진 처녀의 표정으로 지브릴의 손을 잡으려던 스테프의 행동은——.

"【우책】: 플뤼겔의 낮은 지능지수를 재확인. 본 기체 어이없어 한숨도 안 나와. 하~아……."

지브릴이 나타난 곳과는 반대 방향의 벽에서 구멍을 뚫고.

마찬가지로, 자신과 똑같이 생긴 군단 속에 섞여 나타난 이미르아인에게 저지되었다.

——내 거점은 한낮의 공원인가요?

누구든 산책하는 기분으로 웰컴이네요…….

슬슬 시로도 오는 거 아닐까 하고 먼 곳을 보는 표정을 짓는 스테프를 내버려 둔 채.

"【단언】: 주인님과 손을 잡고 나갈 권리를 포기하는 동맹은 불가능. 무의미. 바보 같은 생각. 바~보."

"어허. 『죽여 주세요』를 엑스마키나의 언어로 그렇게 말하는가요? 새로운 배움을 얻었군요♪"

도발 하나로 동맹의 결의 따위 어디론가 날아가버렸는지 살의를 부풀리는 지브릴.

그러나 이미르아인은 상관하지 않고 담담히 말했다.

"【권장】: 『개인이 받는 '후원(과금)'』 규칙. 그 의도의 재고."

——개인이 받는.

즉, 『병사(유닛)』를 구입하라고 각 플레이어에게 보내지는 '후원(과금)'.

그렇다면 시청자—— 연애를 바라는 페어리들이 굳이 '후원(과금)'하는—— 그 동기란?

심지어 개인에게 '후원(과금)'을 하는, 그 의도를 묻는 이미르아인의 말에.

스테프와 지브릴은 숨을 멈추었다. 그것은 곧——.

"【자명】: '특정 개인' 의 의미—— '주인님과 커플이 되기를 바라는 개인' 이 대상. 다시 말해 『최애』에 대한 원조. 【공개】: ——본 게임의 본질은 최애커플 과금전쟁."

왜 이런 것도 모르냐며, 이미르아인은 난감하다는 듯 말을 이었다.

"【필연】: 둘의 커플링 포기 의사는 『주인님(소라)×도님(스테프)』, 『주인님(소라)×번외개체(지브릴)』를 열망하는 시청자의 '후원(과금)' 두절과 동의어. 병력 증대 없음. 동맹의 의미 없음. 바~~~보."

"————————."

이미르아인은 무표정하게 조롱하지만, 지브릴조차 그저 얼굴을 실룩거렸다.

——그렇다…… 그렇기에 포에니크람은 동맹이 불가능하다고 단언했던 것이다.

스테프와 지브릴이 소라와 커플이 될 의사를 포기하고, 이미르아인에게 양도하면.

당연히 '후원(과금)' 을 보내주는 것은 『소라×이미르아인』 후원자밖에 남지 않는다.

그래서는 결국 이미르아인이 단독으로 싸우는 것과 마찬가지이며——.

『이제 다들 알았어?! 아~ 다행이다 이대로 게임 끝나면 어쩌나 쫄았잖아?! 게임 마스터로서 간섭할 수 없는 게 괴롭다 진짜?!』

마침내 게임의 본질에 도달한 스테프와 지브릴에게 안도하는 기색으로.

화면에서 울려 퍼지는 포에니크람의 목소리.

그러나 스테프는 외쳤다.

"그렇다면 처음부터 그렇게 설명하세요?!"

『그러면 재미가 없잖아?! 깨닫고 나서 '아 이걸 어쩐다?!' ——가 진짜라고?!』

——그렇다. 깨닫고. 자, 이걸 어쩐다?

지금 막 그 문제에 직면했던 스테프는 그렇다 쳐도…….

이미르아인에게 논파당했다는 치욕에 떠는 지브릴은, 으르렁거리듯 말했다.

"과연…… 그렇군요. 그렇다면 어디까지나 목적은 '마스터(소라)와 손을 잡고 나가는 것' 으로 전제한 후 '블랙 시로 님의 격파' 까지는 동맹을 맺는다——는 것이 되겠군요……."

그렇구나! 확실히 세 사람 모두 블랙 시로를 물리칠 때까지는 목적이 일치하니까!

지브릴의 대안에 흠칫 놀라 감동하는 스테프는—— 무시한 채.

"【바보】: 번외개체의 저능한 뇌는 이해를 초월. 지능지수『마이너스치』의 도입을 검토."

"저에게…… 두 분 마스터를 위해서라는 명확한 목적이 있는 현재 상황에 감사하고 감동의 눈물을 흘리며 꺼이꺼이 울어 주셨으면 하는군요. 그렇지 않으면 온화한 저라도 이미 옛날에 빡쳤을 테니까요♪"

그렇게 온 마음을 다해 살의를 억제하는 지브릴. 그러나.

"【질문】: 번외개체는 고작 3배의 전력 차이로 블랙 동생님에게 이길 수 있음?"

"————큭!"

이어진 이미르아인의 물음에도, 반론하지 못한 채 이를 갈고.

뒤늦게 스테프도, 이해했다.

그렇다…… 설령 셋이서 동맹을 맺더라도—— 전력은 겨우 세 배인 것이다.

물론 정확하게 세 배는 아닐 것이다. 소라와의 커플링에 이들 세 사람 중 누구를 지지할 것인지, 시청자의 숫자에도 차이가 있을 테고, 시로를 미는 시청자의 숫자도 정확히는 알 수 없다.

그러나 상대는 블랙 시로.

——다른 누구도 아닌, 시로인 것이다…….

소라와 둘이 함께——『공백』은 아니라지만, 최강 게이머의 한 축이다.

하물며 상대는 '방어자'—— 압도적으로 유리하다. 지브릴도 말했듯 이 압도적 기량을 뒤집으려면 단순한 물량으로는 부족한 —— '압도적 물량'이 필요한 것이다.

"에, 하, 하지만 그럼—— 설마 어쩔 방법이 없다는 건가요?!"

일부러 그 말을 하려고 온 것은 아니리라.

그렇다면 이미르아인은 그 문제에 이를 해답을—— 가지고 있을 것이다.

블랙 시로를 타도할 수 있는 방법을, 그것을 말하기 위해서 여기까지 왔을 터!

그리하여 지브릴조차, 이제는 이미르아인을 의지할 수밖에 없겠다며.

억울함의 극치에 낯을 일그러뜨린 채 해답을 재촉한다. 다시 말해——.

"【협정】: ——『백합연합』의 결성을 요청함."

이미르아인이 무표정 속에서도 필승을 확신하는 웃음을 느낄 수 있는 얼굴로 선언한 해답.

그러나 스테프와 지브릴은 그저 머리에 물음표를 띄운 채 듣고만 있었던 해답을————.

■ ■ ■

——게임 개시로부터 벌써 1시간이 경과하려 했다.

스테프와 지브릴, 이미르아인의 공세 정도는 짬짬이 처리하는 시로의, 소라에 대한 조교는 그 동안에도 이어져.

19금 전개를 금지당하고도, 그것은 가혹함의 극치를 달려, 착착 소라의 정신을 좀먹고 있었다——.

"그러면, 빠야? 복창해 볼까. 빠야는—— 뭐다?♡"

"허접쓰레기입니다. 분수도 모른 채 미소녀(스테프)에게 저한테 반하라고 명령한 주제에 방치한 허접쓰레기입니다. 분수에 맞지 않게 미소녀(이미르아인)의 호의를 받아들이지도 않고 거절하지도 않은 채 잘만 하면——이라고 기고만장하고, 미소녀(라일라)에게 달링 소리를 듣고도 미안하다는 생각도 하지 않고——."

그렇게…… 하염없이, 소라가 이제까지 저지른 행위를 열거시키고.

"이렇듯 생물 서열 최하위의 비참하고도 가엾은 허접쓰레기이옵——아잉?!"

그렇게 빛 없는 눈으로 마무리를 지으려던 소라.

하지만 돌아온 것은 시로의 채찍이었다.

"생물 서열 **공동** 최하위—— 이 정도도 못 외워? 허접♡"

"허, 허접쓰레기 주제에 시로 님의 말을 제멋대로 개변해서 죄송합니다. 하, 하지만 이 세상에 저와 비교할 수 있을 만한 허접쓰레기 달리 존재하리라고는 도저히 생각할 수도 없어서……!"

1시간 동안, 다시금 자신의 열등성을 계속 설파당한 소라는.

자신과 타이를 기록할 하등생물은 없다고 확신하기에 이르렀다.

그러나—— 그런 소라에게 시로는 부드럽게 웃으며 대답했다.

"……있잖아? 모쏠 동정남 골방지기 커뮤니케이션 장애 백수인 빠야—— 그런 허접쓰레기랑 어깨를 나란히 하는 자가. 빠야랑 같거나, 그 이상인 인생 막장에—— 그렇기에 빠야의 모든 것을 받아들일 수 있는—— 그런 여자애가, 이 세상에 딱 한 명♡"

——그건 말도 안 된다…… 있을 수 없다.

그런 여자아이는 망상 속이나, 아니면 여신 말고는 있을 수 없을 거라며.

그 생각을 언어로 바꾸기 위해, 조심스럽게 눈을 든 소라는, 그 시선 너머에서——.

"봐—— 빠야의, 눈앞에♡"

창살 너머에서 미소 짓는—— 여신을 보았다…….

"자, 빠야? 이젠 알겠지♡"

——아…… 아아…….

달콤하게 속삭이는 듯한 시로의 목소리는 소라의 지친 뇌에 스며들어.

"빠야가 아무리 막장이어도, 시로만은 받아들여 줄 수 있어♡"

——아아…… 아아아…….

뇌를 녹이는 듯한 시로의 목소리는, 이성을 범하고 정신을 침식시켜 나간다.

"밥도 시로가 챙겨 줄게. 잘 만들지는 못할 수도 있지만, 잘하게 될 거야. 다른 것도 챙겨 주고, 돈도 전부 시로가 벌어올게. 빠야는 그냥, 시로한테 쓰담쓰담 받으면서, 아~무 생각도 하지 말고 게임만 하고 있으면 돼. 이렇게…… 착하지~ 착하지~♡"

그렇게 창살 너머로, 부드럽게 머리를 쓰다듬어주는 온기.

자신의 모든 것을 긍정해 주는 압도적인 자애에, 소라는 사고까지도 녹아들어가고——.

"심한 소리 해서 미안해? 그래도 전부, 빠야를 위해서였어♡"

——심한 소리? 무슨 말일까?

심한 소리는 한마디도 들은 기억이 없다.

전부 단순한 사실…… 여신님은 그저 몽매한 자신을 계몽시켜 주셨을 뿐.

머리를 쓰다듬어 주는 이 감촉에, 이대로 모든 것을 맡기자, 고…… 소라는 눈을 감고——.

"빠야가 하고 싶은 건 전~~부 해 줄게. 성욕 처리도——."

"……오케이, 스톱…… 아웃. 아웃이야~……."

맥락 없이 출현한 포에니크람 때문에, 직전에 눈을 떴다.

————헉?!

내, 내가 지금, 무슨 생각을 했지?!

"왜—— 또 방해해?! 빠야, 완전히 함락되기 직전이었는데!!"

"마지막 한마디가 문제였어~…… 운만 띄우는 정도로 해달라구~ 그렇게 확실하게 말해버리면 아웃이란 말야아…… 야~ 진짜 미안하긴 한데 말이지……?"

그렇게 포에니크람에게 대드는 시로를 내버려 둔 채, 소라는 아연실색해 허덕이고 있었다.

——위, 위험했다아아?!

나 하마터면 여동생의 기둥서방이 될 뻔했어……?!?!?!

침착해라. 아무리 그래도 그건 아니지 소라 동정남 18세!!

막장 인생에서 조금이라도 참인간에 다가가—— 진화할 수 있다면 시로의 조교는 바라던 바지만!

안 그래도 허접쓰레기인 몸에 『여동생(11세)의 기둥서방』 같은 속성까지 부가된다면──.

그건 이미 허접쓰레기로 부르는 것조차 아까운── 그냥 쓰레기로 퇴화하는 거다──?!?!

그렇게 혼자 필사적으로 자신의 정신세계에서 싸움을 펼치는 소라를 내버려 둔 채.

"그리고── 게임 마스터로서 원래는 월권행위지만…… 한눈팔다 패배하는 결말은 역시 재미없거든? 어쨌든 제대로 게임에 집중하라고 충고해 두겠어."

그렇게 말하며 쓴웃음을 지은 포에니크람에게, 의아하다는 듯 눈살을 찌푸리며.

아주 잠시 눈을 떼었던 화면에 시선을 돌린 시로는──.

"────뭐야, 이거……?"

드디어 웃음을 지우고, 멍하니 신음했다.

화면에 비치고 있던 것은── 조금 전까지 짬짬이 처리하던 세 사람의 군세.

그것이 느닷없이── 시로가 배치했던 『유닛』을 모조리 압도하고 쳐들어오는 광경이었다.

"어, 어째서 쟤들이 이렇게 강해?! 강하다……기보다는── 왜 이렇게 많아?!"

그렇다── 시로의 군세를 압도하는 그들의 행군. 그러나 여기에 전략이나 책략 따위는 없다.

그저 해일과도 같이—— 모든 전략을 말 그대로 집어삼키며 진격하는 모습에——.

"무……무슨 일이 일어나고 있는 거야?!"

무자비한 숫자의 폭력에 압도되어, 시로는 그저 의문에 찬 비명을 질렀다.

■ ■ ■

과연—— 무슨 일이 일어나고 있는가?

시로의 의문에 대한 해답은, 시로가 알 수 없는 곳에 있었다.

스테프의 거점 내에서 펼쳐지던 광경에. 다시 말해——.

"그러면, 다음은 —— 도라이양? 벗으시지요♥"

"저저저저기?! 제가 벗는 데 무슨 의미가 있나요?!"

"【부정】: 번외개체가 도님을 벗기는 행위가 유의미. 본 기체도 가능. 【선택】: 어느 쪽이 좋아?"

"제가 선택하는 건가요?! 어…… 하, 하지만 그런 건 선택할 수 없——이 아니고, 둘 다 싫거든요?! 이거 방송되는 거잖아요?! 남들 보는 앞에서 벗는 취미는 없어요?!"

"안심하십시오. 도라이양의 몸은 이미 볼만큼 보았지만 부끄러울 것 없이 아름다운 몸이기에♪"

"————네? 아…… 지, 지브릴, 그건——."

"【평가】: 번외개체 나이스 백합. 본 기체에게 거액의 '후원(과금)'을 확인. 전선 우익을 전진시키겠음."

"그렇군요. 다음은 그쪽이 도라이양과 얽혀 주시면 이쪽도 병력을 증강할 수 있겠습니다만."

"저기요!! 저기요오오?! 소녀의 순정을 그런 식으로 가지고 놀아도 된다고 생각하나요오오?!"

——그렇게, 꽁냥거리며.

셋이 백합스러운 언행을 보일 때마다—— 짤랑짤랑 '후원(과금) 소리' 가 몰아치고.

그리고 그때마다 지브릴과 이미르아인이 대량의 『유닛』을 출현시킨다.

그렇다…… 이것이 '무슨 일이 일어나고 있는가' 하는 물음에 대한 답.

이미르아인이 명명한——『백합연합』의 정체였다…………

————…………

——……

——때는 46분 전으로 거슬러 올라간다.

"【협정】: ——『백합연합』의 결성을 요청함."

스테프와 지브릴이 물음표를 띄우는 가운데, 이미르아인이 자세한 내용을 말했다.

"【정리】: 본 기체와 일동이 동맹을 맺어도 『주인(소라)님 × 자신』을 바라는 세 파벌의 '후원(과금)' 밖에 얻을 수 없음. 여전히 전력 부족. 따라서 '그 이외의 파벌' 도 끌어들여야 함."

구체적으로는……?

그렇게 묻는 시선에, 이미르아인은 담담히 말을 이었다.

“【확인】: 규칙――『손을 잡고 게임 종료를 맞은 자는 24시간 강제 커플이 된다』…… ‘1조’ 로 한정되지 않음. 주인님 이외의 사람과의 커플링도 가능한 것으로 추정.”

그렇게 규칙의 구멍을 지적하며, 이미르아인은 말을 계속했다.

“【제안】: 플레이어 사이에서의 규칙 추가. 『게임 종료 180초 전 시점에서 시로, 소라 두 명을 보유한 자만을 ‘승자’ 로 하고 ‘패자’ 는 이에 무조건 항복. 승자가 지정한 인물과 손을 잡고 게임 종료를 맞는다』―― 이상을 본 기체를 포함한 세 명이서 맹약에 맹세함.”

“……어, 음……? 그게, 어떻게 되는 건가요?”

혼자 이해하지 못하고 있는 스테프에게 지브릴이 대답했다.

“ ‘우리 셋의 커플링’ 을 바라는 지지층도 포섭할 수 있다는 뜻이지요.”

“【긍정】: 구체적으로는 『번외개체×도님』, 『본 기체×도님』, 『본 기체×번외개체』의 세 파벌. 여기에 『동생님×도님』, 『동생님×본 기체』, 『동생님×번외개체』의 세 파벌도 포섭한다면 이상적―― 이것으로 합계 아홉 파벌의 ‘후원(과금)’ 을 얻는 것이 가능.”

요컨대, 블랙 시로를 격파하고 소라를 탈환할 때까지는 손을 잡고, 그 뒤에는――.

“잠깐만 기다려 보세요. 그건 결국 ‘동맹’ 아닌가요?!”

“예. 그러니까 ‘협정’ 인 것이지요♪”

“【긍정】: 블랙 동생님 격파. 그리고 주인님 탈환. 여기까지는

『동생님×주인님』 이외 모든 파벌의 이해가 일치. 본 목표를 달성한 시점에서 협정 종료. 서로의 진지로 돌아가 재시작—— 다시금 『누가 주인님과 손을 잡고 나가는가. 패자의 손을 누구에게 잡게 하는가』를 결정함. 크리크(전쟁).”

다시 말해—— 소라와의 커플링을 경쟁하는 것이 아니라.

추가로 한 커플을 더 만든다고 선언하고, ‘후원(과금)’ 대결을 과열시킨다는.

그런 책략을 강구하고, 금방 이해한 이미르아인과 지브릴에게.

스테프는 내심, 조용히 생각했다…….

여러분, 정말 소라한테 많이 물들었네요, 라고…….

그리하여 세 사람은 손을 내밀고—— 절대준수의 협정을 맺는 문언을 말했다.

다시 말해——【맹약에 맹세코(아셴테)】——라고…….

——————…………….

———…….

그리하여 백합 전개를 바라는 시청자의 뜨겁고 후한 ‘후원(과금)’도 얻어.

이제는 총합 30만을 넘는 대군이 된 『백합연합』에서——.

“저기요!! 전 이제 조작을 따라갈 수가 없는데요?! 누가 대신 좀 해 줄 수 없나요?!”

너무 많아진 『유닛』을 처리하지 못하는 스테프의 비명이 치솟았다.

“그, 그렇다기보다 저에게 오는 ‘후원(과금)’ 이 두 분보다 명백히 많은 건 기분 탓인가요?!”

“【당연】: 시청자가 가장 바라는 결말은── ‘본 기체와 번외개체의 커플링’ . 자명.”

“이를 실현할 수 있는 도라이양이 가장 많이 벌게 되는 것은 필연이지요♥”

그렇다── 플뤼겔 지브릴과 엑스마키나 이미르아인의 커플링.

이를 달성하려면── 소라와 시로를 보유한 스테프가 승자가 되는 것 말고는 없다.

그러나 스테프의 게임 실력이 얼마나 처참한지는 개막 초장부터 드러났다.

따라서 『지브×이미』를 바라는 시청자는 스테프가 블랙 시로 격파 후 지브릴과 이미르아인에게 이긴다는──0에 가까운 확률을 높이기 위해 『백합연합』 내에서 최대한 병력 차이를 벌려놓을 수밖에 없으므로…… 그리하여 열렬한 ‘후원(과금)’ 이 스테프에게 모이고 있었다.

그러나 그 대군은, 유감스럽지만 스테프의 조작능력 한계를 넘어섰다.

이미르아인의 지시가 있어도 숫자에 어울리는 성과를 내지 못했다.

지브릴과 이미르아인도 병력을 더욱 늘리고 싶었으며──.

“【공개】: 본 『백합연합』은 ‘결과 이외’ 에 대해서도 ‘후원(과금)’ 을 모을 수 있음.”

그리하여 이미르아인은 두 번째 카드를 제시했다.

“【선언】: 본 기체에 40만의 ‘후원(과금)’ 을 조건으로—— 본 기체는 즉시 번외개체와 키스함.”

“——네에에에?! 에, 이, 이미르아인 진심이에요?!”

이미르아인이 자신 이외의 누군가와—— 그것도 지브릴과 키스를 한다……?

복잡한 감정에 비명을 지른 스테프. 그러나 지브릴은 즉시 대답했다.

“죽어도 거절하겠습니다♪ 돼지 엉덩이라도 핥는 것이 차라리 낫사온지라♪”

“【동의】: 번외개체와 키스. 우웩…… 하지만 사실은 변함없음. 전력은 아직 부족.”

그렇다—— 믿을 수 없지만.

이만한 대군으로도, 세 사람은 블랙 시로를 압도하지 못하고 있었다.

심지어 더 많은 ‘후원(과금)’ 없이는 반격을 저지할 수 없다고——.

“【제시】: 번외개체도 같은 선언으로 ‘후원(과금)’ 을 조달 가능. 현 병력으로는 블랙 동생님 타도는 불가능——【질문】: 번외개체는 ‘마스터’ 보다도 개인적 혐오를 우선시함?”

“——크, ————윽!! ~~크……윽!”

지브릴이, 이미르아인에게 한마디도 받아치지 못한 채.

머리를 감싸쥐고 맹렬한 갈등에 낯을 일그러뜨리는—— 참으로 레어한 그 광경을.

어째서인지 스테프가 불안하게 지켜보는 가운데—— 마침내 결단했는지.

"——40만 이상의 '후원(과금)'으로 도라이양과 키스, 로 양보할 수 없을는지요."

"후왓——?! 저 말인가요?!"

무겁게 쥐어짜낸 그 말에, 스테프는 비명을 지르고 이미르아인은 고개를 끄덕였다.

"【시행】: 필요 전력을 얻을 수 있다면 수단은 불문. 다만 다시금 선언. 본 기체는 무엇과 바꾸더라도 블랙 동생님을 격파하고 주인님을 탈환함. 그러기 위해서라면—— 뭐든지 할 거야."

시험해도 좋지만, 그래도 전력이 부족하다면—— 뭐든지.

그야말로 지브릴과의 키스조차 불사하겠다고 이미르아인은 결의를 다졌으며——.

"그렇게 되었으니, 도라이양. 괜찮으신지요?"

"저저저저기요?! 제 퍼스트 키스를 거리낌 없이 거래하지 말아주실래요?!"

"물론 도라이양이 진심으로 싫으시다면…… 강요하지는 않겠습니다……."

"잠, 깐—— 지브릴, 그 표정은 반칙이에요와아악?!"

——진정해라. 진정하는 거예요 스테파니 도라!!

이것은 연애 감정이 증폭되고 있을 뿐── 다시 말해 착각이에요틀림없어요!! 라고.

어딘가 슬퍼하는 지브릴의 말을 어떻게든 거절하고자, 이성을 총동원하는 스테프──.

“【편승】: 본 기체도 40만의 ‘후원(과금)’ 으로 도님과 키스. 거부는 가능. ……본 기체는 싫어?”

그러나 같은 표정으로, 이번에는 반대쪽에서 다가온 이미르아인에게.

……아니, 저기…… 그, 그러니까요── 그게──.

…………………….

그리하여 ‘뺨이라면’ 이라고 눈물을 글썽이며 승낙한 스테프에 의해──.

“【보고】: 부족 병력 간신히 조달. 최종방어선을 우익부터 무너뜨리겠음.”

“그러면 저는 좌익을 맡겠습니다── 중대 국면이로군요♪”

마침내 방어선 공략에 나선 두 사람과는 달리── 스테프는.

지브릴과 이미르아인에게 키스를 받은 좌우 뺨을 두 손으로 감싸며, 하늘을 우러러보고 있었다.

아아, 할아버님…….

스테파니는 돈을 위해 몸을 파는 여자가 되고 말았어요…….

하지만 솔직히 말하자면 그 이상으로── 누구 하나를 선택하지 않아도 됐다는 안도감과.

두 사람에게 키스를 받아, 가슴의 고양감을 억누르지 못하고 있는 사실에 더더욱, 눈물을 흘렸다.

——이 게임이 어떤 결말을 맞더라도, 자신은 이제 글렀는지도 모른다.

가령, 블랙 시로를 격파하고, 소라를 탈환하고, 그리고 기적처럼 두 사람에게도 승리한다 치고.

——거기서 자신은 대체 누구와 손을 잡고 나갈 것인가.

도저히 선택할 수 있을 것 같지 않다는 생각이 들 정도로, 스테프의 연심은 이리저리 흔들리고 있었다…….

■ ■ ■

——다른 플레이어의 『유닛』 숫자를 정확히 알 방법은 없다.

그러나 가장 정확하게 배치하고 조작하는 자신의 군세가 말 그대로…… 그저 유린당하고 있다.

그 모습을 통해—— 피아간의 전력 차이가 가볍게 스무 배는 된다는 것을 쉽게 알 수 있었다.

스테프와 지브릴, 이미르아인이 어떻게 이만한 대군을 동원할 수 있었는가.

아니—— 애초에 어떻게 '동맹'을 맺을 수 있었는지조차, 시로는 알 수 없었다.

그러나 실제로 결탁한 세 사람의 대군세가 착착 방어선을 뜯어먹는 모습에.

맹렬히 전술을 재편성하며, 화면을 조작하고 필사적으로 저항을 반복하던 시로가——

"……있지—— 왜 시로는, 안 돼……?"

갑자기, 그렇게 불쑥 중얼거리듯 물었다——.

허나 그 대상은……

"우우~ 웁~?! 우웁! 우우웁~?!"

수갑과 재갈에 구속당해 우리 속에서 끙끙거리는 소라, 가 아니었다.

"시로라면…… 빠야가 원하는 건, 전부 해 줄 수 있는걸?"

그것은 어떤 방법을 썼는지 자신을 몰아붙이고 있는 대군.

"밥도 지어 줄 수 있어—— 스테프처럼 잘은 못해도, 열심히 해 볼 거야."

그 대군을 만들어내고 있는 자들에 대한 물음이었다.

"지브릴처럼 가슴도 크지 않지만, 열심히 매일 주물러 볼래."

즉—— 스테프와 지브릴, 이미르아인에게 막대한 '후원(과금)' 을 하는 자들.

"이미르아인처럼 귀엽진 않지만! 화장이라든가 옷이라든가, 열심히 해 볼 거야!"

즉—— 시청자를 향한 물음이었다.

"다른 사람들처럼—— 여친만은 될 수 없지만!! 그것 말고는, 전부 열심히 해 볼 거야!!"

스테프와 지브릴, 이미르아인에게 '후원(과금)' 하고——『소라×시로』를 저지하려는 자들에게 향한 그 물음은.

“그런데, 왜……? 왜 시로한테는 ‘후원(과금)’—— 이렇게 적어?!”

자신에게서 오빠를 빼앗으려 하는 자들에 향한, 저주의 외침이었다.

아아…… 그러나, 그 물음의 해답을, 시로도 이미 알고 있었다.

이것은—— ‘소라를 누구와 커플로 만드는가’ 하는, 시청자를 위한 게임이다.

자신이 이겨도—— 오빠는 누구와도 커플이 되지 않고 끝날 뿐 —— 아니.

그뿐이 아니라 『평생 여친을 만들지 않겠다』고까지 맹세하며 끝나고 만다.

연애를 바라는 페어리—— 대다수 시청자가 시로에게 ‘후원(과금)’할 리가 없는 것이다.

——그렇다, 알고 있다. 하지만, 그래도!!

“——그렇, 게나…… 연애란 걸, 꼭 해야 해……?!”

밀려드는 군세가 머잖아 이곳까지 도달해.

자신이 패배하는—— 미래를 생각하고, 시로는 목소리를 떨며 외쳤다.

“연인이 아니면, 계속 같이 있고 싶다고, 생각하면 안 돼?!”

——오빠가, 자신 이외의 누군가와, 손을 잡고.

단 하루만이라도── 행복하게 서로를 마주 보며, 미소를 나눈다…….

"……싫, 어…… 싫어어…… 그런, 거…… 싫어어어!!"

상상하고, 마침내── 뚝뚝.

굵은 눈물이 떨어진 조작 화면에 비친 정보에── 확신한다.

최종 방어선마저 뚫고 밀려드는 대군…… 여기서 도출할 수 있는 승리의 시나리오 따위── 이제는 없다고.

마침내 무릎을 꿇고, 울음을 터뜨리는 블랙 시로── 아니……

"……시로는…… 빠야밖에, 없어…… 빠야 말고, 아무것도 필요 없어……!!"

그렇게 자각도 없이 착란에서 벗어난 '시로'는, 마침내.

"……시로한테서…… 빠야를, 빼앗지, 마아……."

그 단 하나의 소망. 단 하나의 바람을.

역시 자각도 없이, 성대를 쥐어짜내──

"──시로를, 혼자 두지 마아────!!"

그렇게 외치며, 시로는 얼굴을 감싸고 오열했다.

등 뒤에 서 있는 기척도 알아차리지 못한 채──.

■ ■ ■

——게임 개시로부터, 1시간 하고도 47분…….

백합연합은 마침내 핑크색 성—— 블랙 시로의 거점에 돌입해.

블랙 시로와 소라가 함께 있을 옥좌의 방까지 진격——했지만.

"잠까—— 여기에 와서도 병력이 이렇게나 갈려 나가요?!"

"【상식】: 공성전은 돌입 후가 진짜. 본성에 집중된 방어. 물량의 우세는 살릴 수 없음."

"하오나 보급도 없으니 신경 쓰지 말고 파상공격. 전쟁의 상식이랍니다 도라이양♪"

"대전 현역 세대와 달리 저는 전쟁이 없는 세계에서 태어났다고요?!"

그렇다—— 백합연합을 맞이한 것은, 면밀하게 방어 배치된 블랙 시로의 보병이었다.

비눗방울 탄막으로 방어를 펼치는 그들을, 소모를 도외시하고 억지로 돌파해—— 실내로.

돌입한 백합연합은—— 그러나 다시 터져 나갔다.

소멸된 유닛이 비춘 마지막 영상은, 그 실내의 양상.

문으로 침입하는 모든 적을 저격하고 각개격파하는—— 최후의 전력인 저격병들과.

이들에게 보호받으며 안에 서 있는, 사람의 모습이었다.

"어, 어떻게 하죠, 방에 들어갈 수가 없어요?! 아, 먼저 벽을 없애고──."

문으로 들어갈 수 없다면 먼저 벽을 파괴하자고 제안하는 스테프에게.

"【부정】: 강행돌파."

이미르아인은 자신의 군세에서 보병들을 선택해 방으로 돌입시켰다.

──저격병은 연사가 안 되고, 또한 몇 번의 사격으로 『영혼(탄환)』이 떨어져── 소멸한다.

정면에서 돌입한 이미르아인의 보병이 블랙 시로의 저격병에게 소멸당한다.

그러나 손해를 무시하고 돌격을 거듭하는 물량에, 저격병은 순조롭게 갈리고──.

그리고 희미해진 탄막을 누비고 뛰쳐나간 이미르아인의 저격병이, 일제사격을 감행한다.

그 직후 블랙 시로의 저격병이 남김없이 터져 나갔다.

그리고 터진 잔량만큼의 『영혼』으로 반 이상이 꽃밭이 된 옥좌의 방── 그 안쪽에.

모든 병력을 잃고── 축 늘어진 듯 고개를 숙인 채 서 있는 블랙 시로 본인의 모습이 있었다.

"총 75만의 군세를 상대하면서, 적은 병력으로 40분 이상…… 과연 시로 님."

"【동의】: 이만한 피해. 고전은 계산 밖. 그래도── 이제 끝."

각자 블랙 시로를 칭송하며, 이미르아인은 화면을 조작해——
저격병에게 사격을 명령했다.

——푸슉, 하고, 한 발.
발사된 영혼(탄환)은 똑바로 날아가—— 블랙 시로의 가슴에 정확히 착탄.
그 충격에 날아가버린 블랙 시로는, 그대로, 힘없이 바닥에 엎어졌다…….
————…………….

"해——해냈어요오오오?!"
이로써 세계의 윤리가—— 평화가 지켜졌다!! 라면서.
환호성을 지른 스테프가, 전우와 승리의 기쁨을 나누기 위해 돌아본 것과, 동시에.
아니—— 돌아보기도 전에, 환호성을 지르기도 전에, 거듭된 사격음.
온몸에 두 발의 영혼(탄환)을 뒤집어쓴 스테프는, 웃는 얼굴 그대로 날아가 바닥에 입을 맞췄다.
"————————————네?"
——무슨 일이 일어났는가.
전혀 이해하지 못한 스테프는—— 물론 깨닫지 못했다.
지브릴과 이미르아인의 저격병에게 뒤통수를 맞았다는 것도.
플레이어 피탄으로 '전투불능'——즉, 패배했다는 것도.

그리하여 꽃 단말도 조작 화면도—— 보유한 모든 병력과 함께 소멸했다는 것도.

스테프는 그저, 서로의 영혼(탄환)을 피한 지브릴과 이미르아인의 모습만을 보고 있었다.

"——허어. 무슨 수작이온지요~ 이 대형 쓰레기가♥"

"【자명】: 번외개체와 같은 수작. 무의미한 질문. 저능한 뇌의 증거. 풉."

그렇다—— 서로에게 공격을 가해 『병사(유닛)』를 잃고, 둘만이 남아 말싸움을 나누는 모습을…….

"……어~ 음♪ 저기요~ 죄송한데요, 어떻게 된 건지 설명 좀 해 주실 수 있을까요? 제 기억으로는 블랙 시로를 격파하고 소라를 탈환한 다음 다시 시작한다는 맹약을——."

그제야—— '배신당했다' 는 것을.

슬슬 속는 데도 익숙해져, 간신히 이해하는 데 성공하면서.

그럼에도 맹약에 맹세한 협정을 어떻게 파기했는지, 곤혹스러워하던 스테프는.

"도라이양의 그 순박한(얼빠진) 면, 저는 솔직히, 싫지 않습니다♪"

"헥…… 에, 저, 저기……."

지브릴의 조소에도 얼굴을 붉히며, 이어지는 설명을 들었다.

"【확인】: 본 기체와 여러분이 나눈 협정. 맹약에 맹세한 것은 『게임 종료 180초 전 시점에서 시로, 소라 두 명을 보유한 자만을

'승자' 로 하고 '패자' 는 이에 무조건 항복. 승자가 지정하는 인물과 손을 잡고 게임 종료를 맞는다』는 내용―― 이상. 이게 전부."

"'재시작' 에 관해서는 어디까지나 구두약속이었지요♥"

그리고――『구두약속이란 깨기 위해 있는 것』이라는 숨겨진 말과.

이어지는 지브릴의 말에, 스테프는 납득했다.

"블랙 시로 님의 격파만 달성하면 그 순간부터 우리는 적―― 전쟁이랍니다. '배신은 타이밍이다' 라는 걸 아직 마스터께 배우지 못하셨는지요?"

아, 그~렇군요♪

어~쩐지 가장 병력이 많은 저를 전혀 경계하지 않으시더라~♥

――블랙 시로를 격파한 순간, 재빨리 전원을 쏴서 '전투불능' 으로 만들면 된다.

소라는 나중에 천천히 회수하면 그만이다.

그러기 위해 지브릴과 이미르아인은 스테프의 거점에 모여, 병력을 숨겨놓고 있었다.

다만―― 스테프 이외에는 해치우지 못하고, 병력은 동시에 서로를 쏜 것이었다…….

"【통한】: 기습 실패. 하지만 문제없음. 예정대로 재시작해 없앰. 덤벼~."

"네, 어디 덤벼 보시죠. 이제야 겨우 친구놀이가 끝나── 죽일 수 있겠군요♪"

그렇게 적의를 교차한 두 사람은 자신의 『거점』으로 돌아갔다.

게임에서 탈락해 화면을 잃은 스테프는 확인할 방법이 없었으나.

지금 이 순간에도 두 사람의 군세가 맹렬히 서로를 없애고 있으리라 확신하며── 중얼거린다.

"……결국, 이렇게 되는군요……."

"좋지 않습니까. 결과적으로는 재시작한다는 약속대로 되었습니다."

"저한테만 그 약속이 이행되지 않았던 셈이라도요?!"

"【단정】: 어차피 도님은 즉시 패배했음. 약속은 이행된 거라 해도 차질 없음."

"차질있다고요오오결과론으로말하는건좋지않아요오오?!"

그리하여 떠나가는 지브릴과 이미르아인의 뒷모습에, 스테프는 한숨을 한 차례.

"뭐…… 됐어요. 아무튼 이로써 미성년자와 러브호텔에 들어간 남자라는 사악은, 일단 저지된 셈이고. 목적은 달성했어요…… 네……."

자신이 이기면 누구와 손을 잡고 나가는가 하는 갈등에서도 해방되었고요.

그 말은 마음속에만 담아둔 채, 스테프는 결과적으로는 베스트의 형태가 되었다고 자신을 수긍시켰다.

다만——.

"구태야 말하자면 마음에 걸리는 건——."

그렇게 스테프가 별 생각 없이 한 말에.

"시로가 소라의 셔츠를 입고 있었다는 건데요…… '사후' 였던 건 아니겠죠?"

————멈칫.

지브릴과 이미르아인은 나란히 걸음을 멈추고, 돌아보았다.

"————도라이양, 지금, 뭐라고 하셨습니까?"

"네? 아뇨, 그러니까. 여자가 남자 셔츠를 입고 있는 건…… 그, 그런, 그런 뜻이잖아요? 이미 늦었던 건 아닐까~ 하고…… 어?! 지나친 생각일까요?!"

스테프의 말에, 서둘러 기억을 더듬은 지브릴과 이미르아인은.

마침내—— 정말로.

축 늘어진 듯 고개를 숙인 채 서 있던—— 블랙 시로의 가슴에.

——『I♥인류』라는 문자가 있었음을, 뒤늦게 깨달았다.

"——혹시. 설마, 그럴 리가——?!"

"【확인】……【경악】—— 이럴 수가."

그리고 황급히 조작 화면으로 눈을 돌린 두 사람은, 경악해 말을 잇지 못했다.

블랙 시로의 거점에 있던 쌍방의 『유닛』이—— 하나도 남김없이 소멸했다는 사실에.

――두 사람은 블랙 시로를 쏜 순간, 서로를 쏠 것을 명령했다.

당연히 블랙 시로의 거점 내에 있던 두 사람의 『유닛』은 제일 먼저 지시를 받았다.

블랙 시로와 가까이 있다는 것은―― 당연히 소라와도 가까이 있다는 뜻.

소라와 시로를 양쪽 모두 확보하는―― 그 첫 수를 상대에게 양보하면 불리해지는 것은 자명하기 때문이다.

그러나―― 지브릴과 이미르아인.

서로의 모든 『유닛』이 하나도 남김없이 서로를 쏴 함께 쓰러지는 일은―― 거의 있을 수 없다!

보통 한쪽은 소수라도 남기 마련이다. 그렇게 운 좋게 깔끔하게 모두 함께 쓰러지는 일이 일어날 리가 없다!

다시 말해―― 지브릴과 이미르아인.

어느 한 쪽은 남았어야 할 『유닛』이―― 누군가에게 격파당했다는 뜻이다.

――누구에게? 뻔하지 않은가.

그것은, 마치 두 사람이 그 해답에 도달하는 것을 기다려 주었다는 것처럼.

교전하던 두 군세의―― 양측의 뒤에서 느닷없이 출현해 포위망을 좁힌 자다.

"저기~ 이 질문도 이제 싫증나기 시작하는데요―― 이번에는 무슨 일이 일어났나요~?"

전투불능이 되어 화면도 모두 잃은 스테프는 상황을 전혀 알 수 없었다.

뭐…… 화면이 있어도 같은 질문을 했겠지만요, 라고 자조하는 스테프의 물음. 하지만.

"――포에니크람인지 뭔지. 잠시 확인할 수 있겠습니까."

지브릴은 대답하지 않고, 그저 화면을 향해 말했다.

『그래그래~? 무슨 일인데✽』

"우리의 대화를, 블랙 시로 님 측에는……?"

『한마디도 전하지 않았고, 서로 알 방법도 없어. 그런 건 너도 알잖아?』

그렇게 대답한 포에니크람에게, 지브릴은 그저 고개를 숙이고.

"네, 알고 있다마다요. 올바르게 칭송하기 위한, 단순한 확인이었습니다."

어딘가 기뻐하듯―― 그렇다, 숭배와 공경으로 얼굴을 물들이며 눈을 감았다.

――『무슨 일이 일어나고 있는가』?

스테프의 그 질문에 대한 답은―― 명백했다.

――블랙 시로의 군세가 아직 움직이고 있다.

다시 말해, 블랙 시로의 피탄은 '위장' 이었다는 뜻이며.

그리고 그것이 의미하는 바는―― 더욱 명백하다.

그것은 곧——.

——자신들이 뭘 거래하고 결탁했는가를, 완전히 파악하고.
『유닛』 배치로, 블랙 시로가 저격병에게 총을 맞도록 유도하고.
그 순간—— 자신들이 배신하고 서로를 공격하기 시작하리란 것까지 읽어.
병력을 숨기고, 잠복시키고, 전력을 위장해…… 최고의 타이밍에 포위해 섬멸——.
이러한 모든 것을, 그 어떤 정보도 없이.
한마디도 하지 않고 해치워버린 자가 있다는 뜻이다.
——시로인가? 아니, 그렇지 않다.
그런 일이 가능한 자를, 스테프와 지브릴은 알고 있다.
아직 만난 지 얼마 안 된 이미르아인조차—— 알고 있다.
그것은, 시로의 등 뒤에—— 아니, 그 곁에.
언제나 함께 있는——『그』밖에 없기에——.

"과연 마스터. 너무나도 화려하여 소인 지브릴은 할 말이 없나이다."
"【경애】: 한마디도 없이 전원을 섬멸. 한 수로 역전. 주인님 어떡해. ……좋아해."
그렇게 입을 모아 그저 감탄사만 흘릴 수밖에 없는 두 사람에게, 스테프는 비명을 질렀다.
"네에에?! 소라가 블랙 시로에게 가담했다는 건가요?! 엑, 그치만 블랙 시로가 이기면 소라—— 평생 여친 못 만드는 조건이 었잖아요!? 엑, 그렇다면——.”

에…… 뭔가요, 그게…….

그럼 이제…… 그럼, 답은 나온 거 아닌가요…….

“그런 것이지요, 도라이양…… 울어도 된답니다?”

“【제시】: 본 기체의 가슴. 도님에게 일시적 차용을 허가함. ……같이 울까?”

시로 한 사람이라면 몰라도——『공백』을 상대로는, 이미 이 게임은 필패이며.

또한, 덧붙여 말하자면—— 이 게임 이외의 패배까지도 확정되었음을 알리는 두 사람에게.

스테프는 그 말에 따라서 이미르아인의 가슴에 얼굴을 파묻었다…….

■ ■ ■

과연, 세 사람의 추측대로.

핑크색 『성』—— 블랙 시로의 거점에서는.

“크크크…… 핫핫하—— 아~하하하아아!! 약하구나. 이해관계가 일치할 수 없는 연합 따위, 아아, 이 얼마나 약한가!! 너무나도 약하고 너무나도 조종하기 쉽지 않은가!!”

그렇게—— 시로를 대신해 화면을 조작하는 소라는.

자신이야말로 진정한 마왕이라는 양, 멋들어진 3단 웃음을 날리고 있었다.

——그렇다, 소라는 백합연합의 협정에 관해 들은 바가 없다.

그러나 그래도 다 안다며 웃음을 더욱 짙게 머금고 부르짖는다.

"이 조건으로 동맹을 맺어서 이만한 전력을 준비할 방법은 하나뿐. 뭔가의 조건으로 게임 종료 전에 승자를 정해서, 승자한테는 패자에게 누구랑 손을 잡고 나갈지를 지시할 수 있게 한다——이걸로 『백합』 지지층의 '후원(과금)' 도 얻을 수 있다는 계산—— 맞지?!"

——소라의 그 목소리는, 세 사람에게는 들리지 않는다.

그러나 시청자들에게는 전해지고 있으리라 확신하며, 답 맞추기를 거듭한다.

"승자의 조건은, 아마도 나나 시로, 혹은 둘 다를 확보하는 것——정도 되겠지."

그렇다면—— 이야기는 간단하잖아?

병력을 소모하고 모든 것을 잃은 것처럼 연출하면서—— 사실은 숨겨둔다.

플레이어는 서로의 『유닛』 보유량을 정확히 알 방법이 없다. 쉽지 않은가.

"그렇다면 시로가 당해서 '전투불능' 이 됐다고 착각하게 만들면…… 그것만으로도 다음 순간, 놈들은 내부 분열! 적당히 서로 없앴을 때 포위섬멸, 오케이 끝!! 흐하하하!!"

그렇게 드높이 웃으며 말하는 소라. 그러나.

'시로의 피탄 위장' —— 그것이 바로 지극히 위험한 도박이었다.

단 하나의—— 그것도 지극히 박약한 근거에 따른 가설에 불과했다.

그것은 곧—— 포에니크람의 말——.

——『너희 개인 물품은 '후원(우리 힘)'으로 없애지 못해.』…….

그것이 진실이라면, 소라의 셔츠는—— **탄환이 통과하지 않는다**고 생각할 수 있는 것이다. 다시 말해.

시로가 입은 소라의 셔츠에 맞아도, 플레이어는 피탄하지 않는다——!!

그렇다—— 소라의 셔츠가 탄환을 통과시키지 않는다는 것은 시로의 『유닛』으로 검증했다.

그러나 정말 그것으로 피탄 카운트가 되지 않는지는 검증할 방법이 없었다.

또한 셔츠 이외의 부분에 착탄—— 다시 말해 저격병 이외의 탄환. 보병의 비눗방울이나 『병사(유닛)』의 파열 등으로 탄환이 셔츠 이외의 부분까지 미칠 경우, 틀림없이 피탄으로 카운트될 것이다.

따라서 우선 저격병이 시로의 가슴을 쏘도록—— 아주 정확하게 유도할 필요가 있었다.

게다가 여기까지 오는 줄타기를 거쳐, 만사가 예상대로 풀렸다 해도.

시로의 피탄을 제대로 확인한다면—— 간파당한다. 거기서 모든 것이 끝난다.

참으로 위태로운—— 그러나 이길 수만 있다면—— 보다시피.

그 도박의 결과에 소라는 더욱 웃었다.

"그리고 더 재미있어지겠지?! 일찌감치 스테프가 탈락한 지금—— 지브릴×이미르아인을 미는 최대 지지층은, 자아~ 이번에는 누구를 이기게 하려고 '후원(과금)' 할까나?!"

원래, 협정 내용을 아는 세 사람 중—— 스테프만이 실현할 수 있었던 그것.

그러나—— 그 협정 내용을 소라가 간파한 지금에 와서는, 이야기가 달라지는 것이다!

"나—— 다시 말해 시로에게 '후원(과금)' 하겠지이?! 자~ 압도적 기량과 압도적 물량—— 양쪽에게 유린당할 마음의 준비는 OK이신가 다들?! 흐흐하하하아아아!!"

그리하여, 단 한 수로, 필패의 국면을, 필승으로 뒤집고.

블랙 시로보다 훨씬 마왕 같은 얼굴로 사악하게 웃는 소라——의 뒤에서.

"어, 어떻……게……?"

오빠의 지시대로 피탄을 위장하고—— 모든 것을 들은 시로가.

그렇기에, 멍하니 서서, 비명을 쥐어짜듯 물은 말은――.

"……어떻게…… 빠야, 어떻게 빠져나온 거야……!!"

그렇다―― 오빠는 시로의 손으로, 우리 속에 갇혀 있었다.

중간부터는 수갑과 재갈까지 채웠다.

그런데―― 갑자기 자신의 뒤에 나타나, 전략을 들려주고, 화면을 조작하기 시작한――.

오빠의 탈옥 스킬을 의심한 시로는, 돌아온 대답에 눈을 크게 떴다.

"어떻게? 그냥 나왔지. 감옥도 수갑도 처음부터 안 잠갔잖아?"

…………에……?

"재갈도 느슨했고. 내가 진심으로 거부하면 언제든 나올 수 있도록 해놓은 건, 시로잖아."

조금 전까지 보인 마왕의 얼굴과는 완전히 다른―― 다정한 미소와 함께 말하는 소라에게, 시로는 생각했다.

――그럴 마음은 없었다.

단순히 잠그는 걸 깜빡했거나―― 혹은 무의식중에, 오빠가 말한 대로 했거나.

그러나, 어쨌거나. 그렇다면 더더욱――.

그렇게 목소리를 높인 시로는――.

"……그, 그럼 왜 거부하지 않았어……?!"

"내가 시로를 거부할 리가 없잖아."

이상하다는 듯, 그렇게 즉석에서 대답한 소라에게, 말문이 막혔다.

——영문을, 모르겠다.

모르겠어. 모르겠다고——?!

"……시, 시로가—— 그렇게 심한 짓을 했는데?! 시, 심한 소리도, 엄청 했는데?! 이런 여자애—— 징그러워!! 스, 스스로도, 뭘 하고 싶었는지…… 뭘 하고 있는지도 모르겠던데?! 미움 받아도 당연한데—— 거부해도 당연한 짓을 했는데?!"

그런데, 왜 그렇게 다정하게 대하는 거야……?!

왜 시로한테 가담해?! 시로가 이기면——.

"……빠야는—— 평생, 여친 못 만들게 되는데?! 왜 시로 편을 들어?!"

혼란에 빠져, 그렇게 목소리를 떠는 시로의 비명. 하지만.

"흠, 질문은 하나씩 해 줬으면 한다만—— 우선, 내가 뭔가 심한 짓을 당했던가?"

고개를 갸웃하는 오빠에게—— 기분 탓일까.

그 까만 눈에서 빛이 사라진 것 같아서, 시로는 굳어버렸다.

——어, 어라?

"딱히 심한 짓을 당하지도, 심한 소리를 들은 적도 없는 것 같은데. 저 같은 허접쓰레기가 여친을 만들겠다고 하는 게 주제넘은 짓이고요. 애초에 냉정하게 생각해서 『평생 여친을 만들지 않겠다』니 그게 무슨 잘난 소리지? 네놈은 만들지 않는 게 아니라 못 만드는 거잖아. 맹약에 맹세할 것까지도 없이 네놈의 의지대로 어떻게 될 문제가 아니라면 애초에 상관없는 거 아니냐고?"

——엑, 혹시. 진짜로 '세뇌(조교)' 당한 거야……?

그렇게 속으로 당황하는 시로를 내버려 둔 채—— 느닷없이.

온화하게 웃으며 "그리고." 라며, 남은 질문에 대답하는 소라의 목소리를——.

"난 언제나 시로 편이야."

"————————."

시로는 그저, 겨우 도달한 이해와 함께, 멍하니 듣고 있었다.

새삼스러운—— 너무나도 뒤늦은 이해와 함께. 그렇다…….

"시로가 뭘 바라든, 시로가 뭘 하든, 난 시로 편이야. 시로가 지옥에 가고 싶다고 하면 기꺼이 같이 떨어질 거고, 세계를 멸망시키고 싶다면 기뻐하며 같이 멸망시킬 거야."

——『십조맹약』이 있는 이 세계에서, 왜.

어떻게 오빠를 납치하고, 감금하고, 심지어 채찍으로 때릴 수 있었겠는가.

목욕탕에서 울던 시로에게, 오빠가 했던 말이, 그 전부였던 것이다.

화내도, 때려도 좋다. 반성도 개선도—— 모두 받아들이겠다.

하늘과 땅이 뒤집혀도, 시로를 거부하는 일은 없다고.

그렇기에——.

"그러니까 시로가 나를 싫어한다면, 용서할 수 없다면, 그래도 좋아. 징그러우니까 저리 꺼지라고, 두 번 다시 상관하지 말라고 한다면—— 난 그렇게 해. 그 뒤에 어떻게 살아갈지는 감도 안 오지만, 뭐——…… 응…….”

——용서할 수 없다면, 그것조차 받아들이겠다고. 다만——

“하지만 그때까지는—— 시로를 혼자 내버려 두지 않을 거고, 혼자 울게 두지도 않아.”

그렇다. 시로가 혼자 울며 입에 담았던 단 하나의 소원.

단 하나의 바람에 응해, 지금, 여기 있다고 말한 오빠가——.

“그러니까 뭐~, 동생을 성적으로 보고 있었던 가능성도 부정할 수 없는, 징그럽고 위험하고, 멘탈도 피지컬도 끝장이고, 이 삼천대천세계 생물 서열의 공동 최하위에 있는 못 말리는 허접쓰레기인 나한테, 언젠가 시로가 꺼지라고 하는 날이 올 때까지.”

그렇게 이어진 말에, 시로는 내심 단언했다.

안 와.

그럴 날은, 평생 오지 않아.

그러니까——.

여느 때처럼, 오빠가 농담처럼 이은—— 다음 말이.

그러나 결코 뒤집을 수 없는, 그 말이, 무엇을 의미하는지.

역시 오빠는 언제나처럼, 분명 의식하지 않고 말했으리라.

아아…… 그것이——.

"나하고 시로는, 언제나 둘이 함께야."

——영원을 맹세하는 말이라고는…….

………….

그러나 그 맹세의 말에, 시로는 가슴을 두근거리지 않았다.

얼굴을 붉히지도, 눈물을 흘리지도, 하물며 떨지도 않았다.

그렇게나 미칠 듯이 날뛰던 감정이 거짓말이었던 것처럼, 잔잔하게 가라앉는 가운데.

오빠의 얼굴을 보고, 오빠의 눈을 보며, 들었던 그 말은——.

'……아아…… 이거……였어…….'

그렇다…… 그저—— '너무나도 귀에 익은' 그 말을, 시로는.

아무런 두근거림도 불안도 없이—— 해가 동쪽에서 뜨는 것을 바라보는 듯한 심경으로, 들었다.

당연한, 지극히 당연한, 눈에 익어버린 것—— 그렇기에 참을 수 없이 안심하며, 들었다.

그렇게, 문득, 시로는 너무나도 귀에 익은 그 말을.

그렇다면 대체 언제, 처음 들었을까, 하고 생각했다.

처음으로 만났던 날. 기억은 그렇게 말하지만—— 결코 아니다.

그날 들었던 그 말을, 자신은 그때 이미, 지금과 같은 심경으로 들었기 때문이다.

그 말을 처음 들었던 날, 분명 가슴을 두근거리며 들었던 날이, 언제였던가.

그렇게 기억을 더듬어 봐도 특정할 수 없었던 시로는── 그렇기에, 안도하며 웃음을 지었다.

──아아…… 역시.

시로는 착각하지 않았던 것이다.

역시, 착란을 일으켰을 뿐이며.

자신의 이 '사랑'은── 태어나기 전에, 이미 시작되었다.

미움받지 않을지, 버림받지 않을지. 질리진 않을지. 불안에 떠는…….

언제든 끝낼 수 있는 '연인' 같은, 약하고 시시한 관계 따위.

자신들은── 분명, 이미 옛날에.

태어나기도 전에, 다 거쳤던 것이라고…….

──────………….

■ ■ ■

그리하여, 게임 종료까지 남은 시간 90초──.

"음후하하하하!! 그럼~ 고대하시던── 시청자 여러분의 뜨거운 '후원(과금)'에 호응하여! 내 지시는 『지브릴과 이미르아인이 손을 잡고 나가는』 거다!! 얀마아 포에니크람!! 제대로 확실하게 그쪽에 전해── 어, 아니지? 난 원래 플레이어가 아니니까, 시로가 명령해야 하나? 시로 씨, 그래도 되겠습니까요?!"

오빠의 예상대로, 갑자기 모든 병력이 움직임을 멈추고—— 전면항복하는 분위기의 두 사람에게.

강제 임시 커플링을 명령한 소라에게, 시로는 살짝 고개를 끄덕이고, 스마트폰을 꺼냈다.

그리고, 완전히 냉정함을 되찾은 머리로, 그제야.

옥좌 뒤에 있는 『게이트』와—— 스마트폰에 뜬 숫자—— 즉.

——이미 【50억】을 넘은 '후원(과금)' 의 잔고 표시를 보며.

포에니크람이 이 게임에 담았던, 진의를 알아차렸다.

——과연. 『열쇠』를 입수하면, 한 사람은 나갈 수 있다…….

자신도 포함해, 모두 이 『열쇠』의 구입이 최대의 난관이라 생각했으나—— 아니었던 것이다.

문제는 오히려 남은 네 사람—— 두 쌍의 커플이 이 『게이트』를 지나야 한다는 것이다.

다시 말해 포에니크람은, 이 게임에서 『열쇠』의 구입에 필요한 액수에 달하리라 예상했다.

그렇다면 누가 커플이 되고, 누가 『열쇠』를 써서 혼자 나가는가.

그렇다—— 두 쌍의 커플을 만들고자 한다면 최소한 소라나 시로 둘 중 하나는 누군가와 커플이 되어야만 한다는—— 한바탕 싸운 끝에 결코 결정이 나지 않을 그 문제를, 한 방에 정리하려고 했던 것이다…….

그리고── 무의식중에, 오빠의 우리도, 수갑도 잠그지 않고 있었던 자신이.

그렇다면 역시 무의식중에, 이 방을 『게이트』의 앞에 만든 자신이, 무엇을 의도했는지.

──명백하지 않으냐고. 확신에 이른 시로는, 살짝 웃었다.

스마트폰도 태블릿도 현재, 시로가 독점하고 있다.

이미 50억이 모였다고 확인할 수 있는 것도── 이 사실을 알아차린 것도, 자신뿐.

이 상황, 이 기회, 이 어드밴티지를 놓칠 이유는 없다──.

그렇게 완전히 자기 페이스를 되찾은 시로는, 원래의 사고를 이어나가며 한 가지 계략을 떠올렸다.

그렇다…… 분명, 자신과 오빠는 '연인 이상' 의 관계임을 다시 떠올렸다.

하지만── 그렇다고 해서, 그러면, '이제까지와 똑같은 관계'로 끝내라고?

──기왕 이렇게 된 거. 한 걸음 더, 내디뎌 보는 것도 좋지 않을까? 하고…….

이미 제정신을 찾았으면서도 모습은 블랙 시로인 시로는.

"후후…… 빠야, 이제야 분수를 알았구나. 허~접♥"

소라의 뒤에서, 들여다보듯 하며── 그렇게 말했다.

"이제 빠야는, 평~생 여친 안 생기겠네♥ 계~속 시로랑 같이 있을 수밖에 없겠네♥

"음. 바라던 바다. 굳이 따지자면 시로가 제정신으로 돌아와주면 이상적이겠다만?"

그렇게 쓴웃음을 지으며 대답하는 오빠. 그러나 시로의 사고는 한계까지 비명을 지르고 있었다.

아까는…… 어떻게 했지?

어떻게 술술 말을 할 수 있었지?

착란에 빠져 사고정지에 이르렀기에 작동했던 언어회로를—— 에뮬레이트해, 재현한다.

시로의 사고속도로도 지극히 어려운 위업에 머리가 쪼개지는 것 아닐까 할 정도로 맥동한다.

그러나—— 뇌가 타버려도 상관없다. 여기서 한 걸음 더 파고들고야 말겠어!

그런 시로의 결의에 호응하며 회전수를 높이는 뇌에, 시로는 블랙 시로를 연기하며—— 말을 이었다.

"그럼 복창♥ 『난 여동생을 성적으로 보고 있던 변태 허접쓰레기입니다』♥"

"음. 나는 여동생을 성적으로 본 적이 있는 것을 부정할 수 없을지도 모르는 변태 허접쓰레기다."

"『그 징그러움을 여동생에게 용서받아, 함께 있는 것을 인정받은 허접쓰레기입니다』♥"

“그 징그러움을 관대하게도 용서해 준 여동생과 함께 있는 것을 인정받아 황공무지한 허접쓰레기다.”

“『여동생을 혼란에 빠뜨리고 그런 마음을 들게 했던 책임을 지고, 꼭 손을 대겠다고 맹세합니다』♥”

“여동생을 혼란에 빠뜨리고 그런 마음이 생기게 한 책임을 지고 꼭 손을**아니안댈거거든?!**”

예상대로, 황급히 목소리를 높이는 소라에게, 시로는 말없이 다가서며 압박을 가했다.

“……빠야? 복창, 이라고 했는데♥”

웃는 얼굴로, 슬금슬금, 한 걸음씩.

다가오는 시로에게 밀려, 뒷걸음질 치는 소라는 여전히 반론을 시도한다.

“안 댄다고!! 댔다간 그때야말로 용서할 수 없는 흐름 아녀?!”

그리하여 마침내 벽까지── 다시 말해 『게이트』 앞까지 소라를 몰아붙이고.

시로는 짐짓 눈물을 머금으며 최후의── 결정타를 꽂았다.

“빠야…… 시로가 바라는 건 뭐든지 해 주겠다면서…… 거짓말, 했어……?”

“내 징그러움이 시로에게 막대한 혼란을 초래했던 책임을 지고!! 시로가 제정신으로 돌아와도 그렇게 바란다면!! 장래에는 손대는 것도 검토해 보겠다고 이 자리에서 맹세합니다!!”

그렇게 척수반사로 경례하는 소라에게.

……응. 뭐, 그 정도로 타협해 줄게♥ 하고.

시로는 만족스러운 웃음을 머금었다—— 그리고.

『타——임어——업!! 게임 종료야?! 자아~ 그러면 지브릴과 이미르아인은 하루 커플이 되어줘야겠어어!! 왓싸아!!』

화면에서 울려 퍼진 멘트에 게임 종료를 확인했다.

그렇다—— 빠야가 『평생 여친을 만들지 않겠다』는 맹세가 유효해졌음을.

그리고 이제는 손을 잡아도 강제 커플링이 되지 않음을 확인한 상태에서.

시로는 스마트폰을 내팽개치고 온 체중을 실어—— 소라에게 뛰어들었다.

"우오?! 뭡니까요오빠의성의가전해지지않았————?!"

그렇다—— 소라의 손을 잡고, 그 뒤의——『게이트』로 자빠뜨리면서.

급하게 오빠가 벌린 입은.

——입술을 포개, 다물게 하며.

그리하여 빛에 휩싸여가는 시야 속에서, 시로는 천천히, 포갰던 입술을 떼고.

발갛게 뺨을 물들이며, 소라의 귓가에 조그맣게, 속삭였다.

"——『약속』……한 거다?♥"

■ ■ ■

그리고 포에니크람은 시청자와 함께 그것을 보았다…….

즉…… 이『커플이 되기 전에는 나갈 수 없는 공간』에서――.

――소라(오빠)는 누구에게도 넘기지 않을 거고, 시로도 오빠 말고는 그 누구와도 커플이 될 마음은 없다고.

'연인 이상'의 관계를 자인하는 두 사람―― 시로가 소라를 데리고, 냉큼 빠져나가는 모습과.

손을 잡은 지브릴과 이미르아인이, 서로 으르렁거리면서도『게이트』를 지나는 모습과.

그리고 혼자 남은 스테프가, 눈물을 머금고 허탈하게 웃으면서도――.

누군가를 선택하지 않아도 된다는 사실에 안도하며, 시로가 두고 간 스마트폰으로『열쇠』를 구입하는――.

즉―― '엔딩'을 배경으로.

"그러면…… 시청자 여러분도, 이젠 잘 알 테지만――."

멈추지 않는 '후원(과금)'의 소리 속에서, 포에니크람은―― 시청자에게 말했다.

"포에니크람 채널 주최, 개인 방송으로 진행한 기획――『커플이 되기 전에는 나갈 수 없는 공간』은―― 이번이 마지막 회. 여기서 당당하게 완결이야."

――그렇다…… 50억을 넘고도 멈추지 않는 '후원(과금)'…….

그것이 무엇을 뜻하는가는, 시청자에게는 모두 설명한 후였다.

그 조건에 동의하지 않고서는 시청할 수 없는 방송이었으므로.

"――그러면~ 마지막 '확인'을 할까……?"

그렇기에 포에니크람이 할 일은, 설명이 아니라 확인이며――
연설이었다.

"우리가, 많은 페어리가 그동안 엘프의 연애를 목적으로 그들에게 아양을 떨었어. 난 계속 거기에 이의를 제기했고. 종족의 틀에 갇힌 연애는―― 쓰레기같이 재미없다고."

이 세계에는 열여섯이나 되는 종족이 있다.

그런데 왜 같은 종족끼리만 연애하느냐고.

어떻게 그런 것에 만족할 수 있느냐고.

"그렇게 주장한 나를, 모두가 『이상하다』고 비웃었지……."

그렇다. 모두가 비웃은, 영원한 밑바닥 스트리머였던 포에니크람은.

"자…… 누가 이상한지, 다시 물어보도록 할까?!"

그러나 지금―― 180만이 넘는 구독자(시청자)에게―― 즉.

엘븐가르드의 노예가 되지 않은 모든 페어리에게―― 부르짖었다.

"이 연애의 다음을 보고 싶은 놈은―― 날 따라와!!"

그렇다, 이것은 엔딩 따위가 아니라고.

오프닝에 불과했다고!!

"우리가 재들과 만들── 새로운 세계가 이 다음 이야기야!!"

그렇다── 그들이 만들려 하는 세계에는 이 다음.

이런 연애가, 얼마든지 넘쳐나는 것이다!!

"상상 좀 해 봐!! 이마니티가 플뤼겔이나 엑스마키나를 사랑하고. 플뤼겔과 엑스마키나조차 사랑할 수 있고. 엘프가 이마니티와 사랑하고, 올드데우스조차 워비스트를 사랑하고── 이마니티끼리만 해도 이만한 대연애가, 이 너머에 펼쳐진 지평에 무한히 널려 있단 말이야!!"

아아…… 그것은 꿈도 공상도, 미래의 이야기도 아니다.

이미 있는 것이다── 그들은 그것을 보여주었던 것이다!!

"그걸 흥미 없다고 지껄였던 놈── 있으면 지금이 마지막 기회야── 지금 당장 내 채널 구독을 해제해. 하지만 구태여 한마디 하자면?!"

그곳에 손을 내밀지 않겠다고 한다면──!!

"우리는《사랑의 신 알루람》께서 창조하신 사랑의 종족!! 남의 연애담을 위해서라면 노예도 될 수 있는 자들, 다시 말해 페어리!! 세계를 사랑으로 채우기 위해서라면── 세계 정도는 적으로 돌릴 수 있어?! 여기서 물러날 거라면── 너희들 지금 당장 페어리 그만둬버려!!!!"

그리하여── 화면을 가득 메우고도 멈추지 않는.

『『『옳소!! 옳소!! 옳소!!』』』
휘몰아치는 코멘트에, 포에니크람은 입꼬리를 올렸다.
좋아, 그렇다면――.
그렇게 두 팔을 크게 벌리며―― 선언했다.

"페어리 전권대리자 포에니크람의 이름으로―― 이제부터 '반역' 에 나설 거야."
그 순간―― 방대한 『영혼(힘)』이 페어리의 우두머리가 된 그 팔을 중심으로 소용돌이쳤다.
페어리들에게서 모인 50억이나 되는―― 그 의지, 말 그대로 그 『영혼(힘)』을.
에르키아를 통째로 《스프라툴》에 가둔 힘을 한층 초월한 의지로――.
"우리는 세계를 바꿀 대연애의 목격자가 되는 거야!! 그동안 엘프의 연애에 만족했던―― 쓰레기 같은 암흑시대에!! 오늘!! 여기서 종지부를 찍는 거야!!"
상궤를 벗어난 그 힘으로, 에르키아를 탈환한, 그것은.
그리하여 한데 모여들어서, 형태를 이루고, 포에니크람의 목소리를――.

"이제부터!! 페어리(우리)는 저 아이들과 함께 엘프(엘븐가르드)에게 반역한다!!
――――『낙원박리(스프라이트 셰이드)』―― 간다아아아아?!"

——공간위상 경계에, 선전 포고로 널리 퍼뜨렸다…………….

■ ■ ■

포에니크람이 만든 《낙원(게임)》——.

『커플이 되기 전에는 나갈 수 없는 공간』에서 탈출한 다섯 사람은.

도착한 곳—— 동부연합령의 무인도에 내팽개쳐진 것을 보고, 잠시 당황했다.

그러나 그것도 찰나. 어디선가 포에니크람의 목소리가——.

——『낙원박리(스프라이트 셰이드)』——라고 울려 퍼진 순간, 당황도 의문도 남김없이 날아가버렸다.

그 모든 답은 잃어버린 기억—— 그리고 돌아온 모든 기억에 있었다.

그렇다—— 모든 기억이다.

철저히, 진상에는 도달하지 못하게, 면밀하게 지워졌던 기억.

그것은 다시 말해—— 소라 일행이 준비했던 『독』에 관한 모든 기억이었으며.

그리고 역시. 예상대로, 이 게임이 시작된 경위 그 자체이기도 했다.

다시 말해——.

——『　』(공백) 최초의—— '대패배' 의 기억이었다…….

그렇다——『독』에 뒤통수를 맞고. 잘 이용당해서—— 졌다.
변명할 여지도 없이. 철저하게. 완벽하게—— 패배당했다.

——엘븐가르드에.
더 정확하게는, 엘븐가르드—— 통령부 주석에게.
다시 말해—— 엘프 전권대리자인—— '그 남자' 에게———.

제4장 전환지향(Turning World)

전 에르키아 공화공국(共和公國)—— 현 에르키아 왕국 수도.

포에니크람과 했던 게임이 끝난 지 벌써 일주일.

소라와 시로가 옥좌에서 쫓겨난 날로부터 헤아리면 약 1개월 반만에 귀환한 왕성.

그러나 소라가 심각한 표정으로 눈을 감은 채 팔짱을 끼고 말하던 곳은, 옥좌의 방이 아니었다.

"좋아, 최종 확인이다. 이미르아인, 정말 할 수 있지?"

눈을 감은 소라에게 그 모습은 보이지 않는다. 그러나 대답하는 목소리는 바로 곁에서 들렸다.

"【긍정】: 본 기체의 시각 및 자율부유형관측기(드론)를 통해 기록한 모든 영상 정보. 지정 수정을 거쳐 주인님의 단말(스마트폰)에서 재생 가능한 영상(포맷)으로 전송. 완전 여유. 에헴."

"……엑스마키나, 좀…… 너무 편리한 거, 아냐?"

"그런 엑스마키나의 힘을 이렇게까지 쓸데없는 목적에 쓰는 건 소라뿐이에요……."

"【요구】: 본 미션 달성 후의 포상. 주인님 칭찬해 줄 거야?"

이어서 어이없다는 목소리로 말하는 시로와 스테프는 무시하고, 소라는 거창하게 고개를 끄덕였다.

물론—— 칭찬해 주마. 얼마든지 칭찬해 주고말고!
이곳 에르키아 왕성—— '대욕탕'에서, 이제부터 시작될 광경을.
옷을 입은 채 시각을 차단당한 자신은 볼 수 없는 그 낙원을.
간접적으로라도 볼 수 있다면, 얼마든지 칭찬해 주고말고.
그렇다——!!

——콰앙!!
"소라! 시로! 오랜만이다, 요!! 나랑 승부해라, 요!!"
"오오 이즈나! 진짜 오랜만~ 호로 때 보고 처음이니까—— 2개월 만인가?"
"……오랜만…… 응, 놀자? 시로네가 이기면, 꼬리로, 놀 거야……♪"
"이, 이 녀석, 이즈나……! 무녀님 어전이다, 예의를 지키지 못하겠느냐——!"
"큭큭, 마 어때서 그라노…… 얼라들은 좀 시끄럽다 싶은 편이 귀여운기라."
우선 소란스럽게 대욕탕으로 뛰어들어 소라와 시로에게 안긴 것은, 하츠세 이즈나.
사막여우 같은 커다란 귀와 꼬리가 눈길을 끄는, 워비스트 소녀다.

이어서 들어온 것은 동부연합 대표이며 금색여우인 무녀. 그리고 이즈나의 할아버지인 하츠세 이노.

——또한, 불순물(이노)의 존재는 이미르아인에 의해 편집 소거되고.

또한 이즈나에게는 윤리적인 거시기 때문에 꼼꼼히 수증기가 추가되었으나—— 아무튼.

워비스트를 대표하는 미녀&미소녀가 우선 이 자리에 나타났다. 이어서——.

“그대! 그대그대그대! 소라! 호로의 물음에 모두 답하겠다는 약속 아니었느냐?! 호로를 숙주에게 맡기고 1268시간이나 어디를 방황하였는가?! 물음이 43237가지 늘어났다!!”

“미안미안. 질문에 대한 답도, 아이돌 일도 오늘부터 재개할 거야. 용서해♪”

“후자의 재개는 바라지 않느니라?! 호, 호로는, 또 노래하고 춤춰야 하는 것인가?!”

붓으로 쓸어낸 것처럼 허공에서 나타나자마자 빠르게 말을 쏟아내며 다가선 것은, 호로.

곁에 자기 키만큼 큰 먹통을 띄워놓은, 신성한 미모를 자랑하는 어린 모습의 여신.

가까운 장래에 올드데우스를—— 나아가 세계를 대표할 톱 아이돌(예정)이다.

“우~ 지브냥, 언니 혼자서 쓸쓸했어냐…… 좀 들어봐라냐 십팔익의회 모두가 날 따돌려냐!! 지브냥이 행방불명됐다고 해서 살짝 가볍게 엘븐가르드 작살내버리려고 아반트헤임 움직이려고 했을 뿐인데 말이냐?! 너무하지 않아냐?!"

"아아…… 당신 이외의 선배님들이 정상이라 안심했습니다♥ 이를 계기로 이대로 영원히 따돌림당해 전익대리에서 물러나 은거하심이 어떨는지요♪"

지브릴에게 징징거리며 매달린 채 공간전이로 끌려온 것은, 아즈릴.

비취색 머리카락에서 뿔 하나가 튀어나왔으며 움직이지 않는 날개를 늘어뜨린 플뤼겔 제1번개체.

플뤼겔의 전권대리이자 아반트헤임의 대표다.

——또한, 그 지위는 현재진행형으로 위태로워지고 있는 모양이지만…….

"다~~~알~~~링♥ 날 불러냈다는 건 밟아 준다는 거지?! 밟고 차고 쌀쌀맞게 대해서 달링네 현관 깔개로 삼아 준다는 거지?!"

"여왕니임?! 이젠 그만 좀 당신이 물 없인 죽는다는 걸 이해하란 말이에요오!! 현관 깔개 같은 게 됐다간 말라 죽어요오?!"

"우후후☆ 플럼은 참 걱정도 팔자야♥ 아슬아슬하게 안 죽게 물 뿌리면 되잖아♪ 바보 여왕님은 괴롭힘을 당해서 기쁘고~ 난 그걸 보면서 즐기고—— 최고의 계획이야☆"

하드 M 성벽을 활짝 전개해 파닥파닥 뛰며 욕조로 뛰어든 인어는, 라일라.

머리의 알맹이를 냅다 버리고 요염하게 물고기 비늘이 덮인 꼬리를 구불거리는 세이렌의 여왕이다.

이어서 우는 표정으로 다가온 것은 밤을 엮은 듯한 담피르 최후의 소년, 플럼.

그리고 '그나마 나은 세이렌' 이며 실무적인 오셴드 대표인 아밀라였다.

"그보다! 다들 플뤼겔에게 공간전이로 끌려왔다고 들었는데요오?! 왜 우리 오셴드에서만 자력으로 오라고 한 건가요오?! 이, 이 두 분을 물통에 넣고 땡볕 속에서 여기까지 옮기느라—— 저 슬슬 죽어가고 있거든요오?!"

영혼을 깎는 마법을 남용해 빈사상태에 빠진 것으로 보이는 플럼의 비통한 호소.

그러나 소라는 이를 묵살한다.

물론 단순히 괴롭히기 위해서였음은 말할 필요도 없으므로.

——그리고.

"우효~ 베리에이션 풍성하고 망상 쑥쑥 자라나는 공간이다?! 그래서? 그래서?! 까놓고 말해 누가 누굴 좋아하는 거야?! 또는 좋아할 예정인 거야?! 예정도 없다면 페어리(우리)가 예정을 만들어 줄 사람은 누구야?! 자자 야야 어디 한번 제대로 말해 보라고그헤헤."

마지막으로 등장한 것은, 이번에 새로 가담한 익시드의 일각.

이번 건으로 페어리의 전권대리가 되었다는—— 포에니크람.

워비스트 전권대리—— 무녀.

플뤼겔 전권대리—— 아즈릴.

세이렌 전권대리—— 라일라 로렐라이.

담피르 전권대리—— 플럼 스토커.

엑스마키나 전권대리—— 아인치히와 원격연결된 이미르아인.

그리고 여기에, 장래적이기는 하지만 올드데우스 전권대리가 될—— 호로.

아직 반수가 넘게 엘프의 노예지만, 페어리 전권대리—— 포에니크람.

즉, 에르키아 연방에 속한 각국, 각 종족의 대표와 요인이—— 한 자리에서 만나고 있었다.

다시 말해 동물귀 소녀에 천사 소녀에 인어 소녀에 (뱀파이어 소녀는 애석하게도 없지만) 메카 소녀에 신 소녀에 그리고 요정 소녀——까지!!

각 종족을 대표하는, 말 그대로 인간의 범주를 초월한 미녀&미소녀가, 두루두루!!

이곳 에르키아 왕성 대욕탕에 집결한 것이다!!

아아, 몇 번이고 반복하리라. '대욕탕'—— 다시 말해 목욕탕이다!!

물론, 여성진은 실 한 오라기 걸치지 않은 모습—— 이를 조건으로 불려나왔기에!!

아울러 남성진은 소라와 마찬가지로 옷을 입은 상태에서 눈을 가릴 것을 조건으로 했지만 그건 둘째 치고?!

눈을 감아 시각을 차단한 소라에게는, 유감스럽게도 그 광경이 보이지 않는다.

그렇다…… 지금은! 아직 볼 수 없다……!!

그러나!! 이 세상에 낙원이 있다고 한다면, 그것은 틀림없이 이곳이라고!!

단언하기에 한 점의 망설임도 없는 광경이, 이 지근거리에 현현하고 있는 것이다!!

그리고 이번에는 그 광경을 나중에 지긋이 끈끈하게 감상할 수 있다――.

그렇다, 이미르아인에 의해 영상 가공이 완료된 동영상으로!

남성진은 삭제되고 어린 소녀들에게는 꼼꼼한 수증기가 추가된, 완전히 합법적인 형태로!!

――소라는 확신했다.

아아―― 나는 오늘을 위해 태어난 거야…….

그렇게 감동에 몸을 떨며 눈물까지 흘리던 소라.

――그러나 문득.

"……참고로, 말야. 시로? 포에니크람은…… 옷, 벗었어?"

"……입고, 있는데……."

자기도 모르게 흘러나온 소라의 의문에, 같은 의문을 공유한 시로가 조심스레 대답했다.

――결국, 포에니크람은 남성인가, 아니면 여성인가?

“응? ‘여성은 탈의, 남성은 착의로 눈을 감는다’ 는 지시였잖아? 어느 쪽도 아닌 경우에는 어떻게 해야 좋을지 몰라서 일단 입고 있어. 벗는 게 나아?”

“【보고】: 개체명 포에니크람의 과거 발언을 통해── 페어리에게 ‘성별’ 은 없는 것으로 추정.”

그렇군── 다시 말해 포에니크람은 남성도 여성도 아니란 말이지.

그렇다면 아무 문제도 없다.

나의 독단과 편견, 다시 말해 취미에 따라 어느 쪽이든 좋으니 벗도록!!

“그렇다면 뭘 하고 있는가?! 신속히 옷을 벗고 나의 동영상에 담기도록──.”

──아니지.

“잠깐만 기다려봐…… 분명 포에니크람, 암술도 수술도 있다느니 어쨌다느니──.”

“말했는데? ‘암술과 수술 양쪽 다’ 있어. 한번 볼래?”

그렇게 망설임도 부끄러움도 없이 묻는 포에니크람에게, 소라는 고뇌했다.

──이건…… ‘어느 쪽’ 이지?

포에니크람에게는 작아도 가슴의 융기가 있으며, 허리도 잘록하다.

중성적인 플럼과 달리 외견적인 특징으로는 의심할 여지없이 여성이라 단정할 수 있다.

그렇다면 『암술과 수술』이 가리키는 것은── 결국 말 그대로.
단순히 머리에 피어있는 꽃의 그것이리라 생각하는 것이 자연스러우리라.
…………그러나, 만약 페어리가 '무성' 이 아니라── '양성' 이라면?

다시 말해, 그 뭐냐…… 둘 다 달렸다고 한다면……?

스스로는 연애하지 않는 종족…… 수치심이 없을 뿐이라는 패턴이라면?
물론, 달렸든 안 달렸든 최종적으로 소라가 확인할 동영상에서 포에니크람의 하복부는 이미르아인의 편집으로 소라에게 편리하게 수정될 것이다.
그러나 눈을 뜨고 있는 여성진은 그 모습을 확인할 수 있어── 진실이 관측되고 만다.
그리고 경우에 따라 시로와 이즈나에게 완전히 아웃인 사안일 가능성이────.
"끙~~~ 포에니크람은 탈의한 후 허리에 수건을 감고 있도록 한다!"
"응~? 소라 군의 고뇌가 잘 이해는 안 되지만, 딱히 상관은 없지?"
고뇌 끝에 소라는 절충안을 채택했다.
──슈뢰딩거의 고양이…… 그 상자는, 열어서는 안 된다.

관측하기 전까진 현상은 확정되지 않는다—— 한데 포개진 채로 있어도 되는 것이다.
상자만 안 열면, 고양이는 살아있을지도 모르는 것이다…….

그렇게 소라가 위대한 현실도피를 결단한 직후.
"——아나. 전부 다 모였는디 슬슬 물어봐도 되것제?"
어딘가 께느른한 목소리로 동부연합 대표 무녀가 말했다.
"설마 여기서 『연방 회의』 하자 카진 않겠지……?"
"바로 그 설마인데? 의문의 여지가?"
진심으로 뜻밖인 물음에, 소라는 눈을 감고 고개를 갸웃했다.
바로 곁에서 대기하던 지브릴이 추종하듯 미소를 지으며,
"새로운 동료가 늘어나면 함께 목욕한다—— 그것이 마스터가 규정하신 섭리. 『십조맹약』인지 뭔지보다도 우선시되어야 할 절대준수의 원칙이지요♪"
이미르아인이 가입했을 때는 이래저래 바빠서 못했던 필수 이벤트.
여기서 이번 분량까지 한꺼번에 채우는 것은 필수사항——!
"……그라나. 그라믄 내 당장 동부연합 및 워비스트 전권대리자로서 발의하겠데이. 우린 에르키아 왕국 및 이마니티 전권대리자에게—— 질의를 요구할기라."
퐁당, 소리와 함께 무녀의 두 꼬리가 수면을 두드리고,

"답에 따라선 동부연합은 에르키아 연방에서 탈퇴하겠데이."

————조용…….

화기애애하던 분위기가 순식간에 얼어붙었다.

물방울 소리마저 크게 울리는 대욕탕에, 꽉 억누른 듯한 침묵이 가득 찼다.

그것은 무녀의 발언에 놀라서도, 반대해서도 아니었다.

이즈나는 괴로운 얼굴로 고개를 숙이고, 이노는 가면 같은 표정으로 입을 다문 채 말을 하지 않았으며.

아밀라와 플럼은 나란히 미소를—— 냉소를 머금고 상황을 정관한다.

저마다 내심이야 어떻든, 그 침묵이 의미하는 바는 놀랍게도 반대도 아닌—— 찬동이었다.

"——이번 건으로 세계는 양분됐데이. 에르키아 연방이냐, 엘븐가르드냐로."

소라와 시로, 스테프조차도 당연히 예상했던, 무녀의 말이 이어졌다.

"일국의 지도자로서, 전 워비스트의 운명을 맡은 자로서——내는 '이기는 쪽'에 붙을기라. '지는 쪽'에 계속 붙어있을 이유도 여유도 없으니께…… 용서해 주그라."

그 선언에, 소라와 시로는 그저 침묵으로 대답했다.

그렇다—— 자신들은 패배했다. 철저하게, 완전패배했다.

엘븐가르드—— 엘프의 전권대리자인 '그 남자'에게…….

그것은 포에니크람의 게임이 시작되기 전의 일.
소라 일행이 박탈당한 기억의 진상 바로 그 자체였다——…….

■ ■ ■

——그것은 포에니크람과의 게임이 시작되기 전.
소라 일행은 지브릴이 공간에 뚫은 구멍 너머로 에르키아 의회를 엿보고 있었다.
그렇다——.
『나는 데모니아와 내통하고 있다. 이제부터 내가 아는 모든 것을 단계적으로 폭로한다.』
『나는 엘프와 내통하고 있다. 이제부터 내가 아는 모든 것을 단계적으로 폭로한다.』
토씨 하나 틀리지 않고, 이어서 페어리, 루나마나, 담피르, 드라고니아…….
소라와 시로가 심어놓았던 『독』—— 즉, 맹약의 강제력에 의해 자백할 수밖에 없었던 의원들.
《상공연합회》—— 다시 말해 에르키아 내에서 치열한 첩보전을 벌이던 각국, 각 종족의 첩자들에 의한 일제 폭로가 개시되는, 그 모습을.
——자백이 이어지면 각국 각 종족에 치명적인 정보가 공공연히 드러나며.
머잖아 불리한 게임에 응하는 꼴이 되어—— 최악의 경우 멸망까지도 있을 수 있다.

그 자백을 막으려면 『독』—— 소라와 시로만이 아는 '이세계 언어의 단어' 가 필요하며.

소라와 시로가 설정한 약값은—— '네놈의 나라 전부' 였다.

당연히 고분고분 값을 치를 수 있을 리 만무하다.

그러나 멸망당하기 싫으면 소라와 시로에게 유리한 '흥정(게임)' 을 할 수밖에 없다.

이렇게 한꺼번에 여러 종족을 평정하려던 것이 소라의 계획은.

————『낙원붕락(스프라이트 툰)』…….

이틀 후—— 누군가의 목소리가 공간을 흔들며 울려 퍼진 순간.

——에르키아의 소실로———— 완전히 무너졌다…….

————………….

"————야…… 무슨 일이, 일어난 거야?"

당장 지브릴의 공간전(쉬프트)이로 에르키아에 달려온 소라 일행은.

"……여기…… 어디?"

"에르키아 왕성 대회의실—— 적어도 좌표로는 그렇게 돼 있사오나……."

"그, 그럴 리가 없어요?! 어딜 봐도, 왕성은……."

오직 지평선 끝까지 펼쳐진 『꽃밭』만 눈에 들어와, 그대로 굳어 버렸다.

그곳에는 아무것도, 어느 곳도 없었다. 그림자도, 형태도.

눈에 익은 에르키아의 왕성도, 거리도, 이곳에서 살아가던 수많은 사람들도…….

있는 것이라고는 그저…… 이름도 모르는 무수한 꽃들과, 흩날리는 꽃보라뿐.

"【보고】: 직전 관측 음성—— 및 대전 당시의 기록으로 해당 현상을 설명 가능."

말을 잃은 일동에게 이미르아인이 담담히 고했다.

"【추정】: 페어리에 의한 공간위상경계와 '실제 공간의 치환' 현상—— 통칭 『낙원붕락(스프라이트 툰)』."

그렇다, 이름만은 호로와 대전할 때—— 지브릴과의 대전 재현 게임에서 들었다.

그러나 구체적으로 그것이 무엇인지, 이미르아인의 설명으로도 이해할 수 없어,

"알아듣기 쉽게, 부탁해."

쥐어짜내듯 부탁한 소라에게, 이번에는 지브릴이 대답했다.

"……페어리가 '에르키아를 통째로 아공간에 가뒀다' ——는 뜻이옵니다."

그 설명에, 소라는 마음속으로 그래…… 그건 알지, 하고 신음했다.

——에르키아가, 나라 전체가 사라졌다.

범인이 누구고, 방법이 무엇이었든, 그저 그뿐이다.

그러므로 문제는 그 부분이 아니라──.

"────이래도 되는 거야?! 나라를 없애?! 명백히 맹약에 어긋나잖아?!"

강제적으로 국가를 싹 없앴다── 가뒀다는, 그 방법론에 있었다.

한 나라를── 전 국민과 함께 '납치감금' 한 방법론이다!!

직접 위해를 가하지는 않았다지만 권리침해도 유분수지─?!

말을 잇지 못하는 소라.

그러나 이미르아인은 고개를 끄덕이고 담담히 말을 이었다.

"【긍정】: 전후── 『십조맹약』 제정 이후 『낙원붕락(스프라이트 툰)』 사용은 미확인. 원래, 이러면 안 됨."

당연하다는 듯이 권리침해에 해당하는 행위인 그것은── 그렇다면.

"──동의가 있었다는 거야……? 적어도, 그걸 승인할 수 있는 입장의……."

다시 말해, 곧, 그것은.

사전에 현재의 에르키아 최고의사결정기관── 의회의 승인이 있었다는 뜻이며.

"【보충】: 해당 규모의 치환현상. 40만 체 이상의 페어리가 필요한 것으로 산출. 따라서──."

40만이 넘는 페어리를 거느리고 있는 국가── 다시 말해 엘븐가르드가.

소라 일당의 『독』을—— 역으로 이용하는 『함정』을 꾸몄다는 것을 의미했다…….

————…………

멍하니 얼어붙은 소라 일행의 머리 위에서 태양이 움직이고 있었다.

처음에는 어떻게 할 거냐고 소란을 피우던 스테프도, 이제는 주저앉아 고개를 숙인 채.

지브릴도 이미르아인도 말이 없었으며, 소라와 시로도 어떻게 할지 머리를 감싸고 있었다.

그러나—— 몇 시간을 생각한들 결론은 변함이 없었다.

다시 말해—— 『데드엔드(어쩔 수도 없다)』였다…….

공간위상경계인지 뭔지에 갇혀버린 에르키아…….

플뤼겔과 엑스마키나—— 올드데우스조차 외부에서의 간섭은 『십조맹약』이 있는 현재로서는 불가능하다는 이것이, 페어리의 소행—— 나아가서는 엘븐가르드의 소행이라면.

——첩자들에게 갈 수 없는 이상, 자백을 멈출 수단은 없으며.

첩자들이 자백하는 모든 정보는 엘븐가르드가 독점한다.

그러면 어떻게 되는가——?

그 정보는 소라 일행도 파악하고 있다. 태환지폐에 암호로 심어 이미 수집했다.

그렇기에, 소라 일행은 단언할 수 있었다—— 적어도 데모니아, 루나마나.

이 두 종족은 확실하게 엘븐가르드에게 필패하는 게임에 응하게 만들 수 있다.

그리고, 그것은 당연히 소라네처럼 '대등한 관계'를 원하는 것이 아니라.

엘븐가르드의 방식대로 이루어질 것이다.

다시 말해, 최소 '예속'을 요구하면서.

그것을 막을 수단은―― 없다.

지금의 소라 일행은 이마니티의 전권대리자도, 왕도 아니다.

하물며 '에르키아를 통째로 인질로 잡힌' 상황에서――.

이 국면을 뒤집을 방법이, 존재할 리가 없다. 생각해 볼 것도 없이.

그렇다―― 다시 말해, 그것은――.

"……『우리』의…… '패배'다……."

소라의 침통한 말대로―― 패배였다. 그것도 그냥 패배가 아니다.

모든 책략을 다 읽히고, 이용당한 결과―― 최소 두 종족의 궤멸이 확정되었다.

그것은 익시드 전체의 게임 피스를 무혈로 모아 테토에게 도전한다는 이 게임이――.

이 세계의, 이 게임의 근간이 무너져 공략이 불가능해지고 만다는―― 치명적인 펌블이다.

더 따질 수 없는, 변명할 수 없는―― 철저할 정도의…… 완패였다…….

그리하여 그것을, 소라 일행과 한 번도 만난 적도 없이, 교전조차 않고.

말 한마디 나누지도 않고, 눈치채지도 못하게 해낸 자가 있었다는 사실에.

이해의 범주를 넘어서는 절망, 침묵 속에, 소라와 시로는 이런 말을…… 들은 기분이 들었다.

――『수고했다. 체크메이트다.』라고――…….

…………….

…………………….

………………――그리하여, 다시금 얼마나 시간이 흘렀을까.

어느새 주위가 어둠에 물들고 있었다.

해가 저문 것도 깨닫지 못할 정도로 넋이 나가 있었는가 자조하던, 그때.

"저, 건……?! 아니, 설마 그럴 리가――――?!"

어딘가 외경심마저 품은 목소리에, 소라와 시로는 의아해하며 고개를 들었다.

하늘을 우러러보는 지브릴의 시선을 따라가 눈을 가늘게 뜨고…… 그리고, 조금 뒤늦게.

그것을 보았다.

주위가 어두워졌던 것은, 해가 져서 밤이 되었기 때문이 아니라.

단순히, 하늘을 뒤덮을 정도로 거대한 날개가 지상에 그림자를 드리우고 있었기 때문임을.

——거대? 크다? 겁나 크다?

그런 말로는 부족한—— 인지를 일탈한 규격 외의 존재.

사실상 몇 초 정도 인식조차 따라잡지 못했던 그것은——

——『용(드래곤)』이었다.

너무나 거대하고, 막대하고, 절대적인——『하얀 용』.

그렇다…… 틀림없이, 소라와 시로가 이 세계에 떨어진 그날.

절벽에 서서 처음으로 이세계를 조망하고 하늘 저편에서 보았던—— 그 『드래곤』이었다.

그리고——

"【해석】: ——【침묵】: ——용정종(드라고니아) 최후의 【왕】……『총룡』 레긴레이브——?!"

"그럴 리가?! 대전 당시에조차 모습을 보이지 않았던 최후의 용왕이, 어찌?!"

이미르아인이 자신의 해석 결과를 의심하고, 지브릴이 눈을 부릅뜨게 만드는 존재였다.

——그 『드래곤』이 내려온다.

순백의 위대한 존재가, 날개를 펄럭이며, 웅대한 산령에 필적하는 초질량으로 육박한다.

그것은 말 그대로 『하늘이 떨어지는』 것과 같은, 천재지변이나 다름없을 텐데도.

소라와 시로, 스테프는 아무런 공포도 품지 않았다.

소리도 바람도 없이, 상식적인 원근감을 분쇄해버리며 내려온, 그것은.

어제까지 에르키아였던 꽃밭에 천천히 충돌—— 착륙한 『드래곤』은——.

그러나 실제로는 조그만 꽃 한 송이 짓밟지 않고, 우아할 정도로 사뿐하게 내려앉았다.

"————."

이 터무니없는 존재에, 공포를 느끼지 않는 이유는 단순했다.

——현실감이 전혀 없는 것이다.

그 압도적인 존재감이 없었다면 환영을 보고 있다고 단언했을 정도로.

그것이 가까이 있는지, 멀리 있는지, 정말로 있는지조차 알 수 없다.

그것은 이를테면 폐허를 보며 한때 그곳에 존재했던 대도시를 공상하는 것과 같은.

——혹은 앞으로 지어질 거대 건축물을 설계도에서 그려내는

것과 같은 존재.

그곳에 없는데도, 있다. 있다고 느껴진다.

지금인지, 과거인지 미래인지, 이 『드래곤』은 분명히 이곳에 있다. 있었다……?

소라는 이해했다. 인간의 몸으로, 이해를 당하고 말았다.

이것은 그저 보고 있는 것만으로도 시간이며 공간의 인식이 무너져버리는 종류의 존재다.

그것을 우러러보며 생기는 감정은── 절대 공포일 수 없었다.

그것은 수억 년의 세월을 살아온 대산맥, 혹은 수억 광년이나 떨어진 은하를 우러러보는 것처럼.

인간의 작은 지혜가 미치는 일은 영원히 오지 않는, 어쩔 수도 없는 것을 앞에 두고 자연스럽게 솟아나는 감정.

그것은── 외경이었다.

꽃밭에 내려앉아 몸을 웅크린 무시무시한 『드래곤』이 시선을 떨군다.

그것과 시선을 교차시킨 순간, 소라 일행은 느닷없이 섬광처럼 이해당하고 말았다.

【너희의 나라를 탈환하라.】

오만한 명령.

그것은 음성── 공기의 진동도. 텔레파시 같은 것조차도 아니었다.

단순히 보고, 시선이 맞은, 정말로 그뿐이었으며.
이쪽의 사고에 직접 『이해』시키며 『인식』을 새겨버리는——.

【서둘러라. 수단은 내가 준비했다.】
——이것이, 드라고니아의 언어인가.
그 의사를 『인식』시키는 것만으로도 지극히 자연스럽게 무릎을 꿇고 따르게 만들게 된다.
분명 『십조맹약』 전이었다면 정말로 그 말 하나로 삼라만상이 따랐으리라.
그러나——.

"어허. 설마 대전 당시부터 일관되게 '불간섭'—— 조정자 행세를 하며 틀어박혀 사시던 용왕님께서 마스터께 조력하시겠다는 말씀입니까? 기특한 마음가짐이군요♪"
소라와 시로—— 자신의 주인에게 명령하는 존재가 아니꼬웠으리라.
무자비한 지배력을 억누른 지브릴은 조소와 너스레를 떨었다.
그 찰나—— 소라 일행은 산이 무너지는 것을 느꼈다.

그것은——『드래곤』에게는 분노조차 아니었으리라.
부모가 아기에게 품은 조그만 불꽃, 미미한 언짢음의 발로에 불과했으리라—— 그러나.
하늘을 꿰뚫는 산봉우리—— 이해를 까마득히 초월하기에 현실감조차 없었던 것이.

느닷없이 무너져 밀려드는―― 저항할 방법이 없는 파멸을 확신케 하는 천재지변(분위기로)으로 변한 그것은.

지브릴과 이미르아인으로 하여금 죽음을 확신케 하기에 충분하고도 남는 충격이었다.

그리하여 날아가버린 일동의 사고, 저항할 수 없는 경직 속에서 『드래곤』은 짧은 말로――.

【조력이 아니다. 이것은 '처분' 이다.】

그 시선으로 간단하게―― 그러나 다짜고짜 이해시키고―― 재단한다.

【갚을지어다. 그대들은 이 세계의 균형을 어지럽혔다.】

균형―― 대전 종결로부터 거의 6천 년 이상…….

익시드끼리 서로 투쟁하면서, 그래도 한 종족도 멸망하는 일은 없었다.

그러나 이세계에서 온 소라와 시로가―― 자신들이, 이제는 두 종족을 멸망으로 몰아넣고 있다.

――그 실책은 틀림없이 자신들의 실패였으며.

――그 패배는 의심할 여지도 없는 자신들의 죄라고.

말 그대로 모든 것을 꿰뚫어 보는―― 혹은 과거부터(처음부터) 알고 있었던 것과도 같이.

그 너머를 내다본다는 눈빛으로, 『드래곤』은 말을 이었다――.

【그대들은 멸망에 직면한 한 종족을 구했도다.】

그 공은 인정한다. 칭송한다. 위업이다.

【그러나 지나쳤도다. 이미 그대들의 한 수는 세계를 침범하는 '극약' 이다.】

그 말 그대로, 극약은 거꾸로 엘븐가르드의 손에 넘어가.

여러 종족을, 이 세계(게임) 자체를 파멸하는 결과를 불렀다고——.

찍소리도 할 수 없는 소라에게, 『드래곤』은 【그렇기에——.】 라고 말을 이었다.

【 '극약' 은 몰수하노라. ——그 어떤 자의 손에서도.】

그 말을 마치고 『드래곤』은 고개를 들어, 대륙을 뒤덮는 날개를 펼쳤다.

산맥이 솟아나—— 그리고 날아오른다.

그러나 천재지변과도 같아야 할 그것은, 산들바람조차 일으키지 않고.

소리도 없이, 웅장한 모습이 하늘 저편으로 사라졌다…….

…………——.

……그 뒤에는 아무것도 남지 않았다.

마치 처음부터, 그곳에는 아무것도 없었던 것처럼——.

"……아~…… 겁나 피곤하네……."

——아니…….

그 『드래곤』이 떠나간 자리에, 비교하자면 쌀알보다도 작은 사람의 그림자가 있었다.

사람과 비교해도 작은── 그렇기에 목소리를 낼 때까지는 존재조차 깨닫지 못했으나.

묘하게 토라진 얼굴로 엽궐련을 피우는 소녀가 하나 남아.

"나아~ 원…… 느닷없이 드라고니아가 나타나는가 했더니, 하필이면 『총룡』이 오네? 잘난 척하는 썩을 도마뱀…… 아? 아~ 눈치챘겠지만, 내가 너희의 구세주, 포에니크람이야. 하~이 안녕하세요~ 후~~…… 피곤해."

…………

──초월자인 『용』 다음에 바로 이거다.

엄청난 급락에 기절할 것 같은 소라 일행에게──.

"뭐 됐어. 내 이해랑 일치하니까── 나도 편승할게✽"

포에니크람은 의미심장하게 씩 웃고, 책략을 말하기 시작했다.

──그것은, 요약하자면.

엘븐가르드의 페어리들이 에르키아를 가둔 아공간에, 그 이상의 힘으로 재간섭해, 엘븐가르드가 첩자의 자백에서 정보를 빼내기 전에 해방한다──는 책략이었다.

포에니크람의 《낙원(스프라툴)》── 연애 감정이 증폭되는 공간에 소라 일행을 가두고.

소라 일행의 연애 사정을 방송해, 시청자들이 던져 주는 '후원(과금)'이라는 형태의 힘── 다시 말해 『영혼』을 모은다.

필요한 『영혼』은 수치화하면 50억에 이른다는 그 책략은——.

"단—— 우선 자백을 멈출 『해독약(워드)』을 가르쳐 줄 것. 에르키아를 해방하면 총룡이 모든 첩자들에게 쓰기 위해서야. 그리고 소라 군네가 수집했던 정보도 전부 영구적으로 파기할 것."

하지만——.

"그리고 게임 중에 한해 '이 건에 관한 모든 것' —— 지금 이런 얘기를 했던 것도 잊고, 나도 질문을 받지 않는 한 아무것도 가르쳐 주지 않을 거야. 이상이 썩을 도마뱀이 건 조건이야."

——기억이 있어도 불가능하리라 여겨지는 책략이었다.

애초에, 완전히 체크메이트를 당해버린 이 상황—— 소라 일행에게 선택권 따위 없었다.

패배가 결정된 국면을, 무승부까지 되돌리는 한 수—— 받아들일 수밖에 없다.

그러나…….

"……그 책략, 치명적인 결함 '세 개' 하고 질문이 '하나' 있는데, 괜찮을까?"

그래도 확인하지 않고 넘어갈 수 없었던 의구심에, 소라는 입을 열었다.

"우선 첫 번째 결함—— 그 조건으로는 아마 내가 절망해서 게임이 안 될걸……."

그토록 철저하게 기억을 지운 자신이 어떻게 예상을 하고 무슨 생각을 할지.

머릿속으로 시뮬레이션을 돌려 본 소라는, 단언했다.

틀림없이 패배한 결과—— 필패 게임을 강요당하고 있다고 예상하리라.

"질문을 받으면 대답해 줄 수는 있어. 그건 뭐~ 알아서 어떻게든 넘어서 줘."

"…………그럼 두 번째 결함인데."

——그건 뭐~ 알아서 해……라는.

더할 나위 없이 도움이 안 되는 답변은, 일단 넘어가고, 말을 이었다.

"어떻게 굴러가도 내가 찐따 되고 끝날 거 아냐, 그 게임……."

——커플을 두 팀 만들고, 남은 한 사람이 『열쇠』를 사용한다는 책략.

그 하나가 소라 이외의 사람이 될 확률은—— 지극히 낮다.

구체적으로는 소수(素數)가 1과 자신 이외의 숫자로 나눠질 확률과 같다.

——요컨대 0인 것이다. 그렇게 정의되어 있다.

다시 말해 설령 모든 일이 잘 풀려서 탈출해 에르키아가 해방된다 쳐도.

남는 것은 백합 커플 두 팀과 찐따가 된 자신이다——!!

그래—— 이 최악의 상황을 초래한 것은, 딱 잘라 말해 나다.

그러나 그 국면을 뒤집을 대가가, 찐따라면—— 싼가?

"아, 그건 괜찮아?"

비장한 각오를 가슴에 품은 소라에게 포에니크람은 금세 고개를 가로저었다.

"내 《스프라툴》에서 나가면 증폭됐던 연애 감정은 원래대로 돌아가. 시청자에게서 돈을 벌기 위해서라곤 해도 감정을 도핑해서 연애를 시키다니, 원래 내 미학에는 어긋나는 일이거든. 탈출한 다음 멀쩡~하게 자연체로 연애해 줘✽"

——그렇군. 끝나면 전부 원래대로.

하지만 적어도 게임 중에 찐따가 되는 것은 불가피하단 말이지.

그, 그래. 그 정도 대가라면 지불하지……라며 눈물을 닦은 소라는.

"그럼 세 번째이자 최대의 결함—— 근본적으로 연애 같은 걸 할 수 있을 것 같지 않다는 건은?"

——다른 사람도 아닌 나에게. 소라 동정남 18세에게 연애를 하라는.

해파리에게 육상 이족보행을 가르치는 편이 그나마 현실적으로 여겨지는 무리난제다.

심지어 그렇게까지 철저하게 기억이 지워진 상태로……?

딱 잘라 말해 불가능하다고, 해답 따위 바라볼 수도 없는 질문에 하늘을 우러러보는 소라.

그러나 포에니크람은 담배 연기를 내뿜고—— 소라의 눈을 들여다보며 대답했다.

"너희는 평범~하게 있기만 해도 먹혀."

닳고 닳아 비뚤어진, 단맛도 쓴맛도 다 꼭꼭 씹어 맛보고 체념까지 거쳐.

그런데도 여전히 끓어오르는 불꽃이 깃든 눈으로――

"너희가 보통이라고 생각하는 것들. 너희가 만들려고 하는 새로운 세계, 미래를 제시해 주면, 페어리라면 반드시 지지해. 반드시 이길 수 있어―― 목숨 걸었어."

그렇게 단언하는 포에니크람의 열기. 그러나.

그렇기에―― 소라는 질문했다.

"그럼 질문을. 우리…… 초면이지? ――왜 그렇게까지 하는 거야?"

――『총룡』…… 레긴레이브가 이쪽에게 힘을 빌려주는 이유는, 명쾌하다.

자신들과 엘븐가르드―― 쌍방에서 『정보(독)』를 압수하기 위해서다.

그러면―― 포에니크람(이녀석)은?

포에니크람의 책략은 아무리 생각해도 본인에게 위험 부담이 너무 크다.

실패할 경우―― 최소한으로 잡아도 포에니크람은 엘프와 적대한다.

하물며 성공해도, 많은 페어리를 소라네 편으로 붙여―― 역시 엘븐가르드와 적대하게 만드는 책략이며, 이겨도 져도 포에니크람에게는 위험 부담밖에 없다.

왜냐하면 소라 일행은—— 이미 엘븐가르드에 패배했다.
굳이 패배자에게 가담해서, 목숨을 건다고 말하는—— 그 눈에 깃든 열량.
그 끓어오르는 '신뢰'의 근거를 알 수 없어 곤혹스러워하는 소라에게.
"그딴 거야 뻔하지? 나 원, 쪽팔리게 말이야…… 내가 이런 소리까지 해야 돼?"
포에니크람은 한쪽 눈을 찡긋하고 웃음을 한 번.
"페어리도 엘프하고는 별도로 첩자를 보냈던 건 당연히 알지?"
그렇다. 거기서 얻을 수 있었던 정보의 대부분은 엘프와 공통이었지만——.

"그때부터 난 너희의 팬이 된 거야✽"
——팬?
"실례지만 내 얘기를 하자면? ——난 오랫동안 주장해 왔어. 종족이니 성별이니 하는 틀에 얽매인 연애 같은 건 시시하다고. 하지만 현실적으로 전례는 전혀 없었거든."
"…………."
"예를 들면—— 다른 종족이 보기에 이마니티는 원숭이야. 원숭이를 진심으로 사랑하는 건—— 미친 짓이지. 그게 평범한 인식이고, 그걸 바라는 나도 헤까닥 갔다는 소릴 계속 들었어. 까놓고 말해서, 나도 거의 포기하고 있었어……."
포에니크람은 여기서 말을 끊고는 후우 담배 연기를 뿜었다.

그 연기가 하늘에서 흐려지고 사라진 후—— 말을 이었다.

"너희가 진짜로 워비스트도 플뤼겔도 엑스마키나도—— 심지어 담피르나 올드데우스까지도, 제멋대로 성내를 활보하게 만드는 걸 알기까지는…… 말이야."

그것은 특별히 의미가 있는 정보는 아니었을 터.

소라 일행도 딱히 감추지도, 자랑하지도 않았던, 평범한 일상——.

"맞아. 풀어놓고 키우는 애완동물과 동거한다고 그게 뭐 어쨌는데——라는 게 평범한 생각이고, 대다수에게는 의미도 없는 정보였어. 하지만 너희가 종족이란 틀을 성별보다도 시시한 것이라고 인식하고 있다는 걸 깨달은 나한테는—— 꿈을 꾸기에 충분한 정보였어."

——엽궐련이 모두 타버렸다.

불이 꺼진 꽁초를 손가락으로 튕겨 날리고, 포에니크람이 흉악하게 웃었다.

"미친 게 어느 쪽이었는지—— 확실히 해 줘야지?"

"그렇구만. 그럼 슬픈 소식인데…… 미친 건 너야."

딱 잘라 단언하고, 소라 또한 흉악한 웃음으로 대꾸했다.

"그런 멍청한 도박에 자기 목숨을—— 심지어 종족 단위로 남의 목숨까지 칩으로 올인해? 그래놓고 자기를 미치지 않았다고 생각한다면 그게 더 이상한 거지♪"

"그것도 그러네. 그럼 아예—— 세계(모두)를 미치게 만들어 보자✽"

――――――…………….

그리하여 포에니크람과의 게임은 시작되고.

결과는―― 그렇다…… 무사히, 성공으로 끝났다.

엘븐가르드의 『낙원붕락(스프라이트 툰)』으로 공간위상경계에 갇혔던 에르키아는, 방대한 『영혼』을 쓴 포에니크람 측의 『낙원박리(스프라이트 셰이드)』―― 덧씌우기에 의해, 해방.

소라 일행도 모든 정보를 잃기는 했으나, 레긴레이브에 의해 첩자들의 자백은 치명적 정보의 폭로에 이르기 전에 차단되고. 다른 종족의 첩자로 이루어진 에르키아 공화공국 의회――《상공연합회》는 형식적으로나마 군주였던 스테프에 의해 국적(國賊)으로서 일소되었다.

그들에 의한 쿠데타 또한 타국의 공작이었던 것으로 처리해서 소라와 시로를 왕좌에 복귀시키고.

그리하여 소라와 시로는 엘븐가르드에 정보가 넘어가는 것을 간신히 저지하고.

무사히, 에르키아 '왕국' 의―― 국왕으로서 돌아왔다.

그러나, 당연하게도.

그것으로 '해피엔드' 라고 마무리할 수는 없었다――.

■ ■ ■

에르키아 국왕의 자리로 돌아온 소라와 시로에게는 무수한 문제가 남아 있었다.

그것은 예를 들면── 지금 막 이 대욕탕에서 무녀가 스테프를 다그쳤던 문제.

"우선── 니네 왕국은 에르키아 공화국한테 어케 대처할 생각이고?"

"그, 건…… 아직 각 방면과 대응을 협의 중……이에요……."

그렇다── 에르키아는 『분열』……

이마니티 유일의 국가는 둘로 갈라졌다.

스테프가 심판하려 했던 《상공연합회(의회)》── 타국의 첩자들은 직전에 행방을 감추고.

그리고 얼마 지나지 않아, 까마득한 서쪽의 바랄 대륙 티르노그주──.

엘븐가르드에서 빼앗은 영토에, 바로 며칠 전까지 플뤼겔에 의한 개발이 이루어지던, 에르키아의 원격지에서, 다시금 의회를 재결성.

──『우리야말로 진정으로 이마니티의 앞날을 근심하는 정당한 에르키아다』라고.

드높이 『에르키아 공화국』의 수립을 전 세계에 선언했다…….

이제 소라와 시로는 '에르키아 왕국' 의 왕. 전권대리자이기는 하지만.

이미── '이마니티의' 전권대리자는 아니게 된 것이다.

그리고 그것은──.

" '왕국' 본토에서도 '공화국' 측을 지지—— 추종 표명이 계속 이어지는 문제는?"

"대응 중, 이에요. 하, 하지만 달트 후작이나 자피아스 백작은 이미 설득해서 왕국 측을 지지하기로 했어요. 도라 가의 파벌에 있는 자들은 어느 정도——!"

"그라나. 캐서 솔직히 말해—— 왕국 측은 얼마나 남았다고 보고 있노?"

"…………."

스테프가 자기도 모르게 입을 다문 그 힐문.

답은…… 반도 되지 않는다였다.

——타국의 첩자였던 《상공연합회》가 수립한 공화국이 왜 지지를 받는가?

그것은 근본적으로, 소라와 시로 또한 연방에 가담한 종족의 첩자라고 의심을 사고 있기 때문이다.

처음에 소라와 시로가 도발했던 대로, 그리고 다른 종족의 적극적인 간섭이 있었다고는 해도.

애초에 쿠데타의 밑바탕에 있었던 것은 각 종족의 그러한 불만, 불신, 의심이었다.

그렇다면, 같은 첩자라면, 그것을 밝힌 후 각국, 각 종족의 윤택한 지지와 보호를 얻어내고 있는 공화국 쪽이 상대적으로 그나마 신용할 수 있는 것이다.

그렇다――.

달콤한 이야기에는 속사정이 있었던 것이다――라고, 안심할 수 있었던 것이다.

물론 냉정하게 생각해 보면 속사정이 있었던 시점에서 달콤한 이야기도 무엇도 아니지만.

슬프게도, 이미 『에르키아 연방』의 신용은 독에 찌들어 바닥을 기고 있다.

이제는 더 이상 달콤한 이야기가 아닌 것이다.

그렇게 무표정하게, 담담히 무녀는 질문을 거듭했다.

"그라믄 마지막 질문이데이. 『대(對) 에르키아 연방 전선』에는 어케 대처할 생각이고?"

"그, 건……."

그렇다, 공화국측은 『대 에르키아 연방 전선』을 칭하며――.

엘븐가르드 주도하에, 연합에 의한 지원과 보호를 얻어내, 협정을 맺었다.

엘프는 물론이고 데모니아와 루나마나, 드라고니아에 기간트까지――.

여기에 엘븐가르드가 보유한 페어리와 나아가 여러 판타즈마.

그리고 이마니티의 절반 이상에 이를 대연합을 표명해――.

에르키아 연방은―― '전면전쟁' 선고를 받았다.

그리하여 무녀는 한 차례 탄식했다.

"——그라나. 하면, 결론은 하나뿐이구마……."

"기다려 주세요!! 무녀님은 정말로 엘븐가르드 측에 붙으실 생각인가요?!"

욕조에서 나가 돌아갈 채비를 시작하는 무녀에게 스테프가 황급히 매달렸다.

"대 에르키아 연방 전선은 에르키아 연방의 '해체 및 지배'를 선언하고 있는걸요?! 그들에게 붙어서—— 다른 종족을 착취하고 예속시키는 데 찬성하시겠다고요?!"

그렇다……『대 에르키아 연방 전선』의 '전면전쟁' 포고.

그것은 구체적으로는—— '에르키아 연방의 해체 및 지배'의 선언이었다.

다시 말해, 강화도 화친도 없다.

에르키아 연방의 존재를 용납하지 않고, 철저히 때려부숴, 최소한—— 소멸시킨다.

그리고 연방에 속한 모든 인민을, 대등하지 않은 피지배민으로서 예속시킨다.

이제까지『　(공백)』이 내세웠던 방침을 정면에서 모조리 부정하는, 강렬한 의사표명이었다.

"결국은 자기 나라만—— 워비스트만 좋다면 되는 건가요?! 제가 사람 잘못 봤네요!!"

"스테파니 공! 부디 발언을 철회해 주십시오!!"

그러나 스테프의 말에 반박의 노성을 터뜨린 것은—— 하츠세

이노였다.

"이것이 무녀님의 본의라 생각하셨다면 저야말로 스테파니 공을 잘못 보았군요."

"…………!"

"『대 에르키아 연방 전선』—— 5종족 전체와 3종족의 반수. 영토, 경제 모든 면에서 세계 최대 국가인 엘븐가르드를 필두로 한 5개국…… 세계의 절반이 적으로 돌아선 겁니다."

악다문 입 안쪽에서 이 갈리는 소리를 내며, 이노가 말한다.

"이미 동부연합의 생명줄인 대륙 자원 대부분을 공화국 측에 빼앗겼습니다."

그것은 동부연합의 심장을 붙들린 것을 의미하며, 또한——.

"이 세력을 상대로 전면전쟁—— 연방에서의 자원 공급도 끊겼습니다. 전선의 자원 제공을 저버리고 경제, 해로봉쇄를 받으면 우리 동부연합은 말라 비틀어질 수밖에 없습니다. 그리고——."

이노는 숨을 들이마시고—— 들이댔다.

"그 상황을 만든 것은…… 다름 아닌 여러분입니다!!"

"————으으!!"

그렇다…… 애초에.

확대를 계속하는 에르키아 연방을, 타국이 이제까지 좌시했던 것은 어째서인가?

그것은 다른 종족에 대해 『필승의 히든카드』를 가지고 있다고 생각했던 『공백』을.

어느 종족이 보유했는지 알 수 없었기 때문이다.

그 의심이 타국, 타종족의 결탁을 방해하고 방관을 강요했다.

그러나 이번 일로, 적어도 자백 선언을 시켰던 에르키아 연방 외의 종족――.

다시 말해 엘프, 페어리, 데모니아, 루나마나, 드라고니아.

이러한 종족은 결백함이 드러나는 형태가 되어, 공동전선을 펼치게 되었던 것이다.

그 결과가 동부연합의 경제적 파괴를 노리는 현재 상황이며.

그것은 분명―― 소라와 시로의 '패배'가 초래한 위기였다.

말을 잃고 고개를 숙인 채 떠는 스테프에게, 무녀는 한숨을 쉬었다.

"착각하지 말그래이. 내는 니들을 책망할 마음은 읎따."

그리고 눈을 내리깔며 말을 이었다.

"분명 이번에, 니들은 졌데이. 덕분에 여러 종족이 엘프 놈들한테 멸망당할 뻔하고…… 마, 잘해야 노예가 되었제. 간신히 숨만 붙어서 살아난 건 그냥 행운이제?"

그 말이 옳다.

소라와 시로는 패했다. 완전히 외통이다. 만회의 한 수조차 남지 않았다.

그러고도 살아난 것은, 레긴레이브의 의도와 포에니크람의 결단 덕분.

말하자면 상정 외의 한 수로―― 어쩌다가 살아났을 뿐이다.

그 레긴레이브도 『대 에르키아 연방 전선』 측에 가담했고……

"캐도 말이제."

무녀는 쓴웃음을 지었다.

"——딱히 내는 그걸 악수였다꼬는 생각하지 않는데이."

그 말에, 누구보다도, 이노가 의외라는 듯 의아한 표정을 보였다.

이노의 시선에 대답하듯, 무녀는 목을 울리며 웃었다.

"니들이 말하는 꿈—— 익시드가 서로 싸우지 않고 서로 희생시키지도 않아도 되는 세계—— 그건 수천 수만…… 수억 년 이어져왔던 '정석(섭리)'의 변혁—— 오른쪽으로 돌던 별을 왼쪽으로 돌리는 기나 다름없는 막무가내였데이. 그딴 건 미친 수라도 두지 않고선 도달할 수 없다는 건—— 내도 잘 안다."

다른 이도 아닌 자신의 벗—— 호로를.

단 한 사람을 구하기 위해 소라와 시로에게 다섯이나 되는 종의 피스를 걸게 했던 자신에게.

지금 와서 그들을 책망할 심산도, 하물며 자격도 없다는 것은 명백했으므로——.

그러나 무녀는 말을 이었다.

"그라도. 별을 거꾸로 돌릴라카믄, 그만한 마찰도 생기는 기다."

별을 왼쪽으로 돌리려 한다면, 우선 자전을 멈추는 것보다 더한 힘이 필요하다.

그야말로—— 그렇다, 자칫하면 별이 부서지고 말 정도의 터무니없는 힘이.

단순한 꿈과 공상도, 현실에 다가갈수록—— 가속도적으로 마찰이 늘어간다.

“‘세계를 바꾼다’ 카는 건…… 그런 기라.”

그렇게 마찰은 알력을 낳고, 알력은 치명적인 부하를 낳아—— 이윽고 자괴한다.

그거야말로 무녀에게 한 번은 꿈을 버리게 했던——『현실』이라는 ‘정석(섭리)’ 이었다고.

“——니들은 세계를 바꾸길 바랐제.”

무녀가 금색 눈을 날카롭게 떴다.

“한편 바뀌는 걸 바라지 않는 것들도 있긋제. 섞일 수 없는 소망이 서로를 견제하고, 세계는 엉망이 되기 직전이데이. 이대로 두믄 처음 닳아 없어지는 건 우리—— 동부연합이다.”

그러므로——라며 한숨을 쉬고, 여우 꼬리로 욕조를 철썩 치며, 무녀가 물었다.

“——이기 마지막 질문이데이. 잘 생각해 대답하그라?”

부풀어오르는 무녀의 기척에.

눈을 감고 있던 소라는 시로의 손을 꼭 쥐었다.

“하나의 희생도 내지 않는 세계—— 니들이 말했던 꿈은, 어차피 그냥 꿈이었는지.”

그 말, 그 시선, 그 기백——.

무녀가 여기에 담은 모든 것은, 눈을 뜨지 않아도 전해졌다.

"앞으로도 생겨날 무수한 희생. 당분간은 우리—— 동부연합의, 워비스트의 희생을, 회피할 길이. 그딴 수가 아직 남았다 카면, 여기서 읊어보그라."

——전면전쟁—— 간접적이면서도 대규모의 살육으로 방향을 튼 이 세계를.

그래도 아직, 희생 없이 막을 수 있다고 한다면. 그 방법을 제시해 보라고.

"내는, 다시 한번 꿈을 꾸기로 결심했데이……."

아무리 발버둥 쳐도, 발악해도, 마지막에는 살육에 이를 수밖에 없는.

그런 세계의 정석—— 그 너머에 갈 수 있다고 꿈꾸었다——!

"내 선택은 잘못되지 않았다고———— 그렇게 짖어본나!!"

격렬한 무녀의 목소리. 그러나 이에 호응한 것은.

여전히 눈을 감은 채 침묵을 관철하는 소라가, 아니라——.

"늦었지 말입니다~!! 오늘도 오늘대로 땅속에서 멈춰버린 잠룩함에서 지상을 향해 열심히 파면서 오기를 3시간!! 흙투성이라 부끄럽지만 지금 막 도착했지 말입니다아!!"

——콰—앙!! 하고…….

문을 부수며 소란스럽게 욕탕으로 뛰어든 자.

미스릴 머리카락 사이에 한 쌍의 뿔이 돋아난 갈색 피부의 조그만 소녀…… 즉.

아직 도착하지 않았던 에르키아 연방 산하국—— 최후의 대표였다.

"그치마안~ 소라 공 시로 공 어디 가셨던 것이지 말입니까?! 보, 본인, 두 분 찾아 별을 두 바퀴 반은 돌았지 말입니다?! 언니를 두고 딴 데 가버리다니 너무하지 말입니다!!"

흙투성이의 갈색 소녀가 단숨에 떠들면서 시로에게 뛰어들었다.

창졸간에 소라에게 달라붙어 그 무게를 견딘 시로가, 비명처럼 외쳤다.

"……더, 더러워……! 샤워, 해……!"

"그렇다면 연방 수뇌 회의에 참가하는 조건—— '탈의' 의 설명을 요구하고 싶지 말입니다!! 그렇다기보다 까놓고 목욕탕에서 수뇌 회의라니 바보지 말입니까?! 아, 하지만 본인 지저분해져서 마침 잘됐지 말입니다~그러면 먼저 샤워하고 오겠지 말입니다?"

그렇게 분위기를 하나도 파악하지 않고 몸을 씻기 시작한, 그 모습에——.

"——드, 드워프? 어, 어째서 여기에 드워프가 있습니까?!"

아연실색한 일동을 대표해 이노가 경악과 혼란이 뒤섞인 목소리로 외쳤다.

그 말에 갈색 소녀는 겨우 주위의 시선을 깨달았는지.

"음? 아, 본인은 소라 공과 시로 공의 언니!! 티르빙 가문의 니

이이지 말입니다!!"

"……어, 언……니……?"

황급히 자기소개를 한 드워프의 대표(대리)—— 티르의 말에.

소라와 시로, 지브릴과 이미르아인과 스테프를 제외한 전원이 다시 눈을 크게 떴다.

"삼촌—— 아, 하덴펠 두령 베이그 드라우프니르는 『이 몸 우주 가야 해서 바쁘다』라느니 뭐라느니 가슴뽕 맞은 소리를 지껄여서! 대리로 본인더러 출석하라고 했지 말입니다!! 시키지 않아도 두 분 곁 이외에는 안 가지 말입니다!! **퉤!**"

약간 불량한 설명을 듣고, 그 자리 멤버들이 힘이 빠진 듯 입을 벌렸다.

그리고 모두가 벌어진 입에서 말을 꺼내지 못하는 사이에.

"어라~? 말하지 않았던가? 세계 제2위의 대국, 하덴펠이 우리 게 됐다고☆"

소라는 타이밍을 맞춰 입꼬리를 쭉 올리고 시치미를 뚝 떼는 목소리로 말했다.

"드워프 전권대리자—— 베이그한테는 '하덴펠을 우리 마음대로 해도 좋다' 는 말을 들었고~? 그럼 에르키아 연방에 끼워서 동부연합에 자원을 공급해 줄까나~ 생각했는데 말이지~ 그렇구나~ 무녀님 나가버리는구나아…… 아쉽~네♪"

그렇게, 뿌득뿌득 이를 가는 이노의 기척을 즐기면서.

"티르~? 하덴펠의 알루마타이트 채굴량이 연간 얼마쯤~?"

"하? 알루마타이트라면 백성철(白星鐵)[아르고라이트] 같은 거 채굴할 때 나오는 그 쓰레기 말입니까? 비정령성 광물 같은 거 아무도 채굴 안 하지 말입니다. 쓸어모아다 버리지 말입니다."

"그렇구나~ 쓸어다 버릴 정도의 그거, 혹시 동부연합이 팔아 달라고 하면?"

"그걸……? 가져가 주신다면야 오히려 그만큼 돈 드리지 말입니다?"

"그렇구나~♪ 뭐~ 하지만 동부연합은 연방에서 나가버린다고 하니까아~ 상관없겠네~."

남을 괴롭히는 천재적 특기를 발휘해.

그 천부적인 재능을 유감없이 보여주는 목소리와 웃음으로, 소라는 파닥파닥 손을 흔들며 지껄였다.

"그럼 무녀님 잘 살아~ 동물귀 왕조, 조만간 다시 제압하러 갈 테니까 그렇게 알고★"

"——이 썩어빠진 자식이……!"

어쩐지 무녀님이 뭘 말해도 지브릴이 잠자코 있더라니! 하며.

전부 눈치챘는지, 이노가 견디지 못하고 중얼거린 그 말에.

"허~어♪ 거기 똥개는 뭐라고 짖고 계시는지요. 『머리 숙이고 울면서 연방 이탈을 철회할 터이니 다시금 무역협정을 맺어 주십시오』라고 하셨나요♥"

겨우 도발을 허락받은 지브릴은 희희낙락 비웃음을 띠었다.

그리고——.

"미안해. 무녀님이 틀렸는지 아닌지, 우리는 대답할 수 없어."
마침내—— 무녀 말고는 시야에 들어오지 않도록 신중히—— 눈을 뜨고.
똑바로, 무녀의 눈을 정면으로 바라보며, 소라는 진지하게 사죄했다.

무녀만이 아니라, 소라도 시로도—— 잘못 생각했다.
몇 번이나 잘못해 왔고—— 마침내 큰 패배마저 경험했다.
——그렇기에, 소라와 시로는, 그 물음에는 답할 수 없다…….
"그러니까—— 그 이외의 물음에는, 답해 줄게."
"…………."
무녀는 말없이, 그저 청각을 곤두세우고 소라의 말과 심장 소리를 들었다.
"우선—— 우리는 '꿈' 같은 걸 말했던 기억은 없어."
"…………."
"모든 종족을 희생 없이 한데 모아 테토에게 도전한다—— '달성될 수 있는 사실' 만 말했고, '달성되어야 한다' 고 무녀님도 느꼈던 그건—— 절대로 꿈이 아니야."
"…………."
"다음으로—— 세계의 절반이 적이 됐다고? 그게 어쨌는데."
무녀가 듣고 있을 소라의 심장 고동은—— 차분했다.
과거에 상대했을 때와 마찬가지로. 그 말의 무게를 안 지금, 여전히 웃으며——.

"우리가 먼저 세계에 선전 포고했는데? 99퍼센트 적이었던 게 50퍼센트가 됐어? 하나도 안 무서운데? 위기감을 부추길 거면 100퍼센트가 된 다음에 다시 해 줘."

"…………."

"그리고 마지막으로―― '별을 반대로 돌린다' 는 얘기였던가? 그딴 거야 겁나 간단하지?"

그렇다―― 마찰 따위 낳지도 않고, 별도 부수지 않고, 희생도 생기지 않는다.

애초에 별을 왼쪽으로 돌리는 데 힘 같은 건 요만큼도 필요하지 않은 것이다.

왜냐하면, 애초에――.

――별은 오른쪽으로 돌지 않으니까.

어느 쪽이 오른쪽이고 어느 쪽이 왼쪽인지, 누군가가 자기 입맛에 맞게 정의한 것에 불과하며.

북반구에서 남쪽을 보면 이 별은 왼쪽으로 자전하고 있다.

우주에서 봐도―― 우주에는 애초에 위아래조차 없다.

그러므로――.

"속이면 그만이야. 세계를 속이는 거야. 이 세상의 누구 하나도 남김없이, 모조리 속여."

――그렇다. 그러므로 속이면 그만일 뿐이다.

단 한마디 '이렇게' 믿게 만들면 된다――.

“ ‘오른쪽은 왼쪽이다’ ──라고 말이야. 이거 하나면 내일부터 별은 왼쪽으로 돌지♪”

“────.”

그리하여, 말없이 소라의 눈, 심장 소리, 말에서 무녀가 무엇을 생각했는지.

그것까지는 알 수 없으나── 다시 눈을 감고, 소라가 물었다.

“──이상을 전제로 하고. 자, 다시 이 자리에 있는 전원에게 묻겠는데.”

즉, 에르키아 연방에 속한 모든 종족, 모든 나라의 대표들에게.

자기 종족, 자기 나라의 미래를 걸고, 계속할지(레이즈) 포기할지(폴드)──.

“세계를 오른쪽으로 돌릴지 왼쪽으로 돌릴지── 어느 쪽을 원하셔?”

“마스터께서 바라시는 쪽으로. 플뤼겔이 세로로도 돌려드리겠나이다.”

“자자잠까안?! 지브냥?! 플뤼겔 전권대리는 나야냐?!”

“허어…… 이전의 따분한 오른쪽 돌기를 지지하실 거라면 지금 당장 은퇴를 거들겠습니다만……?”

“우웅── 아반트헤임은 계속해서 에르키아 연방을 지지한다냐! 하지만 실제 십팔익의회도 7:2라 아직 모두가 수긍한 건 아니란 걸 인식해 줘──나, 나는 지지에 표 던졌어냐?! 지브냥 그런 눈으로 보지 말아줘냐아악?!"

——플뤼겔은, 고분고분.

"저요 저요~!! 무슨 말인지 하나도 모르겠지만 어느 쪽인지 말하면 달링 밟아줄 거야?!"

"여왕님이 이 모양이니이…… 뭐, 오센드도 계속해서 연방을 지지합니다아."

"우후후☆ 플럼~? 담피르도 자백 선언했던 이유, 아직 해명 못 들었는데~☆ 배신하려고 했던 건 다 알고 있으니까아~ 담피르를 제외한 오센드, 라고 똑바로 말해야겠지~♥"

"저, 저는 단순히 에르키아에서 벌어지는 첩보전을 파악하기 위해——아니 그보다 소라 님이 제 첩자한테 자백 정지시키지 않았던 거야말로 이의를 제기하고 싶은데요오?!"

"그거야~ 플럼이 기회 노리고 엘븐가르드에 붙으려고 했으니까 그렇지~☆ ——언제까지 아밀라를 우습게 보려는 거야 이놈의 꼬맹이가."

——세이렌과 담피르는…… 좀 꼬인 것 같지만.

"【통신】: 전연결지휘체(아인치히)로부터——『엑스마키나(우리)는 두 번 다시 맹약을 어기지 않는다』—— 이상(아우스)."

——엑스마키나는, 간단하게.

"엘프가 오른쪽으로 도는 걸 바란다면 드워프는 무조건 왼쪽이지 말입니다!! 아, 아…… 근데 최종적으로는 엘프하고도 사이좋게 지내야 하는 거지 말입니까? ——진짜? 무★리지 말입니다."

"……사이좋게, 지낼 필요, 없어…… '허용' …… 공존……."

"그렇다면 문제없지 말입니다!! 시야에 들어오지 않는 동안에는 OK지 말입니다!!"

그렇다, 필요한 것은 이해가 아니다. 허용이다.

——드워프는, 타협해서.

그리고 다음으로 시선을 받은 포에니크람은, 어리둥절하며.

"응? 나도? 페어리(우리) 대답은 지금 와서 들을 필요도 없는데? 종을 넘어선 연애야말로 우리가 바라는 세계—— 빛의 속도로 왼쪽으로 돌릴 건데?"

그리고 입가를 틀어올리며 중지를 세우고 말을 이었다.

"져서 굼질굼질 의기소침해서 고민하는 우울 전개 같은 거 둘둘 구겨서 버려버려. 우린 그 패배자인 너희한테 걸었는걸? 졌으면 해야 할 일은 하나뿐이잖아—— 냉큼 일어나서 시원하게 한 방, 대역전승의 대단원(해피엔드). 그것뿐이야✼"

——페어리는, 명쾌하게.

그리하여…….

"——아니 뭐랄까 잠깐만!! 아까부터 내 꼬리지느러미 잘근거리는 이 멍멍이는 뭐니?! 날 괴롭혀도 되는 건 달링뿐인데?! 날 누구라고 생각하는 거야?!"

"소라가 살살 물면 OK라고 했다, 요. 대신 티르가 꼬리 만지게 해 주라고——."

어류——가 아니라 인어(라일라)를 살살 깨물 것을 소라가 허가하고.

"악, 후우욱!! 너 쓰다듬는 거 진짜 못한다, 요!! 재주 없다, 요?!"

"훗훗후, 무엇을 감추리오 바로 그렇지 말입니다!! 이 세상에서 제일 재주 없는 못난이 두더지, 그게 바로 본인이지 말입니다!! ——시로 공~ 본인 미움 받았지 말입니다~~!!"

그 대가로 티르에게 이즈나의 꼬리를 만지게 허가했다.

그 티르는 지브릴과 이미르아인이 조물딱거릴 것을 허용하고.

"미스릴 머리카락과 오리할콘 눈동자…… 역시 가지고 싶군요. 나눠주실 수 없는지요."

"【동의】: 신화(하덴펠)로 보유한 현재는 가공도 가능——【질문】: 쪼끔만 떼어도 돼?"

"미스릴(머리카락)은 그렇다 쳐도 오리할콘(눈)은 두 개뿐이지 말입니다될리가없지말입니다?!"

그 대가로 지브릴이 아즈릴을 팔아버——내밀고.

그리하여 소라는 아즈릴의 날개를 조물딱거린다는, 염원이었던 목표를 하나 달성했다.

"냐, 냐아아아…… 소, 소라 군? 자, 잠깐…… 너무 능숙한 거 아니야냐? 정말 눈 감고 있는 거야냐?! 읏, 아응…… 지브냥 앞에서, 언니의 위엄이……!"

"선배에게 지금 와서 그런 것은 없사온지라. 사양 말고 갈 데까지 가셔도 좋습니다♥"

“그랬어냐?! 그럼~ 사양 않고——냐아아아아아, 앗, 거기, 거기야냐아아♥”

그러면서 움찔움찔 헐떡이는 플뤼겔의 수장을 바라보며.

꼼질꼼질 손가락을 얽는 올드데우스가, 사양하는 듯한 목소리로 벗에게 고했다.

“여, 여봐라, 숙주. 호로는—— 숙주와 소라네가 싸우기를 바라지 않는다, 고 가정하노라.”

플뤼겔, 세이렌, 담피르, 엑스마키나, 드워프, 페어리—— 그리고 워비스트와.

단 한 명의 신이라 해도 올드데우스까지도—— 서로 다투지 않고 공존을 청하는 모습에.

아아……하고 무녀는 생각한다.

실제로, 세계는 양분되었다.

그렇다, 다시 말해 이미 세계의 절반은, 과거 무녀 자신이 꿈꾸었던 지평에 있다.

그 사실에—— 쓴웃음을 흘리고.

“——좋데이. 내가 잘못 생각했는지, 판단은 최후의 최후로 미뤄두꾸마.”

동부연합 또한 왼쪽으로 돌기를 바란다고.

다시금 어깨를 욕조에 담근 무녀는, 쓴웃음을 더욱 깊이 머금으며 술잔을 기울였다.

——그리하여.

무녀의 그 웃음과, 소라와 시로가 짓고 있는 표정.

언어로 표현할 수 없는 그 유대를 알아차린 것은—— 스테프뿐이었다.

■ ■ ■

연방 수뇌 회의도 끝나고, 모두가 귀갓길에 오른 후.

스테프는 약간 한산해진, 밤의 에르키아 왕성을 걷고 있었다.

오른손에 광주리를 안고, 왼손에 든 조그만 랜턴으로 앞을 비추며, 생각한다.

——이 복도, 이렇게나 발소리가 잘 울렸던가요.

인기척이 없어 조용해진 것은 성 사람들 대부분이 공화국 측으로 가버렸기 때문이지만…….

한숨을 쉬고, 어둠 속을 걷는 스테프가 찾고 있는 것은, 소라와 시로였다.

연방 수뇌 회의—— 그 자리에서는 힘차게 울려 퍼졌던 소라의 목소리, 든든하던 표정.

그러나 스테프는 그것을 알아차렸기 때문이다.

두 사람의 방이나 도서관은 제일 먼저 찾아가봤지만—— 어디에도 그들의 모습은 없었다.

그러므로 이렇게 그 남매가 틀어박혀 있을 만한 어둠 속을 찾아 돌아다니다가.

——겨우.

캄캄한 밤하늘 아래, 달도 별도 숨은 암흑 속에서.

스테프는, 단말의 빛을 희미하게 받는 두 사람을 발견했다.

그곳은 에르키아 왕성의 발코니였다.

대광장을 내려다볼 수 있는, 예전에 에르키아 왕 대관식에서 소라가 연설했던 장소.

'——생각해 보면 전부 여기서 시작됐네요…….'

그렇게 자기도 모르게 감회에 젖어 가만히 서 있으려니.

"…………응? 스테프?"

"……무슨, 일……?"

인기척을 느낀 소라와 시로가 고개를 들고 말을 걸었다.

스테프는 얼른 감회를 떨치고는 의식해서 웃음을 지으며,

"아뇨, 오랜만에 과자를 구워서요. 하지만 두 분이 보이지 않기에——."

그렇게 내민 광주리의 내용물은, 직접 구운 도넛이었다.

"오오, 늘 고마워~."

"……응. 맛있……어."

고맙다고 하며 받아들고, 냉큼 텁텁 집어먹기 시작하는 소라와 시로.

——그것은 여느 때와 다를 바 없는 남매의 반응.

그런 두 사람의 분위기에—— 역시나, 하고 근거 없는 확신을 다지며.

스테프는 한순간 망설였다가, 그래도 마음을 먹고 물어보았다.

“저, 저기…… 역시 소라하고 시로는…… 침울한, 거죠……?”

그것은—— 답이 뻔할 만큼 한심한 질문이었다.

——『공백』에게 패배는 없다.

언제나 그것을 입버릇처럼 삼아왔던 두 사람이었다.

호로와 싸울 때 지브릴에게 보였던, 승리를 능가하는 패배와는 다른—— 진정한 패배.

실망하지 않을 리가 없다고, 생각했던 스테프. 하지만——.

“응? 아니, 별로…… 침울하진 않은데?”

소라가 의아한 표정으로 대답하자, 스테프는 입을 딱 벌렸다.

“아니 뭐~ 물론, 분하지 않은 건 아니야. 솔직히 져서 분하지 않은 게이머가 어딨어. 그야~ 본심을 말하자면 괴성을 질러대면서 키보드 쪼개고 키가 다 하늘로 솟아오를 때까지 책상을 두들겨 패고 싶을 정도로는 분하지만요?”

“……빠야, 분할, 때도…… 품성, 이란 거…… 있다고, 생각해…….”

아무튼 분하다는 것은 인정하면서도.

“하지만 게이머가 진 다음에 해야 할 일은, 적어도 의기소침해하는 건 아니잖아.”

“……응. 패배 원인의 분석…… 고찰과, 대책…… 전략 재고,

에서, 시작되는…….”

“‘설욕전(리벤지)’ —— 그리고 ‘승리’ 야. 침울해할 시간이 있으면 머리를 굴려야지.”

그 말에는 한 점의 허세도 느껴지지 않았다.

이럴 때 두 사람이라면 반드시 할 법하다는, 진심에서 우러나온 신념(답)이라는 생각이 들었다.

하지만, 그래도——

“그런고로 우린 이번 패배 원인의 분석……이라기보다 반성회 때문에 바쁘니까. 딱히 볼일 있는 거 아니면 미안하지만 시로랑 둘이 있게 해 줄래? 아, 도넛은 고마워. 진짜로.”

“……스테프, 늘 고마워…….”

아아…… 역시나. 그렇게 생각하며, 스테프는 빈 오른손을 꼭 쥐었다.

——그 말에 따라 이 자리를 떠서는 안 된다고.

그렇게 말하는 자신의 직감에 따라, 그 자리에 머물렀다.

“저, 저기요! 무녀님도 말했지만요—— 두 분, 정말로 진 건가요?”

“응, 졌어.”

눈길도 주지 않고, 소라는 즉답했다.

“속수무책으로 완벽하게. 더는 없을 정도의 대참패. 화려하게 깨졌지이.”

“……탈탈…… 털렸어…… 이만한 완패, 는…… 처음.”

그 대답에 숨이 막혔다. 그러나 스테프는 여전히 매달리며 고개를 가로저었다.

"하, 하지만!! 분명 하마터면 엘븐가르드에게 끝장이 날 뻔했지만요, 엘프의 정보 독점을 회피했는걸요. 드워프와 포에니크람 —— 노예가 되지 않은 페어리 여러분까지 동료로 삼고—— 그러면 '1승 1패' …… 무승부 아닌가요?"

확실히 이번 전말은 우연히 도움을 받은 부분이 크다.

소라와 시로의 팬이라는 포에니크람과, 같은 편도 아닌 『총룡 레긴레이브』의 개입——.

그러나 결과론이라 해도, 에르키아를 되찾은 것은 엄연한 사실이다.

엘프의 계략은 실패로 돌아가고, 분열할 뻔했던 에르키아 연방도 결속을 새로이 다졌다.

세계의 절반을 적으로 돌리고—— 그러고도 대항할 만한 일대 세력을 이룬 것이다.

그렇다면 승패는 '무승부(드로우)' 가 타당하지 않을까—— 그렇게 호소하는 스테프.

" '1승 1패' 면—— 결국 한 번은 진 거야……."

그러나 마침내, 소라의 표정이—— 숨길 수 없는 초조함으로 일그러졌다.

"이 세계를 제패(클리어)하려면, 패배는 한 번도 용납되지 않았어."

그것은 소라와 시로가 평소에도 했던 말——은 아니다.

같은 말이지만, 미묘한 뉘앙스의 차이를 느끼고, 스테프는 목을 꼴깍 울렸다.

"……무슨 말인가요?"

목소리를 떨며, 그러나 시선은 똑바로, 흔들림 없이 소라를 바라보며.

소라는 말없이── 그러나 이윽고 그 눈빛에 진 것처럼 입을 열었다.

"스테프. 호로와 싸울 때── 지브릴하고 게임에서 했던 말 기억해?"

"……많은 말을 하셨는데, 어떤 거 말인가요?"

" '함부로 지나치게 이겨 버리면 어떻게 되는가' ──하는 얘기였는데……."

스테프는 고개를 끄덕였다. 그 이야기라면 기억한다. 분명──

"여러 사람이 대전하는 게임에서는, 지나치게 이기면 다른 플레이어들이 경계하고 결탁해서 몰매를 맞는다…… 그런 말이었던가요? 지브릴이 자멸했던 이유였죠."

그렇다── 바로 그것이야말로.

과거의 『대전』이 영원히 끝나지 않았던 이유이며.

『십조맹약』으로 게임이 되었어도 아직 변함이 없는 진리다.

──모든 종족을 통합해 세계를 바꾼다.

설령 무혈이라도, 희생을 내지 않더라도, 어떤 명분이나 타이틀을 내세운다 해도.

그것을 바라지 않는 자에게는 침략행위일 뿐이며.

단순한── '세계정복' 인 것이다.

그렇기에, 세계정복이 반드시 실패하는 것과 같은 이유로, 소라와 시로의 목적 또한 반드시 실패한다.

그렇다── 평범하게 한다면.

평범한 수단으로는, 이 세계는(게임은) 클리어할 수 없다── 그래서.

"그러니까── 결탁하기 전에 『기습』으로 단숨에 이길 필요가 있었어."

우선, 시시한 상대라고 인식시키고.

다음에는, 함부로 칠 수 없는 상대라고 착각하게 만들고.

나아가 올드데우스도 끌어내릴 필승 카드가 있는 척하고.

이를 누가 쥐고 있는가, 의심의 도가니에 빠뜨려서.

철저하게, 다른 플레이어가 결탁할 수 없게 움직였다.

──『　』(공백)은 필승이어야만 했다.

──『　』(공백)에게는 한 번의 패배도 용납되지 않았다.

그것은 소라와 시로의 모토와는 별도로── 반드시 달성해야만 하는 것.

이 세계를(게임을) 공략하는──『필수 조건』이었던 것이다.

"하지만 당연히 그것도 한계가 있어. 어느 정도를 넘어서서 이기고 또 이기면, 결국은 위험을 감수해서라도 적은 결탁하게 돼. 이미 에르키아 연방은 너무 비대해졌어── 시간문제였지."

이마니티, 워비스트, 플뤼겔, 세이렌에 담피르, 엑스마키나에,

단 한 명이기는 하지만 올드데우스까지.

익시드 중 이미 7개 종족이 에르키아 연방에 들어왔다.

과반수에 이르기 직전이, 암약할 수 있는 한계점이었다.

"——그래서 독을 풀었어. 세 종족…… 이상적으로 가면 네 종족 이상을 단숨에 평정할 『독』을."

성공하면 10종족, 크리티컬로 성공을 거두면 11종족 이상이 이쪽에 들어온다.

남은 것은 6개 또는 5개 종족뿐.

더는 결탁해도 뒤집을 수 없는 국면까지 단숨에 끌고 가 대세를 결정하려 했다——.

"하지만 그걸 다 간파당하고, 이용당했어. 즉, 패배한 거야."

그리고—— 이것으로 『공백』에게 필승의 히든카드가 없다는 것이 드러났다.

소라와 시로는 분명 테토가 소환한 이세계인이지만.

아무런 특별한 힘도 뒷배도 없는, 당연히 패배할 수 있는——단순한 인간임을.

적어도 엘븐가르드는 확실히 알아차렸다.

오히려 『대 에르키아 연방 전선』이 결탁할 수 있었던 최대의 이유가 이것이었으리라.

"요컨대 이젠 지금까지 했던 방식—— 기습은 통하지 않게 된 거야."

그러면 어떻게 되는가?

적은 '평범한 수단' 으로 소라와 시로를 없애고자 할 것이다.
그렇다, 다시 말해 전면전쟁이라는—— 전통적인 정공법으로.

무력이 금지된 세계라고는 해도—— 직접 교전 이외의 수단은 모두 가능한 것이다.
경제전, 외교전, 민간 단위의 분열 조장이나 방해 공작을, 세계의 절반이 결탁해서 행한다.
——이렇게 되면 크든 작든 반드시 희생이 나오기 시작한다.
예를 들면 동부연합이 너무나도 쉽게 무너져버릴 뻔한—— 하덴펠을 같은 편으로 삼아 간신히 회피할 수 있었던—— 이번 같은 사태가, 앞으로 무수히 발생한다.
그 흐름은 이제 막을 수 없다.
이제 소라와 시로—— 두(일개) 게이머가 어떻게 할 수 있는 이야기가 아니게 된 것이다.
그리고…… 여기에 결정타를 준 것이 이번 소라와 시로의 패배이며.
그렇기에—— '대패배' 인 것이라고.
그렇게 얼굴에 음울한 그림자를 드리우며 말하는 소라.
하지만——.

"——네? 하지만, 그거야말로 시간문제였잖아요?"
어리둥절한 스테프가 고개를 기울이며 물었다.
"어……?"

눈을 동그랗게 뜨는 남매의 반응. 그러나 스테프는 오히려 더욱 깊어지는 의문으로 의아해하며 말했다.

"그야, 두 분이 아무리 강한 게이머라도—— 평범한 사람(이마니티)인걸요? 아니, 오히려 평범한 이마니티보다도 훨씬 아래의…… 인간으로서 상당히 최저 라인을 밑도는 느낌으로 실격적인, 어디에 내놓아도 거시기한 부류의 못난 이마니티인걸요?"

"아니…… 저기."

"예측 실패나 실수로 절규하는 건 일상이고, 모든 것이 상정대로 돌아가는 일은 없었고, 이제까지 계속—— 위험한 길을 지나면서 그때그때 임기응변과 허세와 기세로 어떻게든 수습하고, 간신히 승리를 거뒀을 뿐이었잖아요……?"

추호의 악의도 없이—— 순도 100퍼센트의 의문을 제시하는 스테프의 시선에——.

"스테프. 너 이 분위기에서도 진짜 가차 없다……."

"……조, 조금, 만…… 봐주면서, 해 주면, 안 돼……?"

그렇다. 이처럼 사소한 의문으로도 눈물을 글썽일 만큼.

소라와 시로는, 평범한 사람만도 못한 존재였으며.

——이처럼 자명한 진실을 앞에 두고서야 설마? 라며 스테프가 말했다.

"그런 두 분이, 설마 정말로 '한 번도 지지 않을 거라고 생각하셨나요?"

"아니, 뭐. 그게, 아무리 그래도 그렇게 우쭐대진 않았어……."

시체에 발길질을 하는 행위도 새파랗게 질려버릴 스테프의 멘탈 어택에 전율하며…….

급기야 우스워진 소라는 쓴웃음과 함께, 생각했다.

그렇다, 그 말이 옳다—— 애초에 『　』(공백)의 수는 언제나.

——『한 걸음이라도 잘못 디디면 계곡 밑바닥으로 떨어지는 줄타기』였다.

당연히 잘못 예측해서 발을 헛디디는 일도 있었다. 그러므로 잘못 디딘 경우를 미리 상정했다.

물론 실수해서 추락하기도 했다. 그러므로 그것조차도 전제로 깔고 전략을 짰다.

그러고도 상정을 웃도는 경우가 생기기에, 필사적으로 만회하려고 했다. 그렇기에——.

"그야, 언젠가는 치명적으로 실수를 저질러 질 거라고도, 당연히 각오는 했지."

그리고 그 '패배 후의 만회' 를 어떻게 가장 빠르게—— 가장 적합하게 하는가.

미지의 패배를 무마할 한 수를, 어떻게 두는가가 승부가 될 것이라고.

그렇게, 생각하고 있었다———— 그러나.

"하지만 우리, 이번에는—— 하나도 실수하지 않았을 거야."

"…………네?"

"시로와 둘이서, 몇 번을 고찰해 봐도 왜 졌는지 몰라."

몇 번을 재검토해 봐도, 소라와 시로의 준비는――『완벽』했던 것이다.
설령 소라와 시로의 수를 알아내도, 회피하려면 '관여하지 않는' 것 말고는 방법이 없었을 것이다.
그것은 그 감성(센스)의 괴물―― '왠지 그냥' 으로 모든 것을 간파하는 최강 드워프 베이그 드라우프니르조차 후수로 몰리게 만들었다는 사실이 보증해 주고 있다.
소라와 시로의 계획은――『불가피하고도 완벽』했다고――.
"하나도 실수하지 않고―― 완벽하게 계획을 수행했고, 그런데도 모든 것을 이용당했어. 그럼~ 대체 어떻게 하면 지지 않았을까? ……이걸, 전혀 모르겠단 말야……."
――에르키아 전체를 공간위상경계로 가둔다.
여기에는 사전 동의가 필요했다.
상공연합회 첩자들―― 의회가 자백을 선언한 후의 임기응변적인 대처로는 불가능하다.
최소한 의회 전원의 동의를―― 각각 다른 종족의 첩자였던 의원 전원의 동의를 얻어야만 했으므로, 사전 준비가 있었음은 틀림없다.
문제는, 그 시기.
과연 누가 어느 종족의 첩자인가――.
소라와 시로가 완벽하게 읽었던 그것을, 소라와 시로보다도 더 먼저 완벽하게 읽고 준비하지 않았다면, 이렇게나 화려하게 뒤통수를 칠 수는 없다.

그러나 그것은 소라와 시로에게 필승의 히든카드가 없다고 상정해야만 생각할 수 있는 수였다.

즉── 소라와 시로가 철저하게 숨겨두었던 트릭을.

『공백』이 아무런 특별한 힘도 뒷배도 없는, 단순한 이마니티임을 파악하고.

그러고도 올드데우스조차 꺾었다는── 있을 수 없는 모순을 상정해.

이를 전제로 하지 않는다면── 결코 둘 수 없는 수였다.

그렇다면 그것은 언제부터 들켰으며, 언제부터 읽혔던 것일까.

몇 번을 고찰하고 어떻게 생각해 봐도── 최소 호로와 게임을 하기 전부터였다.

그렇다면 동부연합을 먹은 시점…… 혹은 그 이전부터…….

거기서부터 소라와 시로의 행동을, 목적을, 암약을── 전부 상정하고, 완벽하게 읽는다.

──그런 일이, 있을 수 있을까.

있을 수 있다면. 그렇다고 한다면. 훨씬 더 심각한 문제로.

우리는── 그런 괴물에게, 이길 수 있을까?

엘븐가르드가 '처음부터 모든 것을 읽고 있었다' 면……?

에르키아 연방을 세우고, 다른 종족의 피스를── 모으게 했다고 한다면?

그런 의구심이 떠오른 것과 동시에—— 정신이 들고 보니, 소라와 시로는 이곳에 있었다.

——에르키아 왕성의 발코니.

모든 것을 시작했던 이 장소의—— 이 시점에서, 이미 읽히고 있었다면?

있을 수 없다. 지나친 생각이다. 자신들이야말로 의심의 도가니에 빠졌다—— 그뿐이리라.

하지만—— 만에 하나——……?

그리하여 모든 것이 의심스럽게 여겨져, 소라와 시로는 자기도 모르게 등을 떨었다.

자신들이야말로 누군가의 꿍꿍이에, 그저 이용당하기만 했던.

그저 이 세계를 파멸시키기 위한—— 게임 피스에 불과한 것은 아닐까, 하고.

이 세계에 와서 처음으로 주도권을 빼앗겨—— 남의 손에 움직이고 있다는 불안에…….

"저기 말이야, 스테프. 우리가 하려고 하는 일—— 정말로 잘못되지 않았을까."

견디다 못해 마침내 소라의 입에서 툭 떨어진 의구심.

말하자면, 심장이 뜯겨나가는 듯한 오한이 느껴지는 그것.

자조인지 번민인지도 모를, 그것——.

하지만.

"네? 잘못됐죠. 지금 와서 무슨 소릴 하는 거예요?"

고개를 갸웃한 스테프의 태연한 목소리에 일도양단당했다.

————………….

에, 에에에………………….

"소라하고 시로는 늘 잘못돼 있었어요. 인간으로서 잘못됐고, 하는 일 하는 소리 전부 어긋났어요. 머리의 나사가 남김없이 어디로 날아가서 그런 잘못만 하는 줄 알았더니, 그런 자각조차 없었다고 한다면 이젠 좀 심각한걸요?"

""…………….""

아연실색해 멍하니 굳어버릴 수밖에 없는 소라와 시로를 바라보며, 스테프는 계속 말했다.

"네. 두 분이 하려고 했던 일은 언제나 잘못됐어요."

——하지만.

그렇게 덧붙이며 숨을 고르고.

목소리 톤을 바꾸지 않은 채, 스테프가 말을 이었다.

"소라야말로 호로와 싸울 때—— 지브릴과의 게임에서, 제가 했던 말을 기억하나요?"

"많은 말을 하셨는데…… 어떤 거, 말인가요……?"

앙갚음하는 듯한 질문.

구태여 넘어가 주고자 질문으로 대답한 소라에게,

“‘누군가를 희생할 거라면 누군가라고 말하지 말고 전부 죽어’ ── 폭론 그 자체죠.”

──대답한 스테프의 머리 위에서 별이 반짝이고 있었다.

“하지만 ‘그러니까 아무도 희생하지 않겠다’ ── 무슨 수를 써서라도 관철하고 싶은 그 폭론은.”

어느새 구름이 걷혀 창백한 빛이 가득한 세계를 등지고서──.

“그것만은, 절대로── 잘못되지 않았어요.”

달빛을 받으며, 스테프는 조용한 웃음과 함께 단언했다.

변함없는 목소리와 변함없는 웃음과 변함없는 눈빛으로.

──그렇다, 변한 것은 없었다.

소라와 시로가 하려 했던 일은, 언제나 잘못으로 가득하겠지.

하지만, 그 너머── ‘수단’ 너머에 있는 ‘목적’ 만은.

그것을 바라고── 자신들이 품은 그 소망은.

이 세계의 누구보다도── 절대적으로 옳고, 틀리지 않았다고.

그렇기에 스테프는 원래 같으면 소라가 했어야 할 말을──.

“딱히 상관없지 않나요. 하나의 희생도 인정하지 않는다── 그걸 관철하려는 소라와 시로 때문에 멸망할 세계라면── 누가 하더라도 어차피 언젠가 멸망할 세계인 거예요♪”

“………….”

그렇게 쓴웃음과 함께 살짝 혀를 내밀고 말하더니──.

“아, 물론 간단히 멸망하지 않게?! 저나 무녀님, 이노 씨가 죽을 만큼 고생하고 있는 거예요! 이즈나 씨도. 지브릴이나 아즈릴 씨, 이미르아인에 엑스마키나 여러분, 티르 씨와 라일라 여왕님네, 그리고 포에니크람 씨와 호로, 플럼 씨조차도—— 요컨대 연방 모두가 그러라고 있는 거예요."

황급히 그렇게 덧붙이는 스테프를 보며, 소라와 시로는 생각한다——.

그렇다—— '세계를 바꾼다'…….

그런 것은, 원래부터 처음부터.

두 사람의 게이머가 어떻게 할 수 있는 규모의 이야기가—— 아니었던 것이다.

"두 분은 어울리지 않는 생각은 하지 말고, 언제나 하시던 말대로 하시면 되는 거예요."

그러므로—— 그렇다. 소라와 시로는, 평소대로.

그저 지금까지 했듯—— 안심하고 세계를 휘저어대라고.

"게이머는 게이머답게. 누구도 짊어질 수 없는 책임 같은 거 생각하지 말고, 잠자코 게임 생각만 하면 되는 거예요. 그거 말고는 잘하는 것도 없잖아요♪"

두 사람의 뒤에는 항상 자신이 있으니까, 라며…….

별보다도 반짝이는 눈부신 미소로 그렇게 말하는 스테프에게.

"저기…… 스테프, 잠깐, 말이야."

"……『엄마』라고, 불러도, 돼?"

"무슨 맥락으로 그렇게 되는데요?! 에, 어쩐지 싫은데요?! 거절하겠어요?!"
압도적인 포용력…… 모성마저 느껴져 소라와 시로는 자기도 모르게 그렇게 중얼거렸다.

자신들의 첫 번째 수. 이 발코니의 연설에서 시작된 모든 것.
그러나 그때, 자신들의 등 뒤에는, 이미—— 스테프도 있었던 것이다.
그것은 지금부터도, 앞으로도.
세계마저 바꾸더라도, 변하지 않을 것이라고.
그렇게 확신하며,
"그럼 일단—— 시로와 둘이 있게 해달라는 말은, 취소."
"……반성회…… 스테프, 도…… 같이, 해…… 줄래?"
"훗! 미리 말씀드리겠지만 게임 쪽으론 깜깜하답니다?!"
"그래. 그건 개미·더듬이 끄트머리만큼도 기대하지 않으니까 안심해."
"그 수준으로 단언하시면 그래도 상처 입거든요?!"
붉은 달과 하늘의 별빛을 받는 소라와 시로의 웃음이—— 평소대로 돌아온 것에.
스테프는 안도와 함께 그렇게 외치며 대답하고.
그리하여 도넛을 한 손에 들고, 미래를 내건 게이머들의 밤은 깊어갔다…….

…………———.

그렇다, 게이머는 게이머답게.

졌다면 해야 할 일도, 변함없다.

자신들을 꺾은 놈의 이름을, 백 번 꺾을 때까지 잊지 않는 것이다.

다시 말해—— 엘븐가르드…… 아니,《아우리 엘》——.

——엘프 전권대리자—— 아우리 엘 비올하트.

다음에도 이길 거라고는 생각하지 말라고……?

■ ■ ■

그 대화를, 지평선 저편에 우뚝 솟은 거대한 체스 피스.

——검은색 킹의 꼭대기에서, 발을 파닥거리며 바라보는 소년이 있었다.

정확하게는, 소년도 사람도 아닌—— 다이아몬드와 스페이드를 담은 눈동자로.

유일신 테토는 자신이 쓴 책에 시선을 떨군 채 웃었다.

"백지였던 책도 상당히 많이 채워졌네. 슬슬 이 이야기도 종반인 걸까?"

그저 즐겁게, 그러나 어딘가 쓸쓸하게.

마르지 않는 마음을 가슴에 안고, 테토는 페이지를 팔락 넘긴다.

어디 보자…… 이 부분은 뭐라고 써야 할까.
멀리, 밤하늘에 뜬 붉은 달을 바라보며 한동안 생각에 잠기고.
과연—— 유일신이 받는 계시란 어디에서 오는 것인지.
모종의 영감을 얻은 것처럼, 테토는 책의 백지에 깃털 펜을 놀렸다.

"'최약의 재래'—— 그 천적은 역시 '최강의 재래'였다☆"
——응, 좋은걸♪ 하고.
그렇게 자신이 쓴 문장을 한 차례 만족스럽게 바라보며, 그리고 다시금 시야를 멀리 돌린다.
그 눈에 비친 것은, 이제는 돌이킬 수 없는 국면으로 움직이기 시작한 세계.
자신이 창조한 세계—— 오랫동안 기능부전에 빠졌던 게임이 마침내 끝날지.
아니면 기대한 대로—— 이번에야말로 최고로 즐거운 게임으로 승화할 것인지.
대박 아니면 쪽박—— 6천 년을 넘긴, 일세일대(一世一代)의 대도박.
유일신도 알 수 없는 그 결말이, 과연 어디로 튈지.
슬슬 최대 고비로 돌입하려는 국면에, 테토는 다분한 열기를 담아——.

"『……다시, 조만간. ——이번에는, 체스보드에서』."

지금도 가슴에 새기고 있는 약속을 입에 담는다.

진심으로 고대하고 바라는 미래를 떠올리고 소망하다.

"약속을 지킬 거라면 그(여기)가 최대의 벽이야. 『(공백)』."

할 수 있지? 기대할게? 믿고 있을게?

그러니까, 얼른, 여기까지 와 줘.

세계도── '그' 와 함께, 모든 것을 데리고.

모두 같이 게임할 수 있는── 그곳까지 육박했다.

──미래(이곳)까지, 와 줘──── 라며…………

Temporary End

아직도 많은 문제, 과제가 널렸지만.

허울뿐인 일상을 되찾은 에르키아 왕성을, 경악의 목소리가 뒤흔들었다.

"커플이 되기 전에는 나갈 수 없는 공간?! 왜 본인은 참가하지 못했지 말입니까?!"

――에르키아가 사라진 동안에 벌어진, 포에니크람과의 게임.

지금 와서 그 내용을 알게 된 티르는 영혼의 절규를 터뜨리고, 왕좌의 소라와 시로는 귀를 막으며 대답했다.

"그야 뭐, 티르를 포함한 하덴펠 건은 확실하게 『독』에 관한 기억이었으니까 그렇겠지―― 근데, 뭐야? 티르도 참가하고 싶었어……?"

"……했다, 해도…… 빠야, 랑…… 시로, 누가, 목적――."

"네?! 그, 그래서?! 겨, 결과는 어떻게 되었지 말입니까?!"

경계를 드러내는 시로의 날카로운 눈은 알아차리지 못한 듯 질문을 거듭하는 티르에게, 소라는 생각했다…….

흐음…… 결과가 어떻게 됐냐고……?
답은 '어떻게도 자시고도 없다' 다.

애초에 연애 감정을 증폭시키는 공간, 그렇기에 발생했던 감정, 커플링이다.
게임이 끝나고 나면 그러한 감정은 원래대로 돌아간다는 포에니크람의 말대로.
아무 일도 없었던 것처럼 일상으로 돌아왔을 뿐이다.
——아니…… 정정하자.
소라에게는, 큰 변화가 있었다.
그렇다——
"내가 『평생 여친을 만들지 않겠다』고 맹약에 맹세해버렸지."
"그 게임에서 어떤 경위를 거치면 그런 결과가 나오지 말입니까?!"
대답한 소라에게 티르는 의문에 찬 비명을 질렀지만, 그것이 사실이다.
——결국, 온갖 옥신각신이 무수히 있었던 이번 게임에서.
게임이 끝난 뒤까지 영향이 남은 결과는 그것뿐이었다.
"에, 그, 그럼 소라 공, 이제 평생 여친 만들지 못하게 된 것입니까?!"
"음. 맞아."
"——……어라? 하지만 소라 공, 전혀 아쉬워하지 않는, 것 같습니다……?"

그렇다…… 전혀 아쉽지 않다.
오히려 이런 순수한 마음은, 대체 얼마만인지.
그렇게 맑은 하늘과도 같은 미소를 지은 소라를 보며, 티르는 고개를 갸웃했다.

애초에── 사람은 왜 번뇌하고 괴로워하는가.
과거 소라와 시로가 있었던 원래의 세계── 2600년 전에, 그 답을 추구했던 자가 있었다.
오랜 수행 끝에 그 답에 이르러, 그리고 번뇌와 고통에서 해탈하여, 깨우쳤다.
그 위인이 가라사대, 답은──『집착』에 있었다.

──사람은 태어나고, 그리고 죽는다…… 결코 뒤집을 수 없는 절대 진리다.
그 어떤 재물도, 영화의 극치도, 만물은 모두 끊임없이 변하며, 예외 없이 티끌로 돌아간다.
이 진리를 받아들이지 못하고 막으려 하는 그 집착 때문에…… 사람은 고통받는 것이다.
그렇다…… 그리하여 소라는 그 집착을 마침내 폐기당했다.

──자신에게는 앞으로 영원히 여친이 생길 수 없다──
그 의혹은, 맹약의 힘에 의해, 만물유전(萬物流轉)과도 같은 진리로 '확정' 된 것이다.

이제 소라에게 『여친』이란── 수면에 비친 아름다운 달과도 같은 것.

더 이상 닿지 않는다고 탄식할 필요도, 번뇌할 필요도 없게 된 것이다──.

"【억울】: 본 기체가 주인님과 맺어질 밝은 미래의 영구적 상실. 【보고】: 『절망』이라 정의되는 감정을 재관측. 까놓고 말해 세계 정세 따위 아무래도 상관없음. 본 기체 하염없이 상심……."

"고마워, 이미르아인. 나에게는 분에 넘치는 호의였어. 그 마음에 답해 줄 수는 없지만── 앞으로도 동료 게이머로서 함께해 주면 기쁘겠어. 미안해."

그렇다── 답해 줄 수 없게 된 것이다.

맹약에 따라 '결코 답해 줄 수 없게 되었던' 것이다──!!

"마스터의 여친이라니 원래부터 황송한 이야기. 앞으로도 흠모하도록 허락만 해 주신다면야."

"지브릴도, 고마워. 새삼스럽지만 너한테는 늘 도움만 받고 있지. 앞으로도 시로와 둘이서, 주인으로서── 그리고 동료 게이머로서도, 의지해도 될까?"

"아아…… 저 따위에게 이 무슨 과분한 말씀을……! 황공무지로소이다!"

그런 미소녀들의 호의에, 아아…… 이제는 보답할 수가 없는 것이다!

이제 소라의 의지와는 무관하게, 그렇다 무관하게! 모든 것이 이제는 먼 별의 빛인 것이다!!

결코 닿지 않는, 그렇기에 아름답고 존엄한 것을 보며, 소라는 그저 조용히 미소지었다.

——왜 나는 모쏠일까?

오랫동안 괴롭혀 왔던 물음에, 이제는 번뇌하고 고통받을 필요가 사라진 것이다.

그도 그럴 것이 『원리적으로 불가능』해졌으니까……!!

그리하여 집착을 버리고 진리를 얻어 과거의 위인과 같은 경지에 이른 소라는.

마침내 전혀 다른 가르침이 기록된 책의 한 구절이 뜻하는 바마저 이해하기에 이르렀다.

그것은 지옥으로 가는 문에 새겨져 있었다는 한마디——.

——『이 문을 지나는 자. 그대, 모든 희망을 버릴지어다』…….

그것은 분명 신이 마련해 준 '마지막 구원' 이었으리라.

영원히 이어지는 지옥에서의 벌도—— 모든 희망을 버리기만 한다면.

적어도, 더 이상은…… 번뇌하고, 방황하고, 절망에 눈물 흘릴 날은 오지 않으리라…….

"자, 도라이양도. 똑같이 차인 사이로군요♪"

"네에?! 저, 저는 차이고 자시고, 소라에게 아무것도——."

"【권장】: 이제는 이룰 수 없는 사랑. 도님도 최소한 마지막에는 솔직해져야 함. 이리와(코믄지)."

그렇기에 그런 백합스러운 대화도, 소라는 그저 자애로운 눈으로 바라보고 있다.

아아…… 자신은 얼마나 어리석었던가.

시로가 있고, 이렇게나 아름다운 소녀들을 바라볼 수 있건만.

그것만으로도 자신은 충분히 행복하고, 세계는 빛으로 가득 차지 않는가.

여친 후보 따위 쓸데없는 번뇌를 품기에 거기에 번민이 생겨나는 것이다.

근본적으로 누구와도 연인이 될 수 없다—— 그렇게 확정하면.

번뇌는 사라지고, 그저 귀여운 것을 바라보는 순수한 심경으로 있을 수 있는 것이다…….

그것은 이윽고 스러져갈 꽃을 바라보듯.

결코 닿지 않을 밤하늘의 별들에 눈물을 흘리듯.

그림 속—— 차원을 넘어선 미를 사랑하듯.

그저 자애의 마음으로 접할 수 있는 것이다…….

아아—— 지금이라면 그런 것들을 순수하게 축복할 수 있다.

자신이 개입하지 않는 미소녀들의 연애. 이 얼마나 숭고한가.

페어리—— 포에니크람의 마음을 이제는 알 수 있다……!!

그렇게 바람 없는 호수의 수면과도 같이 온화하던 소라의 마음—— 그러나.

"응? 소라 군이 맹약으로 맹세한 건 『평생 여친을 안 만든다』는 거였잖아?"

갑자기 나타난 요정 소녀, 포에니크람은 그 마음에 돌을 던지는 말을 이었다.

그렇다―― 수면에 다짜고짜 파문을 일으키는 바위를, 냅다 던져버린 것이다.

"여친 말고―― 그러니까 『정부』라든가 『섹프』―― 『하렘』도 세이프고, 뭣하면 『여친』을 넘어선 『아내』를 만드는 정도라면 맹약에 전혀 저촉되지 않아✽"

그 순간―― 틀림없이 시간이 정지했다.

적어도 이 에르키아 왕성, 옥좌의 방에서만은 명확하게.

그리고, 다시 시간이 움직이기 시작하자―― 일제히.

""""……………………."""

슬픔에 싸였던 미소녀들의 시선에 열기가 돌아오는 것을, 소라조차 알 수 있었다.

이 녀석―― 어째서.

기껏 모든 희망을 버리고 평온을 손에 넣었는데……?!

그렇게 노려본 소라에 대한 대답은, 포에니크람의 미소가 웅변처럼 말해 주고 있었다.

――당연히 그게 더 재미있으니까 그렇지✽ 라고――.

"좋~아. 워~ 워. 잠시 기다리게, 제군. 우리 진정할까. 응?"

슬금슬금, 소라와의 거리를 좁히는 일동.

그러나 간신히 바위를 받아낸 소라는 두 팔로 그것을 가로막으며 고했다.

후, 후후…… 하마터면 한순간 흔들릴 뻔했지만, 괜찮아.

포에니크람의 게임에서── 남은 결과는 하나 더 있으니까.

아니, 그것은 게임의 결과가 아니라── 단순한 '재확인'이었지만.

──자신은, 시로와 둘이서 하나.

시로가 자신을 거부하는── 그날까지는 계속 함께다.

그것은 맹약보다도 우선시되는 절대적인 『약속』이다.

너무나도 당연하기에 잊어버렸던 절대진리(약속) 앞에서는 맹약마저 무관!

백 번 양보해서 소라 혼자 그런 관계가 되기를 바란다 쳐도!

그 결정권은── 자신만의 것이 아니다!!

자신의 반신인 시로가 『NO』라고 말하면 무조건 『NO』인 것이다!

따라서 포에니크람의 말이 있다 해도 달라질 것은 없다!!

그렇게 확신하며 무릎 위의 시로에게 동의를 구하고자 시선을 내린 소라──.

그러나.

돌아온 것은, 과거 이 세계에 왔던 첫째 날의 밤과 마찬가지로.

또한 소라가 꿈에서 봤던 것과 마찬가지로, 엄지를 척 세우는 시로의 대답이었다.

"……빠야, 동정남 졸업, 축."

"왜 지금 와서 그러는데?!"

왜?! 반대로 왜?!

슬금슬금 다가오는 기척으로부터 도망치듯 소라는 거듭 외쳤다.

"아니아니잠깐잠깐기다려봐시로?! 너희도!! 웨이트!! 나한테 평생 여친 만들지 말라고 했던 건 시로잖아?! 왜거기서GO사인이나오는데본격적으로영문을모르겠거든?!"

그러나 그렇게 의문에 허덕이는 소라에게, 그저 말없이.

희미하게 웃음을 지은 시로의 대답은—— 단순한 논리였다.

'……빠야, 는…… 시로를, 절대로…… 혼자 두지 않아…….'

그렇다—— 오빠는 무슨 일이 있더라도 시로의 곁을 떠나거나 하지 않는다.

누구에게도 빼앗기는 일은 없을 것이고, 어디에도 가거나 하지 않는다.

오빠와 시로는 연인 정도가 아니라 부부마저 넘어선 인연으로 이미 맺어져 있었다.

그렇다면 오빠가 다른 누구에게 손을 대든, 반대로 다른 누가 손을 대든—— 사소한 문제잖아?

'……빠야, 장래에는, 시로한테 손, 대는 거……『약속』했어…… 그럼, 냉큼 동정남, 졸업시켜서…… 허들 낮추는……편, 이…… 시로한테, 유리…… 웰컴.'

——오히려 다른 아이를 손대게 하면.

다음에야말로—— 시로에게 손대지 않을 구실을 완전히 잃는 것이다!!

그렇다—— 연인도, 정부도, 섹프도, 뭣하면 하렘조차도.

시로가 재확인한, 자신의 지위를 앞에 두고서는 모조리 무(無)나 다를 바 없는 것이다.

즉——『제1부인』이자『본처』——.

다시 말해——『진 히로인』이라는 궁극의 지위.

결코 흔들리지 않는 부동의 자리, 그 여유를 되찾은 시로는, 그렇기에, 묻는다.

"……그래서, 빠야…… 처음은, 누구랑…… 해?"

"후…… 훗훗후훗훗, 이지 말입니다~!! 그~런 거라면 본인에게 맡겨 주시기 말입니다?! 동생의 첫경험은 언니가 맡아 주는 것이 세간의 상식이지 말입니다!!"

"어느 문화권 얘기야?! 하덴펠에 그런 망가 같은 풍습이 있어?! 그보다 진짜 한번 좀 확인하자—— 티르의 '언니 설정'은 결국 유효한 거야?!"

"마스터의 원래 세계에서도 어엿한 남자가 되기 위해 혼약자보다도 우선 나이 든 여성으로 기술을 연마하는 풍습이 있었던 것으로 아는 바. 그렇다면 나이 든 여성—— 여기서는 최연장자인 제가——."

"중세의 극히 짧은 시대 극히 일부 지역의 완전 한정된 문화를 들먹이지 마!!"

"【추측】: 주인님은 동생님에게 정조를 지키고 있음…… 【보고】: 본 기체 엑스마키나. 마음 없는 기계. 단순한 도구. 도구와의 행위는 자위와 등가. 본 기체하고라면 아무 지장도 생기지 않음. 안아줘(움아르뭉)."

"너 좋을 때만 기계 자칭하지 마!! 도구는 부끄러워하면서 안아달라고 안 하거든?!"

"선택하실 수 없다면, 어떠신지요. 전원을 한꺼번에, 는♥"

"잠깐 좀 기다려 보세요?! 그 전원에 혹시 저도 포함되나요?!"

"우왓하아~✽ 역시 이종연애, 최고라니깐?!"

"어이?! 넌 이걸 연애라고 우기냐?! 그래도 되는 거냐아아?!"

이제는 모든 원흉이라 해도 과언이 아니게 된 포에니크람.

그 대화를 말 그대로 술안주로 삼으며 맛있게 술잔을 기울이는 모습에 울부짖으며 소라는 생각한다——.

아아—— 역시 불가능했던 것이다.

자신 따위가, 옛 위인과도 같은—— 깨달음을 얻다니.

모르겠다. 역시 아무것도. 애초에.

미소녀들이 자신을 쫓아다니고, 시로도 OK해 주는데—— 왜 나는 거부하고 있지?!

——어쩌면 나는, 사실 인기남이 되고 싶다는 생각조차 안 하는 건가……?

이제는 아무것도 모르겠다.

나는 언제쯤 이 규칙 모를 게임에서 벗어날 수 있는가…….

"소라 군, 소라 군! 이즈나한테는 손대지 않을 거야?! 부디 워비스트하고도 엮였으면 좋겠는데~ 에르키아 되찾는 데 『영혼』을 다 써버려서 지금 자금난이 장난 아니거든?! 방송해서 팍팍 벌어야지?! 그리고 올드데우스—— 호로도!! 그리고 담피르 낭자애도 희망해! 그리고그리고, 내 정보에 따르면 폭유 엘프랑 빈유 이마니티 백합 커플도 있다고 하던데 어디 숨겼어?!"

"이 이상 복잡하게 만들지 마라?! 그리고 걔네가 여기 있을 리가 없잖아!!"

더한 혼란을 바라는 목소리에, 그렇게 비명으로 대답하고.

그리하여 소라는 무수히 뻗어오는 미소녀들의 손을 뿌리치고.

여느 때처럼—— 그저 시로의 손을 잡고, 영문도 모른 채로 도망쳤다…….

■ ■ ■

루시아 대륙 서쪽——바랄 대륙.

그곳은 2개월쯤 전까지 엘븐가르드 티르노그 주라 불렸다.

겨우 7일 전까지지는 에르키아 연방의 원격지로서 개척 중이었던 토지이기도 하며.

그리고 현재는——『에르키아 공화국』이 된 땅이었다.

도시는 엘프령 시절의 흔적을 그대로 남긴 채, 개척지의 열기를 넘어서 최근 연방에서 도망쳐 온——이주자들로 붐볐다.

그 수도 중앙, 대로가 모여드는 장소에 커다란 백대리석 건물이 있었다.

티르노그 영주 엘프의 저택이었다가, 에르키아 개척공사 청사가 되었으며,

지금은——에르키아 공화국의 정부청사로 지정된 건물.

그 안의 의사당에서는 현재——즉석에서 조직된 의회에 의한 토론이——아니.

토론이라고는 부를 수도 없는, 그저 귀가 더러워질 것 같은 비방과 모함이 오가고 있었다…….

——그것도 당연한 노릇.

이 자리에 있는 것은 대부분이 《상공연합회(의회)》——다른 종족의 첩자들이며.

요컨대 다른 종족의 지원으로 동종업자를 제치고 단물을 빨아먹었던 자들이며.

결국에는 자신의 이익을 위해 나라를 팔아먹은 매국노에 불과하므로.

자신과 그 후원 종족의 이익만을 우선시하는 자들에게 제대로 된 토론을 바랄 수도 없었으며.

심지어 그런 자들이 뻔뻔하게도 『우리야말로 진정으로 이마니티의 앞날을 근심하는 정당한 에르키아』라고 선언했으니, 이제는 웃을 수도 없는 농담이 되었다.

무엇보다도 웃지 못할 일은, 틀림없이 100퍼센트 진심으로 그렇게 지껄이고 있다는 점이지만…….

——과연, 연방 쪽도 매우 힘들어 보이기는 하나.

공화국(이쪽)은 공화국(이쪽)대로 쓰레기와 찌꺼기 천국이라며.

가짜 웃음 뒤에서 혀를 차고 매도를 거듭하던 소녀는 문을 열어젖히고—— 그 직후.

————조용…….

회의장에 나타난 두 소녀의 모습에, 침을 튀기던 의원들이 일제히 입을 다물었다.

——그것도 당연한 노릇.

왜냐하면 그들이 지금 여기서 소란을 떨 수 있는 것은 이 두 사람 덕분이었으므로.

원래 스테파니 도라가 심판했어야 할 국적들——.

그들은 그 직전에 자신들을 도망시키고 이곳에 앉혀 준 소녀들의 말을, 가만히 기다렸다.

그렇다—— 연한 금색 머리카락을 나부끼는 엘프를 데리고.

말없이 똑바로 회의장을 나아가는 흑발의 이마니티.

눈치를 살피는 의원들의 시선에도 흔들림 없이, 회의장 상석에 앉은 소녀.

——다시 말해.

엘븐가르드 파견감사관—— 필 닐바렌을 뒤에 거느리고.

에르키아 공화국 의원내각 주석—— 크라미 첼이.

"그러면…… 자—— 전쟁(게임)을 시작해 볼까."

악의로 일그러진 미소와 해충을 보는 눈으로 선언하는—— 그 말을.

후기

“그러면 본론으로 들어가서. 3년 반이나 출간 공백이 있었던 것에 변명해 보시죠.”

그렇게 인터넷 회선 너머로 힐문하는 새 담당자 O씨의 미소.

그러나 카미야는 내심, 지금 시국에 감사하고 있었다.

온라인 회의라면 물리적으로 맞을 걱정은 안 해도 되니까!!

따라서 카미야는 여유롭게—— 그저 난처하다는 표정만을 꾸미며, 이렇게 대답했다.

“에이~ 그치만 테토가 전혀 원고를 주질 않아서 말이죠~? 저도 난처해요~.”

“흐음……. 무슨 소린지 잘 모르겠으니까 좀 자세히 설명해 주세요.”

끝까지 미소를 관철하는 담당자에게 카미야는 무겁게 고개를 끄덕이며 말을 이었다.

“판타지 세계에서 『사면초가』라느니 『모순』처럼 중국에서 유래된 말, 혹은 『업(카르마)』처럼 불교에서 유래된 말—— 요컨대 지구 역사상의 일화 같은 걸 원전으로 삼는 관용구나 표현을 써도 되는가, 하는 논의가 있는 건 잘 아시죠?"

"물론 알고 있지요."

"제 경우 그 답은 단순해서—— 원문은 테토가 집필한 거니까 써도 OK거든요."

"……호오."

흥미롭다는 듯 몸을 내미는 담당자의 모습에, 카미야는 신이 나 말을 이었다.

"극중에서 이따금 묘사되듯—— 노 게임 노 라이프라는 작품은 애초에 테토가 쓰고 있는 그 책이에요. 신이 자아내는, 이윽고 신화가 될 그 이야기죠. 요컨대 저는 작가(테토)가 보내주는 원고를 일본어로 번역할 뿐이거든요. 판타지 세계인데 지구에서 유래된 말을 쓰는 건 이상하다? 그렇게 따지면 애초에 지구 언어로 말하고 있는 시점에서 이상하겠죠. 원문은 물론 이세계 언어로 적혀 있어요. 원문에 있는 표현을 제가 현대 일본어로 독자들에게 전달하고자 의역하고 있다는 거죠. 그 증거로, 보세요, 영어 섞어 쓰는 지브릴의 말투. 영어판에서는 영어 프랑스어 혼용으로 했잖아요."

"그렇군요. 하긴, 그거라면 말이 되네요."

——뭐, 까놓고 말해 이건 아주 옛날.

원조 판타지인 『반지의 제왕』 작가가 이미 했던 말이지만.

그 부분은 당당히 숨기고, 카미야는 더 당당하게 말했다——!

"그러니까 작가(테토)가 탈고하기 전까진 저는 아무것도 못해요. 그 자식이 3년 반 동안 원고를 쓰지 않았던 이유? 모르죠. 본인한테 물어보세요. 게임이라도 하고 있었던 거 아닐까요?!"
이렇게 완벽한 변명을 끝낸 카미야에게, 담당자는 여전히 미소를 지으며, 대답했다.
"그렇군요. 알겠습니다. 그러면 인세는 테토에게 지불하면 되는 거군요?"
"엑."
"그리고 이제까지 나왔던 단행본도 전부, 카미야 씨가 역자였다면 계약서를 수정해야겠네요……."
"아, 잠깐, 그."
"법무부와 상담해야 봐야겠지만, 초과 지불이 발생했을 테니 아마도——."

여러분 그간 격조했습니다! 3년 반이나 기다리게 한 작가! 카미야 유우입니다!!
3년 반만의 신간—— 오랫동안 독자를 기다리게 해드려 정말 죄송합니다.
또한, 오랫동안 기다려주신 데에 깊은 감사를.

"그래서. 진짜로 왜 이렇게 출간 공백이 생겼나요?"
네, 여기부터는 문체를 바꿔서 안녕하세요 새 담당 편집자 O씨.
그게 말이죠오…… 구체적으로 쓰자면 너무 심각해져서 개그로 쓸 수는 없고.
그러니까 '상당히 본격적으로 몸이 망가졌다' 고백에는 말할 수 없겠네요.

구태여 살짝 뭉개서 표현한다면……

——『죽음 말고는 전부 찰과상』이란 말 들어본 적 있나요?

"네, 뭐, 자주 들어본 말이죠."

네. 알기 쉽고, 명료하고, 힘찬 말이죠.

하지만 지나치게 명료하기에, 지레짐작하지 않고 냉정하게 곱씹어봐야 할 말이라고 생각해요.

예를 들면——.

찰과상이라고 해서, 방치했다가 곪으면 그냥 죽잖아? 라고.

찰과상 = 신경 쓰지 않아도 된다, 는 공식은 전혀 성립되지 않잖아?! 라고.

오히려 찰과상 = 낫는 거니까 잘 치료하라는 소리밖에 안 되잖아?! 라고!!

그렇습니다—— 정신론이나 마음가짐만으로 어떻게 할 수 있을 만큼 사람의 몸은 잘 만들어져 있지 않아요.

과거 니체도 갈파했듯, 정신 따윈 육체의 노예에 불과하니까요!!

상처 입은 몸은 병들고, 이렇게 병든 몸에 이번에는 정신 또한 병들어가고…….

그래서 마침내, 아아…… 왜 나는 이렇게 못났을까, 하고 고민하게 되는 거죠.

——왜냐고? 아앙? 몸이 망가졌기 때문이잖아? 라고.
자각조차 불가능할 만큼 말기적이기 때문이잖아. 너 바보냐? 라고!!
그렇게, 멍청이를 보는 눈으로 말하는 의사를 만나고 싶지 않은 독자 여러분, 부디 자신을 아껴주세요.
찰과상도 치료는 필요하며!
건강보다 소중한 자본은 없으니까요!

그런고로 쉽게 말하자면 그 자본, 건강을 전부 잃어서 알거지가 ——아니지?
이제는 빚까지 짊어지는 바람에 그걸 갚느라 연 단위가 걸렸고 말이죠!
이제야 겨우 완납의 가망이 보이기 시작한 오늘, 이라는 것이옵니다만?!
"조, 좋~~아요!! 조, 좀 더 밝은 얘기를 해 볼까요?!"
오, 좋네요!! 밝은 얘기 대환영이에요!! 컴온!
"제가 노겜노랍 광팬이라서요. 담당이 되는 건 입사 당시부터의 꿈이었어요! 그 꿈이 이뤄진 게 엄청 기뻐서. 이 책에 제 이름이 올라가는 게 진짜~ 감개무량해서!!"
…….
…………아. 흐응…… 그러세요. 감사함다. 영광임다…….
"어, 어라? 왜 갑자기 그렇게 노골적으로 절 경계하시나요?!"
에. 그치만 담당 편집자가 노골적으로 칭찬하는 건 속셈이 있을 때잖아요?

거 왜, 이탈리안 마피아가 죽일 상대에게 선물을 보내는 것처럼.

그 뒤에 이어질 말도 어차피 『다음 원고 냉큼 내놔』 맞죠?

"무슨 인생을 살아오신 거예요. 밝은 이야기라고 했잖아요."

——에. 그럼, 설마 진짜로, 본심?

"네! 학창시절에 처음 노겜노랍을 읽어 보고. 그때의 충격을 아직도 기억하고 있어요."

지, 진짜 밝은 이야기잖아요?!

축하합니다 & 감사합니다!! 저야말로 기뻐요——

——근데, 잠깐만요? 학창시절이라고 하셨나요?

"네. 그랬는데요, 왜요?"

……아뇨. 응? 담당자님 지금, 입사 몇 년이죠……?

"아~ 이래저래 벌써 8년 차네요."

——어? 그런 담당자님이 학창시절에 제 책과 만나서, 제 담당자, 가……

응? 어라? 잠깐 시간 계산이 안 맞는데요?

"어디가요? 노겜노랍—— 내년이 10주년인데요?"

————.

——————————.

네에에에?! 시시시십녀언~?! 저 10년이나 이 작품 쓰고 있었어요?!

시시시십년이나 썼는데 외전 합쳐도 12권밖에 못 냈어?!

아니 그보다, 에?! 나 1권부터 열 살이나 나이 먹은 거야?!

현실이었으면 시로가 이미 성인 되고도 남았어?!
뭐야 이 얘기 전혀 밝지 않잖아아아아아아아아아아아아아아!!!

"작품도 10주년을 맞이했고! 이번 권부터 이야기도 종반부에 들어가고!! 새 만화 기획도 시동했으니── 담당자로서 완결을 향해 팍팍 분위기를 띄워 볼까 하는데요?! 팬으로서도 다음 권 이후를 기대하고 있을 테니! 빨리 읽게 해 주셔야죠?!"
거봐요 역시 『다음 원고 냉큼 내놔』라고 재촉하잖아요!!
아니 쓸 거지만요! 자본(건강)을 해치지 않도록 신경을 써가면서 쓸 거지만요!
독자 여러분께 다음 권을 기대해 주세요, 그럼 다음에 또, 하고 말할 거지만요!!
어어…… 10년? ……어, 진짜……?

헬스에 눈을 뜨고 트레이닝을 시작한 소라!
근육은 지성을 능가하는가,
혹은 근육이야말로 지성의 원천인가──?!
『노 게임 노 라이프 12』
일부는 뻥이지만 열심히 집필 중….

양분된 세계는 총력전으로 나아간다.

모든 종족의 전면충돌이 낳을 무수한 희생을
무수한 게임으로 방지할 수 있을 것인가──

필요한 것은 과거 유일신이 물었던 것.
다시 말해, 지혜와 지력과 기량과 재력……
──그리고, 그렇다!

"체력이라고!! 건강하지 않으면
지성이고 나발이고 없잖아!!"

"……빠야. 자세, 망가졌어.
팔굽혀펴기, 100번 추가, 야……."

노게임◎노라이프

카미야유

Art Works

노게임 노 라이프

노 게임 노 라이프 11
~게이머 남매는 커플이 안 되면 나올 수 없다는데요~

2022년 02월 25일 제1판 인쇄
2024년 04월 22일 제4쇄 발행

지음 카미야 유우
일러스트 카미야 유우

옮김 김완

발행 영상출판미디어(주)
등록번호 제 2002-000003호
주소 07551 서울특별시 강서구 양천로 570 NH서울타워 19층
대표전화 02-2013-5665

ISBN 979-11-380-1074-0
ISBN 978-89-6730-597-0 (세트)

NO GAME NO LIFE Vol.11
GAMER KYODAITACHI HA COPLE NI NARANAKYA DERARENAISODESU

구매 시 파손된 도서는 구매처에서 교환하실 수 있습니다.
기타 불편사항, 문의사항이 있으신 독자님께서는 노블엔진 홈페이지
[http://novelengine.com] 에서 Q&A 게시판을 이용해 주시기 바랍니다.

노블엔진(NOVEL ENGINE)은 영상출판미디어(주)의 라이트노벨 및 관련서적 브랜드입니다.